Man sieht oft etwas hundert-,
tausendmal
bevor man es zum allerersten Mal
wirklich sieht.

CHRISTIAN MORGENSTERN

1

Mein erster Liebesbrief endete in einer Katastrophe. Ich war damals fünfzehn und halb ohnmächtig vor Liebe, wenn ich Lucille nur sah.

Sie kam kurz vor den Sommerferien an unsere Schule, ein Geschöpf von einem anderen Stern, und selbst heute, viele Jahre später, scheint es mir, daß es einen ganz eigenen Zauber hatte, wie sie dort zum ersten Mal vor unserer Klasse stand, in ihrem himmelblauen, duftigen, ärmellosen Kleid und den langen silbrig-blonden Haaren, die das feine herzförmige Gesichtchen einrahmten.

Sie stand ganz ruhig da, ganz aufrecht, lächelnd, das Licht fiel geradewegs durch sie hindurch, und unsere Lehrerin, Madame Dubois, ließ den Blick prüfend über die Klasse schweifen.

»Lucille, du kannst dich erst einmal neben Jean-Luc setzen, da ist noch ein Platz frei«, sagte sie schließlich.

Meine Hände wurden feucht. Ein leises Raunen ging durch die Klasse, und ich starrte Madame Dubois an wie die gute Fee aus dem Märchen. Selten in meinem späteren Leben habe ich dieses Gefühl gehabt, das man nur dann empfinden kann, wenn das Glück so völlig unverdienterweise über einen hereinbricht.

Lucille nahm ihre Schultasche und schwebte zu meiner Bank, und ich dankte meinem Klassenkameraden Etienne aus tiefstem Herzen, daß er so vorausschauend gewesen war, sich gerade jetzt einen komplizierten Armbruch zuzulegen.

»*Bonjour, Jean-Luc*«, sagte Lucille höflich, es waren die ersten Worte, die sie überhaupt sagte, und der offene Blick aus ihren hellen, wasserblauen Augen traf mich mit der Wucht eines Wolkengewichts.

Mit fünfzehn wußte ich nicht, daß Wolken tatsächlich viele Tonnen wiegen, und wie hätte ich das auch ahnen sollen, wo sie doch so weiß und duftig am Himmel entlangschweben wie Zuckerwatte.

Mit fünfzehn wußte ich vieles nicht.

Ich nickte, grinste und versuchte, nicht rot zu werden. Alle sahen zu uns herüber. Ich spürte, wie das Blut mir heiß in die Wangen schoß, und hörte die Jungen kichern. Lucille lächelte mir zu, als hätte sie es nicht bemerkt, wofür ich ihr sehr dankbar war. Dann setzte sie sich mit großer Selbstverständlichkeit auf den ihr zugewiesenen Platz und zog ihre Hefte heraus. Bereitwillig rückte ich ein Stück zur Seite, atemlos und stumm vor Glück.

Der Unterricht begann, und doch weiß ich von diesem Schultag nur noch eines: Das schönste Mädchen der Klasse saß neben mir, und wenn sie sich vorbeugte und die Arme aufstützte, konnte ich den zarten hellen Flaum in ihren Achselhöhlen sehen und ein winziges Stückchen verwirrend weicher, weißer Haut, das zu ihrer Brust führte, die unter dem Himmelskleid verborgen blieb.

Die nächsten Tage waren ein einziger glückstrunkener Taumel. Ich sprach mit keinem, ich ging am Strand von Hyères entlang, meiner kleinen Heimatstadt am südlichsten Zipfel Frankreichs, und schickte den Ansturm meiner Gefühle übers Meer, ich schloß mich in meinem Zimmer ein und hörte laut Musik, bis meine Mutter gegen die Tür hämmerte und rief, ob ich verrückt geworden sei.

Ja, ich war verrückt. Verrückt auf die schönste Weise, die man sich nur vorstellen kann. Verrückt im Sinne von verrückt. Nichts mehr war an seinem alten Platz, ich selbst am wenigsten. Alles war neu, anders. Mit der Naivität und dem Pathos eines Fünfzehnjährigen stellte ich fest, daß ich kein Kind mehr war. Ich verbrachte Stunden vor dem Spiegel, reckte mich und musterte mich kritisch von allen Seiten, um zu sehen, ob man es sah.

Unentwegt spielte ich Tausende von Szenen durch, die mir meine fieberhafte Phantasie eingab und die immer auf die gleiche Weise endeten – mit einem Kuß auf den roten Kirschmund von Lucille.

Mit einem Mal konnte ich es morgens kaum erwarten, in die Schule zu gehen. Ich war bereits eine Viertelstunde da, bevor der Hausmeister das große Eisentor aufschloß, in der unbegründeten Hoffnung, Lucille allein zu begegnen. Nicht ein einziges Mal kam sie zu früh.

Ich erinnere mich, daß ich an einem Tag in einer Mathematikstunde siebenmal meinen Bleistift unter die Bank fallen ließ, nur um meiner Angebeteten näher zu kommen, sie in vorgetäuschter Absichtslosigkeit zu berühren, bis sie ihre Füße in den leichten Sandalen kichernd zur Seite setzte, damit ich das, wonach ich angeblich tastete, wieder aufheben konnte.

Madame Dubois warf mir über ihre Brille hinweg einen strengen Blick zu und ermahnte mich, nicht so unkonzentriert zu sein. Ich lächelte nur. Was wußte sie schon?

Einige Wochen darauf sah ich Lucille mit zwei Mädchen, mit denen sie sich inzwischen angefreundet hatte, nachmittags vor der Buchhandlung stehen. Sie lachten und schwenkten kleine weiße Plastiktüten durch die Sommerluft.

Dann, welch wunderbarer Zufall, verabschiedeten sie sich voneinander, und Lucille blieb noch einen Moment vor der Schaufensterscheibe stehen und schaute in die Auslage. Ich steckte die Hände in die Hosentaschen und schlenderte zu ihr hinüber.

»*Salut*, Lucille«, sagte ich so normal wie möglich, und sie drehte sich überrascht um.

»Oh, Jean-Luc, du bist es«, erwiderte sie. »Was machst denn du hier?«

»Och ...« Ich scharrte ein bißchen mit meinem rechten Turnschuh über das Pflaster. »Nichts Besonderes. Ich häng hier nur so rum.«

Ich starrte auf ihre kleine Plastiktüte und überlegte fieberhaft, was ich als nächstes sagen konnte. »Hast du ein Buch gekauft, für die Ferien?«

Sie schüttelte den Kopf, und ihre langen schimmernden Haare flogen auf wie feingesponnene Seide. »Nein, Briefpapier.«

»Aha.« Meine Hände verkrampften sich in den Hosentaschen. »Schreibst du gern ... äh ... Briefe?«

Sie zuckte die Achseln. »Ja, schon. Ich hab eine Freundin, die wohnt in Paris«, sagte sie mit einem Anflug von Stolz.

»Oh. Toll!« stotterte ich und verzog anerkennend meine Mundwinkel. Paris war für einen kleinen Jungen aus der Provinz so weit weg wie der Mond. Und daß ich später einmal dort leben und als nicht ganz unerfolgreicher Galerist recht weltmännisch durch die Straßen von Saint-Germain spazieren würde, wußte ich damals natürlich noch nicht.

Lucille sah mich schräg von unten an, und ihre blauen Augen flackerten. »Aber noch lieber bekomme ich Briefe«, sagte sie. Es klang wie eine Aufforderung.

Das war wohl der Moment, der meinen Untergang besiegelte. Ich sah in Lucilles lächelnde Augen, und für ein paar Sekunden hörte ich nichts mehr von dem, was sie plapperte, denn in meinem Hirn nahm eine großartige Idee allmählich Formen an.

Ich würde einen Brief schreiben. Einen Liebesbrief, wie ihn die Welt noch nicht gesehen hatte. An Lucille, die Schönste von allen!

»Jean-Luc? He, Jean-Luc!« Sie sah mich vorwurfsvoll an und zog einen Schmollmund. »Du hörst mir ja gar nicht zu.«

Ich entschuldigte mich und fragte, ob sie mit mir ein Eis essen würde. Warum nicht, sagte sie, und schon saßen wir in dem kleinen Eiscafé an der Straße. Lucille studierte aufmerksam die nicht gerade umfangreiche Plastikkarte, blätterte vor und zurück und suchte sich schließlich einen »Coup mystère« aus.

Seltsam, wie genau man sich später an diese völlig belanglosen Details erinnert. Warum merkt sich das Gedächtnis solche unbedeutenden Dinge? Oder haben sie am Ende eine Bedeutung, die sich uns nur nicht sofort erschließt? Was ich für ein Eis bestellte, weiß ich jedenfalls nicht mehr.

Der »Coup mystère«, eigentlich ein kleiner spitz zulaufender Plastikbecher mit Vanille- und Nußeis, den man auch direkt aus der großen Eistruhe nehmen konnte, wurde im Café ganz vornehm in einer Silberschale serviert.

Das ganze klang allerdings verheißungsvoller, als es war – aber was hätte nicht verheißungsvoll geklungen an jenem Sommernachmittag, als die Welt nach Rosmarin und Heliotrop duftete, Lucille in ihrem weißen Kleid vor mir saß, hingebungsvoll mit dem langen Löffel in ihrem Eis wühlte und entzückt aufschrie, als sie erst auf die unheimlich mysteriöse Meringue-Schicht stieß und dann auf die rote Kaugummikugel, die sich ganz unten am Boden versteckte.

Sie versuchte die Kaugummikugel herauszuangeln, und wir mußten unheimlich lachen, weil das glitschige rote Ding immer wieder vom Löffel kullerte, bis Lucille schließlich entschlossen mit den Fingern in den Becher griff und sich die Kugel mit einem triumphierenden »So!« in den Mund steckte.

Ich sah ihr fasziniert zu. Das sei das beste Eis seit langem, erklärte Lucille ausgelassen und ließ eine riesige Kaugummiblase vor ihrem Mund zerplatzen.

Und als ich sie anschließend noch bis nach Hause begleitete und wir nebeneinander über die unbefestigten, staubigen Wege von Les Mimosas her liefen, kam es mir fast so vor, als gehöre sie schon mir.

Am letzten Schultag, bevor die endlos langen Sommerferien begannen, steckte ich Lucille mit klopfendem Herzen meinen Brief in die Schultasche. Ich hatte ihn mit der ganzen unschuldigen Inbrunst eines Jungen geschrieben, der sich für erwachsen hielt und doch noch weit davon entfernt war. Ich hatte nach poetischen Vergleichen gesucht, um meine Liebste zu beschreiben, ich hatte mit großem Pathos meine Gefühle aufgezeichnet, alle Ewigkeitswörter verwendet, die es gab, Lucille meiner unsterblichen Liebe versichert, kühne Zukunftsvisionen entworfen, und einen ganz konkreten Vorschlag hatte ich auch nicht vergessen: Ich bat Lucille, in den ersten Ferientagen mit mir auf die Îles d'Hyères zu fahren, ein romantischer Ausflug mit dem Boot auf die Insel Porquerolles, von dem ich mir einiges versprach. Und dort, an einem menschenleeren Strand, würde ich ihr am Abend den kleinen silbernen Ring schenken, den ich noch am Tag zuvor von meinem Taschengeld, das ich meiner gutherzigen Mutter vorzeitig abschwatzte, gekauft hatte. Und dann – endlich! – würde es zu dem von mir so heiß ersehnten Kuß kommen, der unsere junge, unsterbliche Liebe für immer besiegeln würde. Für immer und ewig.

»Und so lege ich mein ganzes brennendes Herz in deine Hände. Ich liebe dich, Lucille. Bitte antworte mir schnell!«

Ich hatte Stunden überlegt, wie ich den Brief beenden sollte. Den letzten Satz hatte ich erst wieder herausgestrichen, doch dann überwog meine Ungeduld. Nein, ich wollte keine Sekunde länger warten als nötig.

Wenn ich heute an all dies denke, muß ich lachen. Doch so gerne ich mich auch über den liebesenthusiastischen Jungen von damals erheben möchte, es bleibt ein kleiner Stich des Bedauerns, ich gebe es zu.

Weil ich heute anders bin, so wie wir alle anders werden.

An diesem heißen Sommertag jedoch, der so hoffnungsvoll begann und so tragisch endete, betete ich darum, daß Lucille meine übergroßen Gefühle erwidern würde: Mein Beten war allerdings rein rhetorischer Natur. Im Grunde meines Herzens war ich mir meiner Sache absolut sicher. Immerhin war ich der einzige Junge aus der Klasse, mit dem Lucille einen »Coup mystère« gegessen hatte.

Ich weiß nicht, warum ich mich an diesem Nachmittag so unbedingt in der Nähe von Lucilles Haus herumtreiben mußte. Vielleicht wäre alles anders gekommen, wenn ich nicht so voller Ungeduld und Sehnsucht meine Schritte in Richtung Les Mimosas gelenkt hätte, wo Lucille wohnte.

Ich wollte gerade in den kleinen Fußweg einbiegen, an dessen Seite eine alte Mauer aus Natursteinen entlangführte, die von duftenden goldgelben Mimosenbüschen nahezu überwuchert war, als ich Lucilles Lachen hörte. Ich blieb stehen. Im Schutz der Mauer, den Rücken an den rauhen Stein gelehnt, beugte ich mich etwas vor.

Und da sah ich sie. Lucille lag bäuchlings auf einer Decke unter einem Baum, ihre zwei Freundinnen rechts und links neben sich. Alle drei kicherten ausgelassen, und ich dachte noch mit einer gewissen Nachsicht, daß Mädchen manchmal ziemlich albern sein können. Doch dann bemerkte ich, daß Lucille etwas in den Händen hielt. Es war ein Brief. Mein Brief!

Ich stand regungslos da, verborgen hinter Kaskaden von Mimosenzweigen, krallte meine Hände in das sonnenwarme Mauerwerk und weigerte mich, das Bild, das sich auf meiner Netzhaut in allzu grausamer Deutlichkeit einbrannte, wahrzunehmen.

Und doch, es war die Wahrheit, und Lucilles helle Stimme, die sich jetzt wieder erhob, schnitt mir ins Herz wie Glassplitter.

»Und hört euch das mal an: Und so lege ich mein ganzes brennendes Herz in deine Hände«, las sie mit überzogener Betonung vor. »Ist das nicht zum Schreien?!«

Die Mädchen kicherten erneut drauflos, und eine der Freundinnen kugelte vor Lachen auf der Decke herum, hielt sich den Bauch und rief immer wieder: »Hilfe, es brennt, es brennt! Feuerwehr, Feuerwehr! *Au secours, au secours!*«

Unfähig, mich zu rühren, starrte ich Lucille an, die gerade mit leichter Hand und der fröhlichsten Herzlosigkeit dabei war, meine geheimsten Intimitäten preiszugeben, mich zu verraten, mich zu vernichten.

Alles in mir brannte, und doch lief ich nicht fort, um mich zu retten. Eine nahezu selbstzerstörerische Lust am Untergang hatte mich erfaßt, ich wollte alles hören, bis zum bitteren Ende.

Inzwischen hatten sich die Mädchen von ihrem Lachanfall erholt. Die eine, die das mit der Feuerwehr gesagt hatte, riß Lucille den Brief aus der Hand. »Meine Güte, wie der schreibt!« quietschte sie. »So geschwollen! Du bist das Meer, das mich überschwemmt, du bist die schönste Rose an meinem ... *Busch?* ... Oh là là, was soll denn *das* bedeuten?!«

Die Mädchen kreischten auf, und ich wurde rot vor Scham.

Lucille nahm den Brief wieder an sich und faltete ihn zusammen. Offenbar war der ganze Inhalt zum besten gegeben worden, und man hatte sich ausreichend amüsiert. »Wer weiß, wo er das abgeschrieben hat«, meinte sie gönnerhaft. »Unser kleiner Dichterfürst.«

Ich überlegte einen Moment, aus meinem Versteck hervorzutreten, um mich auf sie zu stürzen, sie zu schütteln, sie anzuschreien und zur Rede zu stellen, doch ein letzter Rest von Stolz hielt mich zurück.

»Und?« fragte nun die andere und setzte sich auf. »Was machst du jetzt? Willst du denn mit ihm gehen?«

Lucille spielte angelegentlich mit ihren goldenen Feenhaaren, und ich stand da, hielt den Atem an und wartete auf mein Todesurteil.

»Mit Jean-Luc?« sagte sie gedehnt. »Bist du verrückt? Was soll ich denn mit dem?« Und als ob das noch nicht gereicht hätte, fügte sie hinzu: »Der ist doch noch ein Kind! Ich möchte nicht wissen, wie der küßt, igitt!« Sie schüttelte sich.

Die Mädchen schrien vor Begeisterung.

Lucille lachte, ein wenig zu laut und zu schrill, dachte ich noch, und dann fiel ich, ich stürzte, einem Ikarus gleich sank ich in die Tiefe.

Ich hatte die Sonne berühren wollen und war verbrannt. Mein Schmerz war bodenlos.

Ohne einen Laut schlich ich mich fort, taumelte den Weg zurück, betäubt von dem Duft der Mimosen und der Gemeinheit kleiner Mädchen.

Noch heute weckt der Geruch von Mimosen ungute Gefühle in mir, aber in Paris begegnet man diesen zarten Pflanzen höchstens in den Blumenläden, obwohl sie für die Vase nicht viel taugen.

Lucilles Worte hämmerten in meinen Ohren. Ich merkte nicht einmal, daß mir die Tränen über die

Wangen liefen. Ich ging schneller und schneller, am Ende rannte ich.

Wie heißt es doch so schön? Irgendwann zerreißt es jedem das Herz, und beim ersten Mal tut es besonders weh.

So endete die kleine Geschichte meiner ersten großen Liebe – der silberne Ring landete noch am selben Tag im Meer vor Frankreichs Küste. Ich schleuderte ihn mit der ganzen Wut und Hilflosigkeit meiner zutiefst verletzten Seele in das hellblaue Wasser, das an diesem strahlend schönen Tag – ich weiß es noch genau – die Farbe von Lucilles Augen hatte.

In dieser dunklen Stunde, die so schmerzhaft im Gegensatz stand zu allem Heiteren um mich herum, schwor ich – und das ewige Meer war mein Zeuge, vielleicht auch ein paar Fische, die unbeeindruckt den Worten eines zornigen jungen Mannes lauschten –, ich schwor, nie wieder einen Liebesbrief zu schreiben.

Wenige Tage später fuhren wir nach Ste Maxime zur Schwester meiner Mutter und verbrachten dort unseren Sommerurlaub. Und als die Schule anfing, saß ich wieder neben dem guten alten Etienne, meinem Schulfreund, der gesund aus den Ferien zurückgekehrt war.

Lucille, meine wunderschöne Verräterin, begrüßte mich mit sonnengebräunter Haut und einem schiefen Lächeln. Sie meinte, das mit den Îles d'Hyères hätte nicht geklappt, leider, weil sie da schon etwas anderes vorgehabt hätte. Die Freundin aus Paris, blablabla. Und dann sei ich ja schon weg gewesen. Sie sah mich unschuldig an.

»Paßt schon«, entgegnete ich knapp und zuckte die Achseln. »War eh nur so eine Laune von mir.«

Dann drehte ich mich um und ließ sie mit ihren Freundinnen stehen. Ich war erwachsen.

Ich habe nie jemandem von meinem Erlebnis erzählt, nicht einmal meinen besorgten Eltern, die mich in den ersten schrecklichen Tagen danach nur noch auf dem Bett liegend und mit offenen Augen gegen die Decke starrend vorfanden und die abwechselnd versuchten, mich zu trösten, ohne mir mein Geheimnis entreißen zu wollen, was ich ihnen bis heute hoch anrechne. »Das wird schon wieder«, sagten sie. »Im Leben geht es immer mal rauf, mal runter, weißt du?«

Irgendwann – so unglaublich es war – ließ der Schmerz tatsächlich nach, und meine alte Fröhlichkeit kehrte zurück.

Seit jenem Sommer habe ich allerdings ein etwas ambivalentes Verhältnis zum geschriebenen Wort. Jedenfalls, wenn es um Liebe geht. Vielleicht bin ich deshalb Galerist geworden. Ich verdiene mein Geld mit Bildern, liebe das Leben, bin schönen Frauen sehr zugetan und lebe in großer Eintracht mit meinem treuen Dalmatinerhund Cézanne in einem der angesagten Viertel von Paris. Es hätte nicht besser kommen können.

Meinen Schwur, keinen Liebesbrief mehr zu schreiben, habe ich gehalten, man möge es mir nachsehen.

Ich habe ihn gehalten, bis … ja, bis mir fast genau zwanzig Jahre später diese wirklich unglaubliche Geschichte passierte.

Eine Geschichte, die vor wenigen Wochen mit einem höchst merkwürdigen Brief begann, der eines Morgens in meinem Briefkasten steckte. Es war ein Liebesbrief, und er sollte mein ganzes wohltemperiertes Leben völlig auf den Kopf stellen.

2

Ich sah auf die Uhr. Noch eine Stunde. Marion kam wie immer zu spät.

Prüfend schritt ich die Stellwände ab und rückte »Le Grand Rouge« gerade – eine riesige Komposition in Rot, die das Herzstück der Vernissage bildete, die um halb acht beginnen sollte.

Julien kauerte mit einem Glas Rotwein in einem der weißen Sofas und paffte schon seine elfte Zigarette.

Ich setzte mich zu ihm. »Na, aufgeregt?«

Sein rechter Fuß, der in einem karierten Van steckte, wippte. »Klar, Mann, was denkst du denn?« Er nahm einen tiefen Zug, und der Rauch stieg vor seinem hübschen jungenhaften Gesicht auf. »Ist immerhin meine erste richtige Ausstellung.«

Seine Offenheit war wie immer entwaffnend. Wie er da in den Kissen hing mit seinem unspektakulären weißen T-Shirt über den Jeans und seinen kurzen blonden Haaren, hatte er was von einem jungen Blinky Palermo.

»Wird schon schiefgehen«, sagte ich. »Ich hab schon weitaus größeren Mist gesehen.«

Das brachte ihn zum Lachen. »Mann, du kannst einem wirklich Mut machen.« Er drückte die Zigarette in dem schweren Glasascher aus, der neben dem Sofa auf einem Tischchen stand, und sprang auf. Wie ein Tiger lief er an den Wänden der Galerieräume entlang, umkreiste die Stellwände und sah sich seine großformatigen leuchtenden Bilder an.

»Hey, so schlecht sind die gar nicht«, meinte er schließlich und schürzte die Lippen. Dann machte er ein paar Schritte zurück. »Wir hätten nur mehr Platz gebraucht, dann würde das alles noch besser kommen.« Er gestikulierte dramatisch mit seinen Händen in der Luft herum. »Platz ... Fläche ... Raum.«

Ich trank einen Schluck Rotwein und lehnte mich zurück. »Ja, ja. Nächstes Mal mieten wir das Centre Pompidou«, sagte ich und mußte daran denken, wie Julien vor einigen Monaten zum ersten Mal in meiner Galerie aufgetaucht war. Es war der letzte Samstag vor Weihnachten, ganz Paris glitzerte in Silber und Weiß, vor den Museen gab es ausnahmsweise mal keine Schlangen, *tout le monde* war auf der Jagd nach Geschenken, und auch bei mir ging die Türglocke den ganzen Tag.

Ich hatte drei relativ teure Bilder verkauft und nicht mal an Stammkunden, offenbar entfachte das bevorstehende Fest bei den Pariser Bürgern die Lust an der Kunst. Jedenfalls wollte ich den Laden gerade dichtmachen, da stand Julien plötzlich in der Tür der Galerie du Sud, wie ich meinen kleinen Kunsttempel in der Rue de Seine getauft habe.

Ich war nicht gerade erfreut, das können Sie mir glauben. Nichts ist nervtötender für einen Galeristen als irgendwelche Kleckser, die ohne einen Termin hereinstolpern, ihre großen Mappen öffnen und einem das, was sie für Gegenwartskunst halten, zeigen wollen. Und die sich – bis auf wenige bescheidene Ausnahmen – alle (alle!) mindestens für den nächsten Lucian Freud halten.

Eigentlich habe ich es Cézanne zu verdanken, daß ich dennoch mit diesem jungen Mann ins Gespräch kam, der seine Kappe tief ins Gesicht gezogen hatte und auf den ich mittlerweile große Hoffnungen setze.

Cézanne ist – ich erwähnte es bereits – mein Hund, ein drei Jahre alter, äußerst lebendiger Dalmatiner, und ich hege, wie man leicht erraten kann und obwohl ich mich Tag für Tag liebend gern mit zeitgenössischer Kunst herumschlage, eine stille Leidenschaft für den französischen Maler gleichen Namens, diesen genialen Wegbereiter der Moderne. Seine Landschaften sind für mich unerreicht, und mein größtes Glück wäre es, einen echten Cézanne zu besitzen, und wäre es der kleinste von allen.

Ich wollte Julien also gerade an der Tür abwimmeln, als Cézanne bellend aus dem Hinterzimmer hervorsprang, mit seinen Pfoten über den glatten Holzboden schlitterte, an dem jungen Mann im Parka hochsprang und ihm dann unter leisem Gewinsel hingebungsvoll die Hände leckte.

»Cézanne, aus!« zischte ich, doch wie immer hörte Cézanne nicht auf mich. Er ist leider sehr schlecht erzogen.

Vielleicht war es eine gewisse Verlegenheit, die mich bewog, dem jungen Mann, der sich nun mit meinem Hund unterhielt, Gehör zu schenken.

»Angefangen hab ich in den Vororten – mit Graffiti.« Er grinste. »War ziemlich geil, wir sind nachts losgezogen und haben gesprayt. Autobahnbrücken, alte Fabrikgelände, Schulmauern, einmal sogar einen Zug. Aber inzwischen mal ich auf Leinwand, keine Sorge!«

Meine Güte, ein Sprayer war wirklich das, was mir noch gefehlt hatte! Seufzend öffnete ich die Mappe, die er mit entgegenhielt. Ich blätterte durch das muntere Durcheinander von Skizzen, gezeichneten Graffiti und den Fotografien seiner Bilder. Sein Strich war leider nicht schlecht.

»Und?« fragte er aufgeregt und kraulte Cézanne den Nacken. »Was meinen Sie? In Wirklichkeit sehen die Bilder natürlich viel besser aus – ich mach nur große Formate.«

Ich nickte, und dann blieb mein Blick an einem Bild hängen, das »Erdbeerherz« hieß. Es zeigte ein langgezogenes Herz, das in der Mitte eine kaum erkennbare Vertiefung hatte und die Oberfläche einer Erdbeere. Das »Erdbeerherz« war eingebettet in einen Hintergrund aus kleinen, dunkelgrünen Blättern und bestand aus mindestens dreißig verschiedenen Rottönen. Ich hatte bei meinem Freund Bruno, der Arzt und bekennender Hypochonder ist, einmal eine Digitalaufnahme seines Herzens gesehen, einen Film, der in einer Diagnoseklinik gemacht worden war. (Sein Herz war übrigens kerngesund!) In der Tat glich dieser lebenswichtige Muskel mehr einer erdbeerähnlichen Frucht als den gemalten Herzen und Herzchen, wie sie einem überall begegnen.

Das »Herz« auf dem Bild des jungen Künstlers hatte jedenfalls etwas derart Organisch-Fruchtiges, daß man nicht wußte, ob man den Herzschlag der Erdbeere hörte oder doch lieber hineinbeißen wollte. Das Bild lebte, und je länger ich es mir anschaute, desto besser gefiel es mir.

»Das hier sieht interessant aus.« Ich tippte auf das Foto. »Das würde ich gern mal im Original sehen.«

»Okay, kein Problem. Ist allerdings zwei mal drei Meter. Hängt bei mir im Atelier. Sie können jederzeit vorbeikommen. Oder soll ich es herbringen? Ist auch kein Problem. Ich kann's Ihnen bringen, heute noch!«

»Um Gottes willen, nein.« Ich lachte, doch sein Eifer rührte mich. »Ist das Acryl?«, fragte ich, um etwaigen Gefühlsduseleien aus dem Weg zu gehen.

»Nein, Öl. Ich mag keine Acrylfarben.« Er schaute einen Moment auf das Foto, und seine Miene verdüsterte sich. »Hab's gemalt, als meine Freundin mich verlassen hat.« Er schlug sich mit der linken Hand gegen die Brust. »Großer Schmerz!«

»Und … KBF, sind das Sie?« fragte ich, ohne auf seine Bekenntnisse einzugehen, und deutete auf die Signatur.

»Ja, Mann. *C'est moi!*«

Ich sah auf seine kleine Visitenkarte und zog die Augenbrauen hoch. »Julien d'Ovideo?« buchstabierte ich.

»Ja, so heiße ich«, bestätigte er. »Aber ich signiere mit KBF. Ist noch aus der Graffiti-Zeit, wissen Sie?

Kunst braucht Fläche.« Er grinste. »Ist immer noch mein Motto.«

Eine Stunde später als beabsichtigt schloß ich die Tür meiner Galerie ab, nicht ohne Julien versprochen zu haben, im neuen Jahr in seinem Atelier vorbeizuschauen.

»Mann, cool, das ist echt mein schönstes Weihnachtsgeschenk«, sagte er, als wir uns verabschiedeten. Ich schüttelte ihm die Hand, er schwang sich auf sein Fahrrad, und dann spazierte ich mit Cézanne die Rue de Seine hinunter, um im La Palette noch eine Kleinigkeit zu essen.

In den ersten Januartagen fuhr ich wirklich zu Julien d'Ovideo und besuchte ihn in seinem etwas heruntergekommenen Atelier im Bastille-Viertel. Ich sah mir seine Arbeiten an, fand sie recht bemerkenswert, und am Ende nahm ich das »Erdbeerherz« mit und hängte es versuchsweise in meiner Galerie auf.

Zwei Wochen später stand Jane Hirstman, eine amerikanische Sammlerin, die zu meinen besten Kunden zählt, davor und stieß laute Begeisterungsschreie aus. »*It's amazing, darling! Just amazing!*«

Sie schüttelte ihre feuerroten Locken, die in alle Richtungen abstanden, was ihr eine äußerst dramatische Note verlieh, trat einen Schritt zurück und musterte das Bild einige Minuten mit zusammengekniffenen Augen. »Das ist die Verteidigung der Leidenschaft in der Kunst«, sagte sie dann, und ihre großen goldenen Creolen erzitterten bei jedem Wort. »*Wow! I love it, it's great!*«

Nun, groß war das Bild wirklich. Ich wußte mittlerweile, daß Jane Hirstman ein Fan großformatiger Bilder war, eine spezielle Macke von ihr, aber das allein war auch für sie, die im Laufe der letzten Jahre immerhin einige nicht ganz unbedeutende Gemälde aus der Wallace-Foundation erworben hatte, kein Kriterium.

Sie wandte sich zu mir um. »Wer ist dieser KBF?« fragte sie mit lauerndem Blick. »Hab ich was verpaßt? Gibt es noch mehr zu sehen?«

Ich schüttelte den Kopf. Fast alle Sammler, die ich kenne, haben einen Zug ins Manische, wenn es darum geht, etwas Neues als erster zu entdecken. »Ich würde Ihnen doch nie etwas vorenthalten, meine liebe Jane! Das hier ist ein junger Pariser Künstler, Julien d'Ovideo. Ich vertrete ihn erst seit kurzem«, erklärte ich und beschloß, mit Julien umgehend einen Vertrag aufzusetzen. »KBF steht für seine Auffassung von Kunst: Kunst braucht Fläche.«

»Aaaah«, gurrte sie. »*Kunst braucht Fläche*. Das ist gut, das ist sehr gut.« Sie nickte anerkennend. »Kunst braucht Fläche, und Gefühle brauchen Raum, so ist das! Julien d'O... wie? Na, egal ...: mit dem müssen Sie was *machen*, Jean-Luc. Machen Sie was mit ihm, sag ich, der Typ wird *heiß!* Meine Nase kribbelt!«

Wenn Jane Hirstman ihre Nase, die im übrigen recht groß war, ins Spiel brachte, mußte man das ernst nehmen. Sie hatte schon so manches Bild erschnüffelt, das später richtig teuer gehandelt wurde.

»*How much?*« fragte sie, und ich nannte einen völlig überzogenen Preis.

Jane kaufte das »Erdbeerherz« noch am selben Tag und legte dafür eine beachtliche Summe in Dollar auf den Tisch.

Julien war außer sich vor Glück, als ich ihm die Neuigkeit persönlich überbrachte. Er umarmte mich spontan mit seinen farbverschmierten Händen, deren Abdrücke nun für alle Zeiten auf meinem schönen hellblauen Kaschmirpullover verewigt sein werden. Aber wer weiß, vielleicht wird dieser profane Pullover, der leider mein Lieblingspullover war, eines Tages unglaublich wertvoll sein – als eine Art *ready-made*, das den glücklichsten Moment im Leben eines Künstlers dokumentiert. In Zeiten, in denen alles Kunst sein kann und selbst die in Dosen abgefüllten Exkremente italienischer Künstler als »merda di artista« in Mailand bei Sotheby's für unglaubliche Summen versteigert werden, halte ich das nicht für ausgeschlossen.

An diesem glücklichen Januarabend jedenfalls tranken Julien und ich einige Gläser zusammen in seinem ungeheizten Atelier, ein paar Stunden später duzten wir uns und zogen noch in eine Bar weiter.

Am nächsten Tag kam der hoffnungsvolle Jungkünstler mit einem ziemlichen Kater in die Galerie du Sud, und wir planten die Ausstellung »Kunst braucht Fläche«, die in nunmehr weniger als einer Viertelstunde eröffnet werden sollte.

Wo blieb Marion? Seit sie diesen motorradfahrenden Freund hatte, war auch kein Verlaß mehr auf sie. Marion hatte Kunst studiert und machte nun ein Praktikum in meiner Galerie. Und sie war wirklich gut, sonst hätte ich manchmal schon gute Lust gehabt, sie rauszuwerfen.

Marion organisierte kaugummikauend die kompliziertesten Abläufe und wickelte alle Kunden um den Finger. Auch ich konnte mich ihrem lässigen Charme nicht entziehen.

Draußen ertönte lautes Geknatter. Einen Augenblick später wurde die Tür aufgerissen, und Marion stöckelte in einem unverschämt kurzen schwarzen Samtkleidchen zur Tür herein.

»Da bin ich«, erklärte sie strahlend und mit verräterisch geröteten Wangen und rückte den breiten Haarreif in ihren langen blonden Haaren zurecht.

»Marion, irgendwann fliegst du raus!« erklärte ich. »Solltest du nicht schon vor einer Stunde hier sein?«

Lächelnd zupfte sie eine weiße Fluse von meinem dunklen Jackett. »Aaah, Jean-Luc, komm, bleib locker. Ist alles im Plan.« Sie gab mir ein Küßchen auf die Wange und murmelte: »Nicht böse sein, aber es ging wirklich nicht eher.«

Dann gab sie den Mädchen vom Catering-Service noch ein paar Anweisungen, fragte: »Was habt ihr denn da gemacht?«, und zupfte an dem riesigen Blumenstrauß im Eingangsbereich herum, bis er ihrem ästhetischen Feingefühl entsprach.

Als ich die ersten Gäste die Rue de Seine entlangschlendern sah, drehte ich mich zu Julien um.

»*Showtime*«, sagte ich, »es geht los.«

Die Mädchen vom Catering-Service gossen den Champagner in die Gläser, und ich rückte mein seidenes Halstuch zurecht, das ich so viel angenehmer finde als diese beengenden Krawatten, ein Accessoire, das mir bei meinen Freunden den Spitznamen Jean-Duc eingebracht hat. Nun, damit kann ich leben.

Ich sah mich um. Julien stand an der hinteren Wand der Galerie, Hände in den Hosentaschen, seine unvermeidliche Kappe tief im Gesicht.

»Na, komm schon her«, sagte ich. »Ist deine Party.«

Er zog die Schultern hoch und schlenderte herüber, ganz James Dean.

»Und bitte, nimm endlich diese Kappe ab.«

»Was hast du gegen meine Cap, Mann?«

»Mußt du dich verstecken? Du bist kein Vorortsprayer mehr und gehst auch nicht zum Streetball.«

»Hey, was soll das? Bist du jetzt plötzlich so ein verdammter Spießer, oder was? Beuys hatte schließlich auch seinen ...«

»Beuys sah lange nicht so gut aus wie du«, unterbrach ich ihn. »Komm, tu's einfach! Mir zuliebe, deinem alten Mäzen.«

Widerwillig nahm er die Kappe ab und feuerte sie hinter ein Sofa. Ich öffnete die verglaste Tür, atmete die laue Mailuft ein und begrüßte die ersten Gäste.

Zwei Stunden später wußte ich, daß die Vernissage ein Erfolg war. Die Galerie war voll von Menschen, die sich bestens amüsierten, Champagner trinkend in den Sofas hingen oder vor den Exponaten ihre Meinung kundtaten, um sich dann mit spitzen Fingern ihre Häppchen in den Mund zu stecken. Die ganze Mischpoke der Kunstinteressierten war gekommen, drei Kulturredakteure, einige gute Kunden – und ein paar neue Gesichter waren auch dabei.

Das animierte Stimmengewirr in den beiden Räumen der Galerie war ohrenbetäubend, im Hintergrund sang Amy Winehouse »*I told you, I was trouble*«, und die Dame von Le Figaro hatte ganz offensichtlich einen Narren an Julien gefressen.

Es gab bereits Anfragen für »Le Grand Rouge« und »L'heure Bleu«, einen monumentalen Frauenakt, der sich erst auf den zweiten Blick aus der tiefblauen Gesamtkomposition herauslöste.

Die Stimmung war gut, lediglich Bittner, ein sehr einflußreicher Sammler, der in Düsseldorf selbst eine Galerie hatte und die Art Cologne mit organisierte, krittelte herum. Typisch!

Wir kannten uns schon viele Jahre, und ich hatte, wie immer, wenn er nach Paris kam, für ihn im Duc de Saint-Simon reserviert und dafür Sorge getragen, daß er auch sein Lieblingszimmer bekam. Da ich des öfteren Kunden aus dem Ausland in diesem Hotel unterbrachte, hatte ich einen guten Draht zur Rezeption, besonders seit Luisa Conti dort arbeitete, die Nichte des Besitzers, deren Familie in Rom lebte.

»Monsieur Kört Wittenär?« hatte sie in den Hörer gerufen, als handele es sich um einen Außerirdischen.

»Karl«, entgegnete ich seufzend, »Karl. Und er heißt Bittner mit einem ›B‹!« Ich hatte mich erst daran gewöhnen müssen, daß Luisa Conti, die mit ihrem dunklen Kostüm und der schwarzen Chanel-Brille trotz ihrer jungen Jahre ein Beispiel makelloser Eleganz war, die liebenswerte Schwäche hatte, des öfteren die Namen der Hotelgäste zu verwechseln oder zu verdrehen.

»Aaah, *entendu*! Monsieur Charles Bittenär! Warum haben Sie das nicht gleich gesagt?« Ich hörte den leisen Vorwurf in ihrer Stimme und verkniff mir eine Bemerkung. »Das blaue Zimmer ... Moment ... *eh bien,* das läßt sich machen.«

Ich sah Mademoiselle Conti im Geist hinter dem antiken Empfangstisch sitzen, wo sie mit ihrem dunkelgrünen Waterman-Füllhalter, der wie alle Watermans dazu neigte, zu klecksen, gewissenhaft und mit Tinte an den Fingern den Namen Charles Bittenärr in das Reservierungsbuch schrieb, und mußte lächeln.

Mein Verhältnis zu Bittner war ambivalent. Eigentlich mochte ich diesen Mann, der etwa zehn Jahre älter war als ich und mit seinem halblangen dunklen Haar wie ein Südländer wirkte. Im tiefsten Inneren aber fürchtete ich, gegen ihn schlecht abzuschneiden. Ich bewunderte seine Konsequenz, sein treffsicheres Gespür, und ich haßte seine bisweilen unerträgliche Arroganz. Und außerdem beneidete ich ihn um die zwei Yellow Cabs von Fetting und ein Gemälde von Rothko, die er sein eigen nannte.

Er stand vor »Unique au Monde«, einem sehr flächigen Bild in Blau- und Grüntönen, und machte ein Gesicht, als hätte er in eine Zitrone gebissen. »Ich weiß nicht«, hörte ich ihn zu der dunkelhaarigen Dame, die neben ihm stand, sagen, »das ist einfach nicht ... gut gemacht. Einfach nicht gut gemacht.«

Karl Bittner spricht fließend französisch, und ich hasse seine Killersätze.

Die Dame legte den Kopf schief. »Also, ich finde, es hat was«, erklärte sie nachdenklich und nahm einen Schluck aus ihrem Champagnerglas. »Spüren Sie nicht diese ... Harmonie? Wie ein friedlicher Zusammenstoß von Land und Meer. Ich finde es sehr authentisch.«

Bittner schien zu zögern. »Aber ist es auch innovativ?« entgegnete er. »Was soll diese Flucht ins Monumentale?«

Ich beschloß, mich einzuschalten. »Das ist nun mal das Vorrecht der Jugend – da muß alles groß und kühn sein. Freut mich, daß Sie kommen konnten, Karl. Wie ich sehe, amüsieren Sie sich.« Ich sah zu der Dame hinüber, die in ihrem crèmefarbenen Kostüm neben ihm stand. Ihre blauen Augen standen in einem sensationellen Kontrast zu ihren schwarzen Haaren. »*Enchanté!*« Ich deutete eine Verbeugung an.

Bevor die dunkelhaarige Schönheit etwas erwidern konnte, hörte ich eine exaltierte Stimme meinen Namen rufen.

»Jean-Duc, ah, Jean-Duc, *mon très cher ami!*« Es war Aristide Mercier, Literaturprofessor an der Sorbonne und in seiner kanariengelben Weste wie immer äußerst elegant, der quer durch den Raum auf mich zuflatterte.

Aristide ist der einzige Mann, den ich kenne, an dem Kanariengelb vornehm aussieht. Sein Blick streifte einen Moment bewundernd mein Halstuch, bevor er mir zwei Küsse auf die Wangen platzierte. »*Oh, très chic!* Ist das Étro?«, fragte er, ohne die Antwort abzuwarten. »Mein lieber Duc, es ist absolut irre hier, einfach *super!*«

Aristides Sprache ist durchzogen von Superlativen und Ausrufungszeichen, und er bedauert es bis heute zutiefst, daß ich – *à son avis* – dem »falschen« Geschlecht zugeneigt bin. (»Ein Mann von *deinem* Geschmack, es ist ein Jammer!«)

»Schön dich zu sehen, Aristide!« Ich klopfte ihm freundschaftlich auf die Schulter. Auch wenn aus uns nie ein Paar werden wird, schätze ich meinen alten Freund Aristide. Er hat einen wunderbaren Humor, und die Leichtigkeit, mit der er zwischen Literatur, Philosophie und Geschichte hin- und hertänzelt, verblüfft mich immer wieder aufs neue. Seine Vorlesungen sind außerordentlich beliebt, Zuspätkommer begrüßt er *coram publico* mit Handschlag. Und er hat das Bonmot geprägt, daß es ihm genügt, wenn seine Studenten aus einer Vorlesung drei Sätze mit nach Hause nehmen.

Aristide lächelte. »Wie ich sehe, habt ihr euch schon miteinander bekannt gemacht? *Non?*« Er legte einen Arm um die dunkelhaarige Fremde, die offenbar mit ihm gekommen war. »Das ist meine liebe Charlotte! – Charlotte, das ist der Herr des Hauses, mein alter Freund und Lieblingsgalerist – Jean-Luc Champollion.« Er ließ es sich natürlich nicht nehmen, meinen ganzen Namen zu nennen.

Die Dunkelhaarige streckte mir ihre Hand entgegen. Sie war warm und fest. »Champollion?« fragte sie, und ich wußte schon, was jetzt kam. »So wie *der* Champollion, der berühmte Ägyptologe, der den Stein von Rosette ...«

»Ja, genau der«, warf Aristide ein. »Ist es nicht großartig? Jean-Luc ist sogar mit ihm verwandt!«

Aristide strahlte, Bittner grinste, die Dame, von der ich jetzt wußte, daß sie Charlotte hieß, zog ihre schön geschwungenen Augenbrauen hoch, und ich winkte ab.

»Um hundertfünfzig Ecken, alles halb so wild.«

Aber was ich auch sagte, Charlottes Interesse an meiner Person war geweckt, sie wich mir den ganzen Abend nicht mehr von der Seite und erzählte mir nach dem vierten Glas Champagner, daß sie die Gattin eines Politikers sei und sich zu Tode langweile.

Als kurz nach elf die letzten Gäste gingen, waren wir nur noch zu viert: Bittner, Julien, ich – und die schon ziemlich angeschickerte Charlotte.

»Und was machen wir jetzt?« krähte sie begeistert.

Bittner schlug vor, in der kleinen ruhigen Bar des Duc de Saint-Simon noch einen Schlummertrunk zu nehmen. Das hatte den Vorteil, daß er danach gleich auf sein Zimmer konnte.

Ich ließ ihm den vorderen Sitz im Taxi und quetschte mich hinten neben Julien und Charlotte. Während wir den nächtlichen Boulevard Saint-Germain hinaufbrausten, spürte ich plötzlich eine zarte Berührung. Es war Charlottes Hand, die an meinen Beinen entlangstrich.

Eigentlich wollte ich nichts von ihr, dennoch verwirrten mich ihre tastenden Finger.

Ich blickte zu Julien hinüber. Doch dieser, euphorisiert vom Zuspruch, den er an diesem Abend bekommen hatte, hatte sich nach vorne gebeugt und unterhielt sich angeregt mit Bittner.

Charlotte lächelte mir verschwörerisch zu. Vielleicht war es ein Fehler, aber ich lächelte zurück.

An der Rezeption des Saint-Simon begrüßte uns der Nachtportier, ein elegant gekleideter, dunkelhäutiger Tamile.

Wir gingen nach unten in die kleine Bar, die sich in einem alten steinernen Kellergewölbe befindet, und hatten Glück: Der Barkeeper war noch da und trocknete gerade die letzten Gläser ab. Als er uns sah, nickte er höflich, und wir nahmen ermutigt in dem menschenleeren Gemäuer Platz. An den Wänden hingen alte Gemälde und goldgerahmte Spiegel, halbhohe Regale mit Büchern standen neben den gemütlichen stoffbezogenen Fauteuils, und wie immer, wenn ich hier war, konnte ich mich dem altmodischen Charme dieses kleinen Verstecks im großen Paris nicht entziehen.

Wir bestellten noch einen Coup de Champagne und rauchten Zigarillos, weil wir die einzigen Gäste waren und fanden, daß wir uns das jetzt verdient hatten (der Kellner übersah es geflissentlich und stellte uns im Vorbeigehen beiläufig einen Aschenbecher auf das Tischchen), wir blödelten rum, und Julien gab wilde Geschichten aus seiner Graffiti-Zeit zum besten. Bittner lachte am lautesten. Seine Abneigung gegen den Monumentalisten schien sich inzwischen gelegt zu haben.

Es war kurz vor eins, als der Barkeeper verhalten fragte, ob wir noch etwas trinken wollten. »Aber ja!« rief Charlotte, die neben mir saß und unternehmungslustig mit ihrem schwarzen Lackschuh wippte. »Nehmen wir noch einen Abschiedstrunk, bitte!«

Julien stimmte begeistert zu, er hätte auch die ganze Nacht durchgemacht, Bittner war in der letzten halben Stunde etwas erlahmt und gähnte jetzt hinter vorgehaltener Hand, und ich muß gestehen, daß auch ich allmählich müde wurde. Dennoch orderte ich eine letzte Runde. »Ihr Wunsch ist mir Befehl, Madame.« Ein Nein hätte Charlotte sowieso nicht akzeptiert.

Noch einmal stießen wir an auf den schönen Abend, das Leben und die Liebe, und dann kippte Charlotte ihr Champagnerglas um, geradewegs auf Bittners Hose. »*Ah, Madame, c'est pas grave*«, sagte Monsieur Charles weltmännisch und wischte über seine nasse Hose, als sei nur eine Fluse zu vertreiben. Ein paar Minuten später empfahl er sich allerdings, dankbar, in sein altmodisches französisches Bett sinken zu können.

»Wir sehen uns! *Bonne nuit!*« Er nickte in die Runde, und ich nutzte das Zeichen zum Aufbruch und bestellte die Taxen.

Als das erste Taxi kam, wollte Charlotte Julien unbedingt den Vortritt lassen, und ich ahnte, daß sie dies nicht ohne Grund tat. Und richtig, als ich Madame in das zweite Taxi setzen wollte, bestand sie eigensinnig darauf, daß wir zusammen fahren sollten, sie könne mich doch in der Rue des Canettes absetzen (dort wohne ich), und überhaupt, sie wolle noch nicht nach Hause.

»Aber, Madame«, protestierte ich halbherzig, als sie sich mit weiblicher Entschlossenheit bei mir unterhakte und mich in den Fond des Wagens zog. »Es ist schon spät, Ihr Mann wird sich Sorgen machen ...«

Madame kicherte nur und ließ sich in den Sitz zurücksinken. »*Rue des Canettes, s'il-vous plaît*«, rief sie dem Fahrer zu und sah mich schelmisch an. »Ach ... mein Mann ... das lassen Sie mal meine Sorge sein. Oder werden *Sie* erwartet?«

Ich schüttelte stumm den Kopf. Seit ich mich von Coralie getrennt hatte (oder hatte sie sich von mir getrennt?), wartete in meiner Wohnung nur Cézanne, was durchaus auch seine Vorteile hatte.

Wir fuhren die stille Rue de Saint-Simon entlang, an der Ferme Saint-Simon vorbei, wo man gut und teuer essen kann, und bogen gerade auf den noch recht belebten Boulevard Saint-Germain ein, als ich wieder Charlottes Hand an meinen Beinen spürte. Sie kniff mich zärtlich und flüsterte mir ins Ohr, daß ihr Gatte auf einer Tagung sei, die Kinder schon groß, und was das Leben denn wäre, wenn man sich nicht ab und zu ein kleines Bonbon gönnte. *Un tout petit bonbon!*

Benebelt vom Alkohol schwante mir, daß ich dieses Bonbon sein sollte und daß die Nacht noch lange nicht zu Ende war.

3

Als ich am nächsten Morgen aufwachte, hatte ich das Gefühl, ein Hammer wäre mir auf den Kopf gefallen.

Es ist immer dieses eine Glas zuviel, das man später bereut.

Stöhnend drehte ich mich zur Seite und tastete nach dem Wecker. Es war Viertel nach zehn, und das war schlecht, sehr schlecht sogar. In einer Stunde würde Monsieur Tang, mein kunstbegeisterter Chinese, an der Gare du Nord ankommen, und ich hatte versprochen, ihn vom Zug abzuholen.

Das war mein erster Gedanke. Mein zweiter Gedanke war Charlotte. Ich drehte mich um und blickte auf ein zerwühltes Laken, auf dem keine Frau lag. Überrascht setzte ich mich auf.

Charlotte war weg, ihre Kleider, die sie gestern nacht laut singend in meiner Wohnung verstreut hatte, waren verschwunden.

Seufzend ließ ich mich für einen Moment ins Kissen zurücksinken und schloß die Augen. *Mon Dieu*, und *was* für eine Nacht! Selten hatte ich eine Nacht mit einer Frau verbracht, in der ich so wenig geschlafen hatte und in der so wenig passiert war.

Ich wankte in die Küche, wo mich Cézanne mit freudiger Ungeduld begrüßte, füllte ein großes Glas mit Wasser und durchsuchte den Vorratsschrank nach Aspirin. »Ist ja gut, mein Alter, wir gehen gleich Gassi«, versprach ich. Cézanne bellte und wedelte mit dem Schwanz. »Gassi« war das einzige Wort, auf das er immer reagierte. Dann schnüffelte er an meinen nackten Beinen und legte den Kopf schief.

»Tja, die Dame ist schon weg«, sagte ich und ließ drei Aspirin in das Glas fallen. In Anbetracht meiner Verfassung und der wenigen Zeit, die mir noch blieb, war ich nicht ganz unfroh darüber.

Als ich ins Bad ging, sah ich als erstes den Zettel, der am Spiegel klemmte.

Mein lieber Jean-Duc,
läßt du die Frauen immer so lange warten, bis sie einschlafen?
Ich hab noch einen bei dir gut, vergiß das nicht!
A tout bientôt ...
Charlotte

Darunter hatte sie einen kleinen Lippenstiftkuß gesetzt.

Ich grinste, nahm den Zettel herunter und warf ihn in den Papierkorb. In der Tat zählte die letzte Nacht nicht gerade zu den erotischen Höhepunkten meines Lebens.

Während ich mich rasierte, mußte ich daran denken, wie die betrunkene Charlotte hinter mir in die Wohnung gestolpert war und erst einmal über Cézanne stürzte, der ihr bellend zwischen die Füße lief. Ich wollte ihr gerade aufhelfen, da zog sie mit einem Ruck an meinem Hosenbein, und ich landete neben ihr auf dem Teppich.

»Aber Monsieur Champollion, nicht so stürmisch!« Sie lachte, und ihr Gesicht war plötzlich verwirrend nah. Charlotte schlang die Arme um meinen Hals und drückte mir einen heißen Kuß auf den Mund. Ihre Lippen öffneten sich, und ich fand die Idee mit dem Bonbon plötzlich ziemlich verlockend und griff in ihr volles, dunkles Haar, das nach Samsara duftete. Lachend und schwankend schafften wir es bis ins Schlafzimmer. Das crèmefarbene Kostüm blieb bereits im Flur zurück.

Ich knipste die kleine Lampe auf dem Vertiko an, die den Raum in ein sanftes gelbliches Licht tauchte, und drehte mich zu Charlotte. Sie schwenkte herausfordernd ihre Hüften und sang »*Voulez-vouz coucher avec moi ... ce soiiiir*«. Dann warf sie übermütig ihre Seidenstrümpfe durch die Luft. Einer schwebte zu Boden, der andere blieb an einem Kinderbild von mir hängen, das auf dem marmornen Kaminsims steht, und legte einen anmutigen Schleier über das Gesicht des schlaksigen, blonden Jungen mit den blauen Augen, der stolz sein erstes Fahrrad am Lenker hielt und in die Kamera lachte.

Charlotte ließ sich in ihren zarten maronenfarbenen Dessous, die der Politikergatte offenbar nicht genügend würdigte, auf mein Bett fallen und streckte die Arme nach mir aus. »*Viens, mon petit Champollion*, komm her zu mir«, säuselte sie, es klang wie »Champignon«, aber auch dagegen hatte ich nichts einzuwenden. »Komm her, mein Süßer, ich zeige dir jetzt den Stein von Rosette ...« Sie räkelte sich auf der Bettdecke, strich über ihren schlanken Körper und schenkte mir ein mutwilliges Lächeln.

Wie hätte ich da widerstehen können? Ich bin auch nur ein Mann.

Wenn ich dennoch widerstand, so geschah dies unfreiwilligerweise, denn in dem Moment, als ich mich über sie beugte, um mit sanfter Hand mein archäologisches Abenteuer zu beginnen, klingelte mein Handy.

Ich versuchte, es zu überhören, flüsterte meiner schönen Nofretete kleine Schmeicheleien ins Ohr, küßte ihren Hals, aber wer auch immer mich da mitten in der Nacht zu erreichen versuchte, er ließ nicht locker, und das Klingeln wurde immer drängender.

Plötzlich hatte ich beängstigende Visionen von Unfalltoten und Schlaganfallopfern.

»Entschuldige mich einen Moment.« Seufzend löste ich mich von der leise protestierenden Charlotte, ging zu dem weinroten Sessel hinüber, auf den ich achtlos Jacke und Hose geworfen hatte, und kramte das Handy aus der Tasche.

»*Oui, hallo?*« stieß ich leise hervor.

Eine tränenerstickte Stimme antwortete.

»Jean-Luc? Jean-Luc, bist du es? Bin ich froh, daß ich dich erreiche. Warum bist du nicht drangegangen? Oh, mein Gott, Jean-Luc!« Die Stimme am anderen Ende der Leitung schluchzte auf.

Oh, mein Gott, dachte auch ich. Bitte nicht jetzt! Es war Soleil. Ich verfluchte mich einen Moment dafür, daß ich nicht auf mein Display geschaut hatte, aber ihr Schluchzen klang dramatischer als sonst.

»Soleil, Liebes, beruhige dich doch. Was ist denn los?« sagte ich vorsichtig. Vielleicht war ja wirklich etwas passiert, und es war nicht nur eine dieser verzweifelten künstlerischen Schaffenskrisen, die immer dann auftraten, wenn wir den Termin für eine Ausstellung festgelegt hatten.

»Ich kann nicht mehr«, heulte Soleil. »Ich male nur noch Scheiße. Vergiß die Ausstellung, vergiß alles! Ich hasse meine Mittelmäßigkeit, dieses ganze mediokre Zeug hier ...« Es klang, als trete jemand gegen einen Farbeimer, und ich kniff die Augen zusammen, als das Scheppern mein Ohr erreichte. Ich konnte die schlanke hochgewachsene Gestalt direkt vor mir sehen, mit den großen dunklen Augen und den schwarzglänzenden Locken, die wie dunkle Flammen um ihr schönes milchkaffeebraunes Gesicht züngelten und Soleil, einziger Tochter einer schwedischen Mutter und eines karibischen Vaters, in der Tat etwas von einer schwarzen Sonne gaben.

»Soleil«, sagte ich mit der ganzen zen-buddhistischen Beschwörungskraft, derer ich fähig war, und spähte unruhig zum Bett hinüber, wo Charlotte sich interessiert aufgesetzt hatte. »Soleil, das ist doch alles Unsinn. Ich sage dir, du bist gut. Du bist ... du bist großartig, wirklich. Du bist einzigartig. Ich glaube an dich. Hör mal ...«, ich senkte meine Stimme ein wenig, »es ist jetzt gerade wirklich schlecht. Warum legst du dich nicht einfach ins Bett, und morgen komme ich vorbei, und ...«

»Soleil? Wer ist Soleil?« lallte Charlotte lautstark aus dem Schlafzimmer.

Ich hörte, wie Soleil am anderen Ende der Leitung die Luft einzog.

»Ist da eine Frau bei dir?« fragte sie mißtrauisch.

»Soleil, bitte, es ist mitten in der Nacht, hast du mal auf die Uhr geschaut?« entgegnete ich beschwörend, ohne auf ihre Frage einzugehen. Ich winkte Charlotte beruhigend zu und preßte den Hörer dicht an meine Lippen. »Laß uns das morgen in Ruhe bereden, ja?«

»Warum flüsterst du so?« schrie Soleil aufgebracht, dann fing sie wieder an zu schluchzen. »Klar hast du eine Frau bei dir, die Weiber sind dir ja immer wichtiger. Alle sind wichtiger als ich. Ich bin ein Nichts, nicht mal mein Agent interessiert sich für mich« – das war ich – »und weißt du, was ich jetzt mache?«

Ihre Frage hing in der Luft wie eine Bombendrohung. Hilflos lauschte ich in die schreckliche Stille, die plötzlich entstanden war.

»Ich nehme jetzt diese schwarze Farbe hier ... und übermale alle meine Bilder!«

»Nein! Warte!« Ich gestikulierte zu Charlotte hinüber, daß es ein Notfall und ich gleich wieder bei ihr wäre, und zog seufzend die Tür des Schlafzimmers hinter mir zu.

Fast eine Stunde dauerte es, bis ich die rasende Soleil wieder einigermaßen beruhigt hatte. Es war ja, so erfuhr ich, während ich unruhig im Flur auf und ab lief und die

Holzbohlen unter meinen Füßen knarrten, nicht nur der künstlerische Selbstzweifel, wie ihn jeder mal erlebt. Soleil Chabon war unglücklich verliebt, in wen, könne sie mir nicht sagen, unter keinen Umständen. Es sei alles hoffnungslos. Der Liebesschmerz jedenfalls nähme ihr jegliche Inspiration, sie sei Expressionistin und die Welt nunmehr ein schwarzes Grab.

Irgendwann hatte sie sich müde geredet. Als ihre Schluchzer leiser wurden, schickte ich sie mit sanfter Stimme zu Bett. Mit dem Versprechen, daß alles gut würde und daß ich immer für sie da wäre.

Es war kurz nach vier, als ich mit tauben Füßen wieder ins Schlafzimmer zurückschlich. Mein nächtlicher Besuch lag quer über dem Bett und schlummerte friedlich wie Dornröschen. Vorsichtig schob ich die leise schnarchende Charlotte ein Stückchen zur Seite. »Schlafen«, murmelte sie, umklammerte ihr Kopfkissen und rollte sich zusammen wie ein Igel.

Vom Stein von Rosette war keine Rede mehr. Ich löschte das Licht, und wenige Minuten später fiel auch ich in einen traumlosen Schlaf.

Die Kopfschmerztabletten begannen zu wirken. Ich stürzte noch einen Espresso hinunter, und als ich mit Cézanne an diesem denkwürdigen Donnerstagmorgen die Treppen hinunterlief, ging es mir eigentlich schon wieder ganz gut.

Es gibt Menschen, die behaupten, daß sich die grundstürzenden Veränderungen im Leben auf irgendeine

Weise ankündigen. Daß es immer Zeichen dafür gibt, die man nur sehen muß.

»Ich hatte schon den ganzen Morgen so ein komisches Gefühl«, sagen sie, nachdem etwas Einschneidendes geschehen ist. Oder: »Als das Bild plötzlich von der Wand fiel, wußte ich, daß etwas passieren würde.«

Zu meiner Schande muß ich gestehen, daß mir diese geheimnisvollen esoterischen Antennen offenbar fehlten. Natürlich würde ich im nachhinein gerne behaupten, daß der Tag, der mein ganzes Leben so völlig auf den Kopf stellte, irgendwie besonders war. Aber um der Wahrheit die Ehre zu geben – ich ahnte nichts.

Ich hatte keine Vorahnung, als ich den Briefkasten unten im Eingangsflur aufschloß. Ja, nicht einmal, als ich unter einigen Rechnungen den blaßblauen Umschlag entdeckte und hervorzog, regte sich mein siebter Sinn.

Auf dem Kuvert stand in einer schön geschwungenen Handschrift »An den Duc«. Ich weiß noch genau, daß ich amüsiert lächelte, weil ich annahm, daß die entschwundene Charlotte mir auf diese Weise einen kleinen Abschiedsbrief zukommen ließ. Nicht einen Augenblick machte ich mir darüber Gedanken, daß auch Damen der Gesellschaft wohl kaum stets und überall Büttenbriefpapier in ihren Handtaschen mit sich herumtragen.

Ich wollte gerade den Umschlag aufreißen, als Madame Vernier mit einer Einkaufstasche in den Hausflur trat. »*Bonjour,* Monsieur Champollion, hallo, Cézanne«, begrüßte sie uns freudig. »Na, Sie sehen aber aus, als hätten Sie nicht viel geschlafen – ist wohl spät geworden gestern?«

Madame Vernier ist meine Nachbarin und wohnt allein in einer riesengroßen Wohnung im Parterre. Seit drei Jahren reich geschieden, lebt diese Dame nahezu anachronistisch entspannt im Hier und Jetzt. Sie ist auf der Suche nach Ehemann Nummer Zwei. Das hat sie mir jedenfalls gesagt. Aber auch das hat natürlich keine Eile.

Das Gute an Madame Vernier ist, daß sie unglaublich viel Zeit hat, sehr tierlieb ist und sich um Cézanne kümmert, wann immer ich unterwegs bin. Das Schlechte an ihr ist, daß sie unglaublich viel Zeit hat und einen in stundenlange Gespräche verwickelt, wenn man es eilig hat.

Auch an diesem Morgen stand sie vor mir wie frischgefallener Schnee. Ich blickte nervös in ihr freundliches, ausgeschlafenes Gesicht.

Kam es mir nur so vor, oder schielten ihre Augen schon interessiert nach dem himmelblauen Kuvert in meiner Hand? Ehe sie mich in eine Unterhaltung über aufregende Nächte oder handgeschriebene Briefe verstricken konnte, steckte ich meine Post hastig in die Tasche.

»In der Tat, in der Tat, es war ziemlich spät«, konzedierte ich und warf einen Blick auf meine Uhr. »Himmel, ich muß los, sonst verpasse ich meinen Termin! *Bonne journée,* Madame, bis später!« Ich hastete zum Eingangsportal, schleifte Cézanne hinter mir her, der noch an Madame Verniers zierlichen Schuhen schnüffelte, und drückte auf den Türöffner.

»Ihnen auch einen schönen Tag!« rief sie mir nach. »Und sagen Sie ruhig Bescheid, wenn ich Cézanne mal wieder nehmen soll. Sie wissen ja, ich habe Zeit.«

Ich winkte und lief los, Richtung Seine. Cézanne mußte endlich zu seinem natürlichen Recht kommen.

Zwanzig Minuten später saß ich in einem Taxi, das mich zur Gare du Nord bringen sollte. Wir hatten den Pont du Caroussel überquert und fuhren gerade an der Glaspyramide vorbei, die sich im Glanz der Morgensonne spiegelte, als mir der Brief von Charlotte wieder einfiel.

Lächelnd zog ich ihn hervor und öffnete den Umschlag. Die Dame war ganz schön hartnäckig. Aber charmant. Im Zeitalter von E-Mail und SMS hatte ein handgeschriebener Brief geradezu etwas rührend Altmodisches, ja Intimes. Abgesehen von den Urlaubspostkarten meiner Freunde war es lange her, daß ich eine solch private Post in meinem Briefkasten vorgefunden hatte.

Ich lehnte mich zurück und überflog die beiden Seiten mit der feingeschwungenen Schrift. Dann setzte ich mich so abrupt auf, daß der Taxifahrer neugierig in den Rückspiegel sah. Er bemerkte den Brief in meiner Hand und zog seine eigenen Schlüsse.

»*Tout va bien, Monsieur?* Alles in Ordnung?« fragte er mit dieser ganz speziellen Mischung aus unverblümter Anteilnahme und nahezu allwissender Menschenkenntnis, die Pariser Taxifahrer auszeichnet, wenn sie ihren guten Tag haben.

Ich nickte verwirrt. Ja, alles war in Ordnung. Ich hielt einen wunderbaren Liebesbrief in meinen ratlosen Händen. Er war an mich gerichtet, ohne Zweifel. Er schien direkt aus dem achtzehnten Jahrhundert zu kommen. Und er war zweifellos nicht von Charlotte.

Was mich jedoch in völlige Verwirrung stürzte, war der Umstand, daß die Verfasserin ihre Identität nicht preisgab. Ich kannte die Dame gar nicht, sie aber schien mich recht gut zu kennen.

Oder hatte ich etwas übersehen?

Mon cher Monsieur le Duc!

Was für eine Anrede! Hatte sich da jemand einen Spaß mit mir erlaubt? Sicher war es bekannt, daß einige Freunde mich »Jean-Duc« nannten, aber wer schrieb solche Briefe?

Wort für Wort, als gälte es eine Geheimsprache zu entziffern, tasteten sich meine Augen an den blauen Schriftzeichen entlang, und ich hatte zum ersten Mal im Leben eine vage Vorstellung davon, wie mein archäologisch begabter Vorfahre sich gefühlt haben mußte, als er ratlos vor dem Stein von Rosette hockte.

Mon cher Monsieur le Duc!

Ich weiß nicht, wie ich diesen Brief beginnen soll, der – ich fühle es mit der Gewißheit einer liebenden Frau – der wichtigste Brief meines Lebens ist.

Wie kann ich Ihre schönen blauen Augen, die mir so vieles über Sie verraten haben, denn nur dazu verführen, jedes meiner Worte aufzunehmen wie eine Kostbarkeit, sie einzulassen in Ihre Gedanken und Gefühle – in der hochfliegenden Hoffnung, daß diese kleinen Goldpartikel meines Herzens auch in Ihr Herz fallen mögen, um dort bis auf den Grund zu sinken für immer.

Kann ich Sie damit beeindrucken, wenn ich Ihnen versichere, daß ich vom ersten Augenblick an gespürt habe, daß Sie, lieber Duc, der Mann sind, nach dem ich immer suchte?

Wohl kaum. Das werden Sie schon hundertmal gehört haben, und es ist wahrlich nicht sehr originell. Zudem, da bin ich mir sicher, wissen Sie aus Ihrer eigenen, nicht eben unerheblichen Erfahrung, wie oft die ach so gern herbeizitierte »Liebe auf den ersten Blick« bereits erschreckend kurze Zeit später großer Ernüchterung weicht.

Und dann – bliebe denn überhaupt noch ein Liebeswort oder ein leidenschaftlicher Gedanken für mich, der nicht schon einmal von einer anderen Person geschrieben oder gedacht wurde? Ich fürchte, nein.

Alles wiederholt sich, ist abgegriffen und wenig überraschend, wenn man es von außen betrachtet. Und dennoch erscheint alles neu, sobald man es am eigenen Leibe erfährt, und das Gefühl dabei ist so überwältigend schön, daß man glaubt, die Liebe selbst erfunden zu haben.

Aus diesem Grund müssen Sie es mir nachsehen, werter Herr, wenn ich ein weiteres Klischee bemühe, weil ich es selbst so und nicht anders erlebt habe – das berühmte erste Mal.

Ich werde niemals den Tag vergessen, als ich Sie das erste Mal sah. Ihr Anblick, der mich wie ein Blitz traf, ein Blitz, der einschlägt, ohne daß es dabei gedonnert hätte! Ohne daß irgend jemand auch nur etwas bemerkt hätte.

Ich aber konnte kaum die Augen von Ihnen abwenden. Ihr nonchalantes und doch elegantes Auftreten faszinierte mich,

Ihre funkelnden hellen Augen versprachen mir einen lebhaften Geist, Ihr Lächeln war für mich gemacht – und niemals sah ich schönere Hände an einem Mann.

Hände, von denen ich, ich gestehe es errötend, bisweilen nachts mit offenen Augen träume.

Dennoch war dieser für mich so überaus glückliche Moment nicht gänzlich ungetrübt, denn an Ihrer Seite gab es eine schöne Frau, die alles andere überstrahlte wie eine Sonne und in deren Gegenwart ich mich fühlte wie eine unscheinbare Baronesse Trauerkleid. War es Ihre Frau? Ihre Geliebte?

Ängstlich und voller Eifersucht habe ich Sie beobachtet, lieber Duc, und ich fand bald heraus, daß Sie stets eine schöne Frau an Ihrer Seite hatten, auch wenn es – verzeihen Sie mir meine Direktheit – nicht immer dieselbe war ...

»*Cochon!* Blödes Schwein, verdammtes!« Es gab einen Ruck, und mein Taxifahrer wich mit quietschenden Bremsen einem Reisebus aus, der in rasanter Fahrt auf unsere Spur gewechselt war. Für einen winzigen Moment war ich mir nicht sicher, ob er vielleicht mich gemeint hatte. Ich nickte geistesabwesend.

»So ein Idiot, haben Sie das gesehen? Busfahrer! Alles selbstherrliche Idioten!« Der Taxifahrer ließ seine Hand auf die Kupplung klatschen, beschleunigte und zog an dem Reisebus vorbei. Nicht ohne heftig und mit eindeutigen Handzeichen aus dem heruntergelassenen Fenster zu gestikulieren. »*Tu es le roi du monde, hein?* Du bist der König der Welt, was?« rief er dem Busfahrer zu, der lässig abwinkte. Die Touristen, die ihre Stadtrundfahrt gebucht hatten, gafften beeindruckt zu uns herunter. So etwas bekam man in London nicht geboten. Ich starrte sie an wie jemand, der gerade von einem anderen Stern auf die Erde gefallen ist und nichts versteht.

Dann aber senkte ich den Kopf, ich kehrte wieder auf diesen Stern zurück, der mich auf geheimnisvolle Weise in seine Umlaufbahn gezogen hatte, und las weiter.

... und ich fand bald heraus, daß Sie stets eine schöne Frau an Ihrer Seite hatten, auch wenn es – verzeihen Sie mir meine Direktheit – nicht immer dieselbe war ...

Ich grinste, als ich die Worte erneut las. Wer auch immer das geschrieben hatte, besaß Humor.

Darüber zu urteilen, warum dem so ist, steht mir nicht zu, dennoch hat es mich ermutigt, mich stündlich ein bißchen mehr in Sie zu verlieben, da Sie offenbar nicht gebunden sind, wie man so sagt.

Ich weiß nicht, wieviele Stunden seither vergangen sind – mir scheinen es tausende zu sein und dann doch wieder auch nur eine einzige, unendlich lange Stunde. Und auch wenn Ihr sorgloses Verhalten den Damen gegenüber darauf hinzudeuten scheint, daß Sie Herzensdinge nicht allzu ernst nehmen oder sich vielleicht nicht entscheiden können (oder wollen?), so sehe ich doch in Ihnen einen Mann mit tiefer Herzensbildung und überaus leidenschaftlichen Gefühlen, die – ich bin mir sicher – nur entflammt werden wollen von der richtigen Frau.

Lassen Sie mich diese Frau sein, und Sie werden es nicht bereuen!

Ich denke immer noch mit klopfendem Herzen an diese eine unglückselige Geschichte zurück, die uns für wenige wunderbare Momente ganz nah zusammenbrachte, so nah, daß sich unsere Hände berührten und ich Ihren Atem auf meiner Haut spürte. Das Glück war einen Wimpernschlag entfernt, und ich hätte Sie so gerne geküßt. (Und es unter anderen Umständen vielleicht auch getan!) Sie waren so wunderbar durcheinander, und Sie haben sich so überaus ritterlich verhalten, obwohl mich mindestens genausoviel Schuld trifft, und dafür möchte ich Ihnen danken, auch wenn Sie im Moment sicherlich nicht einmal wissen, wovon ich spreche.

Nun werden Sie sich fragen, wer Ihnen da schreibt. Allein, ich werde es Ihnen nicht sagen. Noch nicht.

Schreiben Sie mir zurück, Lovelace, und versuchen Sie es herauszufinden! Es könnte sein, daß ein amouröses Abenteuer auf Sie wartet, welches Sie zum glücklichsten Mann macht, den Paris jemals gesehen hat.

Aber ich muß Sie warnen, lieber Duc. So leicht wie andere bin ich nicht zu haben.

Ich fordere Sie also heraus zum zärtlichsten aller Duelle und bin gespannt, ob Sie diese kleine Herausforderung annehmen. (Ich möchte meinen kleinen Finger darauf verwetten, daß Sie es tun!)

In Erwartung Ihrer Antwort verbleibe ich
mit den besten Wünschen,

Die Principessa

4

»Wunderbar durcheinander« – dies sind wohl die Worte, die am treffendsten beschreiben, wie ich mich für den Rest des Tages fühlte.

Ich war nicht in der Lage, mich auf irgend etwas zu konzentrieren – nicht auf den Taxifahrer, der ungeduldig wurde, nachdem ich auch auf sein zweites »*Nous sommes là, Monsieur*, wir sind da!« nicht reagiert hatte, nicht auf Monsieur Tang, der mit fernöstlicher Geduld auf einem der Gleise mit den schönen Kugellampen wartete und freundlich lächelte, als ich zehn Minuten zu spät in die Gare du Nord stolperte, nicht auf das deliziöse Mittagessen, das ich mit meinem chinesischen Gast im Le Bélier einnahm, meinem Lieblingsrestaurant in der Rue des Beaux-Arts, wo man in roten Samtsesseln und in wahrhaft fürstlichem Ambiente ißt und die Speisekarte in ihrem minimalistischen Understatement mich jedesmal aufs neue begeistert.

Auch an diesem Tag hatte man die Wahl zwischen »*la viande*«, dem Fleisch, »*le poisson*«, dem Fisch, »*les légumes*«, dem Gemüse und »*le dessert*«, dem Nachtisch. Einmal hatte ich als Vorspeise sogar schlicht und ergreifend »*l'œuf*«, das Ei gewählt und das sehr *sophisticated* gefunden.

Die Übersichtlichkeit und Qualität der Speisen überzeugten auch meinen chinesischen Freund, der sich anerkennend äußerte und mir dann begeistert über den boomenden Kunstmarkt im Land des Lächelns erzählte und von seinem letzten »Coup« in einem belgischen Auktionshaus schwärmte. Monsieur Tang, ist das, was man einen *collectionneur compulsif* nennt, und ich hätte mich wirklich etwas mehr ins Zeug legen können. Statt dessen schob ich zerstreut meine *légumes* auf dem Teller herum und fragte mich, warum nicht alles im Leben so einfach sein konnte, wie die Menu-Karte im Le Bélier.

Immer wieder kehrten meine Gedanken zu dem rätselhaften Schreiben zurück, das zusammengefaltet in meiner Jackentasche steckte. Noch nie hatte ich einen solchen Brief erhalten, einen Brief, der mich gleichermaßen provozierte und berührte und der mich – um es mal in der Sprache der Principessa zu sagen – in unaussprechliche Verwirrung stürzte.

Wer, zum Teufel, war diese Principessa, die mir mit zärtlichen Worten die wunderbarsten amourösen Abenteuer in Aussicht stellte und mich zugleich maßregelte wie einen kleinen Jungen und mit »den besten Wünschen« auf eine Antwort von mir wartete?!

Als Monsieur Tang aufstand und sich mit einer kleinen Verbeugung in meine Richtung für einen Moment entschuldigte, um die Örtlichkeiten des Restaurants aufzusuchen, nutzte ich die Gelegenheit, um den himmelblauen Brief noch einmal aus meiner Tasche hervorzuziehen. Wieder vertiefte ich mich in die Zeilen, die mir inzwischen schon so vertraut vorkamen, als hätte ich sie selbst geschrieben.

Ein leises Scharren ließ mich zusammenzucken wie einen Dieb, der beim Klauen erwischt wird. Monsieur Tang, der lautlos wie ein Tiger zurückgekehrt war, rückte seinen Sessel zurecht, und ich lächelte ertappt, faltete die Briefbögen rasch zusammen und steckte sie in meine Jackentasche.

»Oh, bitte verzeihen Sie.« Monsieur Tang schien unglücklich über seine vermeintliche Indiskretion. »Ich wollte Sie nicht stören. Bitte, lesen Sie doch zu Ende.«

»Aber nein, aber nein«, entgegnete ich und grinste schafsköpfig. »Es ist nur ... Meine Mutter hat geschrieben ... Ein Familienfest ...« Meine Güte, was für einen Schwachsinn erzählte ich da? Ein gütiger Gott hatte ein Einsehen und schickte den schwarzgekleideten Kellner, der uns fragte, ob wir noch einen Wunsch hätten.

Dankbar bestellte ich *le dessert*, der sich als Crème brulée entpuppte, und zwang mich, Monsieur Tang, der mit dem ihm eigenen chinesischen Familiensinn verständnisvoll nickte, ein paar Fragen zu stellen.

Während ich mit ein paar »Aaahs« und »Ooohs« Interesse an seinen Ausführungen zur Tulpenmanie im Holland des siebzehnten Jahrhunderts heuchelte (wie war er auf dieses Thema gekommen?), kreisten meine Gedanken um die Identität der schönen Briefeschreiberin.

Es mußte eine Frau sein, die ich kannte. Oder doch zumindest eine, die mich kannte. Aber in welchem Zusammenhang?

Es mag unbescheiden klingen, aber mein Leben ist voller Frauen. Man begegnet ihnen praktisch überall. Man flirtet mit ihnen, diskutiert mit ihnen, arbeitet mit ihnen, lacht mit ihnen, verbringt viele Stunden im Café mit ihnen, und dann und wann, wenn mehr daraus wird, auch die Nächte.

Dieser Brief jedoch bot so gar keine konkreten Anhaltspunkte, aus denen ich hätte schließen können, wer die kapriziöse Verfasserin war. Und kapriziös war sie, so viel hatte ich begriffen.

Ganz unten auf der Rückseite des Briefes hatte ich eben eine E-Mail-Adresse entdeckt: principessa@google-mail.com.

Alles äußerst rätselhaft. Die Geheimniskrämerei der Principessa machte mich auf sonderbare Weise wütend, dann wieder kamen mir all ihre wunderbaren Worte in den Sinn, und ich war bezaubert.

»Monsieur Champollion, Sie sind nicht bei der Sache«, rügte mich Tang freundlich. »Ich habe Sie gerade gefragt, was Soleil Chabon macht, und Sie antworten ›Hmm … ja, ja‹.«

Himmel, ich mußte mich endlich zusammenreißen!

»Ja … ich … äh … Kopfschmerzen«, stotterte ich und faßte mir an die Stirn. »Dieses Wetter macht mir zu schaffen.«

Draußen schien eine milde Maisonne, und die Luft war klar wie selten in Paris.

Tang zog die Augenbrauen hoch, untersagte sich aber höflich jeden Kommentar. »Und Soleil? – Sie wissen doch, diese junge karibische Malerin«, setzte er erklärend hinzu, offenbar hatte er kein großes Vertrauen mehr in meine kombinatorischen Fähigkeiten.

»Aaah – Soleil!« Ich lachte ein wenig gequält, als mir einfiel, daß ich versprochen hatte, heute noch (heute noch?!) bei meiner liebeskranken Schwarzmalerin vorbeizuschauen. »Soleil ... erlebt gerade ihren schöpferischen Urknall«, erklärte ich und fand, daß das in Anbetracht ihrer explosiven Verfassung gar nicht mal gelogen war. »Im Juni macht sie ihre zweite Ausstellung, Sie kommen doch auch, oder?«

Tang nickte lächelnd, und ich bestellte die Rechnung.

Nach einem anstrengenden Nachmittag in den Räumen der Galerie du Sud, wo uns Marion und Cézanne freudig begüßten und mein Chinese sich mit unbeirrbarem Lächeln alle neuen Bilder zeigen ließ, wobei seine Kommentare von »*tlès intelessant*« bis »*supelbon*« reichten, zog er endlich mit ein paar Prospekten und seinem kleinen silbernen Rollkoffer ins Hôtel des Marronniers ab, einem charmanten, kleinen Hotel, das praktischerweise in der Rue Jacob, also gleich bei mir um die Ecke liegt und das Europäer wie Asiaten gleichermaßen begeistert.

Die Lage ist unbezahlbar. Ruhig, im Herzen von Saint-Germain, mit einem Innenhof, der mit duftenden Rosen bewachsen ist und in dessen Mitte ein alter Brunnen leise plätschert. In dieser Jahreszeit das Nonplusultra für romantisch veranlagte Menschen, die vom vierten Stock aus sogar auch noch den Blick auf die Kirchturmspitze von St-Germain-des-Prés haben können. Nur sollten sie nicht zu groß gewachsen sein.

Die Zimmer haben stoffbespannte Wände, antike Möbel – und sie sind klaustrophobisch klein. Nichts für den Durchschnittsamerikaner aus dem Mittleren Westen also, denn bei einer Körperlänge von über einem Meter achtzig ist der Liegekomfort erheblich eingeschränkt.

Da ich kein Hüne von Mann bin, betrifft mich dieses Problem nicht persönlich, doch ich habe vor Jahren einmal den Fehler begangen, Jane Hirstman und Bob, ihren neuen Zwei-Meter-Mann und Lebensgefährten, im Marronniers einzuquartieren. Noch heute ist Bob, der normalerweise allein ein Kingsize-Bett ausfüllen kann, traumatisiert von seinem »*romantic desaster*« in dem »*Little Snow-White-Zwergen-Bettchen*«.

Mit einem Seufzer ließ ich mich in mein weißes Sofa fallen und kraulte gedankenverloren Cézannes weichen Nacken. Der Schlafmangel der letzten Nacht holte mich allmählich ein, ganz zu schweigen von den Aufregungen der letzten Stunden, so schön sie auch waren.

Marion war vor zehn Minuten von ihrem Harley-Davidson-Typ abgeholt worden, und ich hatte den ersten ruhigen Moment.

Zum dritten Mal an diesem Tag zog ich den Brief der Principessa hervor und strich die zerknitterten Seiten glatt.

Dann rief ich Bruno an.

Wenn das Leben eines Mannes aus welchem Grund auch immer unübersichtlich zu werden droht, braucht er vor allem drei Dinge: einen ruhigen Abend in seiner Lieblingskneipe, ein Glas Rotwein und einen guten Freund.

Auch wenn ich am Telefon keine großen Worte machte, sondern nur etwas in der Art wie »Sollen wir einen trinken gehen, ich muß dir was erzählen« sagte, verstand Bruno sofort.

»Gib mir eine Stunde«, sagte er, und allein der Gedanke an diesen großen, bodenständigen Mann in seinem weißen Kittel hatte etwas ungemein Beruhigendes. »Ich hol dich in der Galerie ab.«

Bruno ist Arzt, seit sieben Jahren verliebt in seine Frau Gabrielle und begeisterter Vater einer dreijährigen Tochter. Wenn er nicht gerade gebrochene oder zu große Nasen richtet und den Damen der Pariser Gesellschaft mit Botoxinjektionen die zerfurchte Stirn glättet, ist er auch leidenschaftlicher Gärtner, Hypochonder und Verschwörungstheoretiker. Er bewohnt mit seiner Familie eine Gartenwohnung in Neuilly, hat eine gut gehende Praxis an der Place Saint-Sulpice und kann mit moderner Kunst ebensowenig anfangen wie mit experimenteller Literatur.

Und er ist mein bester Freund.

»Danke, daß du gekommen bist«, sagte ich, als er eine Stunde später die Galerie du Sud betrat.

»Schön, dich zu sehen.« Er klopfte mir auf die Schulter und ließ seinen professionellen Ärzteblick über mich laufen. »Du hast nicht viel geschlafen und wirkst etwas aufgekratzt«, lautete die Gratisdiagnose.

Während ich meinen Regenmantel holte, blätterte Bruno angelegentlich durch einen Ausstellungskatalog von Rothko, der auf dem Couchtisch lag.

»Was findest du nur an dem Zeug?« fragte er kopfschüttelnd. »Zwei Rechtecke in Rot – das könnte ich dir auch noch malen.«

Ich grinste. »Um Gottes willen, bleib lieber bei deinen Nasen«, entgegnete ich und schob ihn in Richtung Tür. »Die Wirkung eines Kunstwerks kann man sowieso erst dann ermessen, wenn man selbst vor dem Bild steht und merkt, ob es etwas mit einem macht. *Viens*, Cézanne!« Ich trat nach draußen, schloß die Tür der Galerie ab und ließ das Eisengitter herunter.

»So ein Quatsch! Was soll denn ein rotes Rechteck mit mir machen?« Bruno schnaufte verächtlich. »Ja, wenn es wenigstens die Impressionisten wären, da laß ich mich gerne überzeugen, aber dieses ganze Geschmiere heutzutage … ich meine, woran willst du denn heute ›Kunst‹ erkennen?« Man konnte die Anführungszeichen direkt hören.

»Am Preis«, entgegnete ich trocken. »Sagt jedenfalls Jeremy Deller.«

»Wer ist Jeremy Deller?«

»Ach, Bruno, komm, vergiß es einfach! Laß uns ins La Palette gehen. Es gibt im Leben Wichtigeres als moderne Kunst.« Ich machte die Leine an Cézannes Halsband fest, der mich so treu ansah, als bezöge er den letzten Satz auf sich.

»Da bin ich ganz *d'accord*«, erklärte Bruno und klopfte mir zufrieden auf die Schulter. Gemeinsam marschierten wir durch den lauen Abend im Mai, bis wir zu meinem kleinen Lieblingsbistro am Ende der Rue de Seine kamen, wo die Wände mit Bildern behängt sind, die nicht Bekehrbaren bei jeder Temperatur draußen an den kleinen runden Tischchen sitzen und rauchen und der stämmige Wirt mit jedem halbwegs schönen Mädchen scherzt und behauptet, in einem früheren Leben mit ihm zusammengewesen zu sein.

Ich atmete tief durch. Egal, was das Leben für einen bereit hielt – es war schön, einen guten Freund zu haben.

Eine Stunde später dachte ich nicht mehr, daß es schön war, einen guten Freund zu haben. Ich saß bei einer Flasche Rotwein mit Bruno an einem der dunklen Holztische, und wir diskutierten so heftig, daß einige der Gäste erstaunt zu uns herüberschauten.

Eigentlich hatte ich nur einen Rat gewollt. Ich hatte Bruno vom gestrigen Abend erzählt, von der verunglückten Liebesnacht mit Charlotte, dem Panikanruf von Soleil – und natürlich von dem seltsamen Liebesbrief, der schon den ganzen Tag meine Gedanken beschäftigte.

»Ich hab nicht die leiseste Ahnung, wer den Brief geschrieben haben könnte. – Was meinst du, soll ich antworten?« hatte ich gefragt und wollte eigentlich ein »Ja« hören.

Statt dessen runzelte Bruno die Stirn und fing mit irgendwelchen verschwörungstheoretischen Überlegungen an.

Es sei bedenklich und *äußerst* verdächtig, daß die Verfasserin des Briefes sich nicht zu erkennen gebe, meinte er. Anonyme Briefe solle man grundsätzlich nicht beantworten, da liege kein Segen drauf.

»Wer weiß, was für eine Psychopathin dahintersteckt.« Er beugte sich mit verschwörerischem Blick vor. »Kennst du diesen Film mit Audrey Tautou, wo sie eine durchgeknallte Stalkerin spielt, die sich diesen netten verheirateten Mann ausgeguckt hat, dessen Frau schwanger ist, und der nachher im Rollstuhl landet, weil sie ihm eine schwere Vase auf den Kopf knallt, als er sie abweist?«

Ich schüttelte entsetzt den Kopf. Auf so eine Idee war ich noch gar nicht gekommen. »Nö«, entgegnete ich lahm. »Ich kenne nur ›Die fabelhafte Welt der Amélie‹, und da wird am Ende alles irgendwie gut.«

Bruno lehnte sich zufrieden zurück. »Mein armer Freund, ich kenne die Frauen, und ich sage: Vorsicht.«

»Nun ja«, wandte ich ein. »Auch ich kenne die Frauen ein wenig.«

»Aber nicht solche Frauen.« Bruno flüsterte fast. »Ich sehe doch, was tagaus, tagein in meiner Praxis ein- und ausgeht. Glaub mir, die meisten haben eine Macke. Die eine hält sich für die Königin der Nacht, die andere für eine Principessa. Keine will alt werden, und alle finden sich zu dick. Und erinnerst du dich noch an diese aufsässige Frau, der ich die Nase operiert habe und die mich dann Tag und Nacht am Telefon tyrannisiert hat, weil sie sich einbildete, ich hätte mich in sie verliebt?« Bruno sah mich bedeutungsvoll an. »Weißt du, wie Frauen sein können, wenn sie sich etwas in den Kopf gesetzt haben? Antworte ihr, und du wirst sie nicht mehr los!«

»Also, wirklich, Bruno, du übertreibst. Das ist der Brief einer Frau, die sich offensichtlich in mich verliebt hat. Was soll daran so psychopathisch sein? Außerdem hat der Brief überhaupt nichts Zwanghaftes. Es ist eher ein ... ein charmantes, um nicht zu sagen unwiderstehliches Angebot.« Ich bekräftigte meine Worte mit einem großen Schluck Rotwein und bestellte einen *salad au chèvre*. Die Diskussion hatte mich hungrig gemacht.

»Ein charmantes Angebot, hmmm ...« Nachdenklich wiederholte Bruno meine Worte. »Was natürlich auch sein könnte ...«, begann er, und ich stöhnte innerlich auf.

Während ich meinen Salat aß, entwickelte Bruno eine neue Theorie, die mich fast meinen warmen Ziegenkäse verschlucken ließ.

Es konnte natürlich auch sein, daß ein zwielichtiges Unternehmen dahintersteckte, das auf diese zugegebenermaßen sehr individuelle Art versuchte, an E-Mail-Adressen ranzukommen, um das Opfer (mich) entweder in einen Soft-Porno- oder Viagra-Verteiler reinzukriegen oder zumindest für eine Art unseriöse Internet-Partnership-Vermittlungsagentur anzuwerben. »Du antwortest an diese Mail-Adresse, und schon wirst du bombardiert mit Angeboten aus Weißrußland«, warnte er und schwieg dann einen Moment. »Und wenn du ganz großes Pech hast ...«, er machte eine unheilschwangere Pause, » ... steckt so ein Wahnsinniger dahinter, der sich einen Spaß daraus macht, deinen Computer mit Viren zu verseuchen oder dein Bankkonto zu plündern.«

»Bruno, jetzt reicht's«, sagte ich ärgerlich und knallte mein Besteck auf den Holztisch. »Manchmal hast du wirklich einen gepflegten Knall. Ich dachte, du könntest mitüberlegen, wer diese Principessa ist. Statt dessen verzapfst du hier diesen tiefenbescheuerten Bullshit.« Ich machte eine kleine Pause. »Internet-Mafia, lächerlich! Und die soll dann in hunderte von Haushalten handgeschriebene Büttenpapierbriefe verteilen? Der kam ja nicht mal mit der Post!« Ich tastete in meinem Jackett, das ich über den Stuhl gehängt hatte, herum und zog den Brief hervor. »Hier, bitte! ›An den Duc‹ steht auf dem Umschlag, *An den Duc!*« Ich sah Bruno triumphierend an. »Es kennen doch nur ganz wenige Menschen meinen Spitznamen, also muß es doch zumindest jemand sein, der mich persönlich kennt. Und ich kann mich nicht erinnern, daß ich in meinem Bekanntenkreis irgendwelche Psychopathen habe – von meinem besten Freund vielleicht mal abgesehen.«

Bruno grinste. Dann griff er nach dem blaßblauen Kuvert, das zwischen uns lag wie ein Stückchen Himmel. »Darf ich?«

Ich nickte. Bruno überflog die Zeilen und wurde plötzlich ganz still.

»*Mon Dieu*«, murmelte er.

»Was?!« fuhr ich ihn an.

»Nichts ... ich meine nur ... puh! Das ist wirklich der schönste Liebesbrief, den ich jemals gelesen habe. Schade, daß er nicht an mich gerichtet ist.« Seine braunen Augen sahen mich einen Moment lang verträumt an. »Was für ein Glück du hast.«

»Tja.« Ich nickte zufrieden.

»Aber es muß doch irgendeinen Hinweis geben!« Bruno ließ seinen Diagnoseblick abermals über das Papier gleiten, dann stutzte er. »Bist du sicher, daß der Brief wirklich für dich ist?«

»Bruno, das Teil steckte in *meinem* Briefkasten. Es steht *mein* Name drauf. Und ich kenne keinen anderen ›Duc‹, der in meinem Haus wohnt.«

»Aber weiter unten steht ›schreiben Sie mir zurück, Lovelace‹. – *Lovelace*, nicht Jean-Luc.«

»Ja, ja«, entgegnete ich ungeduldig. »Lovelace ist der Held eines Romans, das kannst du vernachlässigen.«

Bruno zog seine buschigen Augenbrauen hoch. »Und was *macht* dieser Lovelace?«

»Nun ja, er ... er verführt die Frauen.«

»*Ah .. bon ... Lovelace.*« Brunos Augen glitzerten. »Diese Principessa hält dich also für einen Verführer, einen Frauenhelden ... Nein, nein«, fuhr er fort, als ich abwinkte, »das könnte doch der Schlüssel zu allem sein. Vielleicht schaust du mal dein Adreßbüchlein durch – gibt es eine Dame, die nicht so zum Zuge gekommen ist, wie sie es vielleicht gern gewollt hätte? Eine, die du versetzt hast? Der du das Herz gebrochen hast? Die du nicht genug beachtet hast?« Er grinste.

»Ich weiß nicht. Möglich. Es kann ja auch eine sein, mit der ich nie zusammen war.«

»Oder vor ganz langer Zeit ...«

»Komm, Bruno, wir sind hier nicht im Märchen.«

»Es klingt aber so: ›Ich denke immer noch mit klopfendem Herzen an diese eine unglückselige Geschichte zurück, die uns für wenige wunderbare Momente ganz nah zusammenbrachte, so nah, daß sich unsere Hände berührten ...‹«, las Bruno vor. »Was ist das für eine unglückselige Geschichte, von der sie spricht? Und wieso ist sie auch daran schuld und du hast dich ritterlich verhalten?« Er sah mich aufmunternd an. »Überleg doch mal! Klingelt's da nicht bei dir?«

Ich schüttelte den Kopf und lauschte in mich hinein. Bei mir klingelte gar nichts.

»Was ist mit dieser kleinen Dunkelhaarigen, mit der du ein paar Monate zusammen warst ... War die nicht so ein bißchen altmodisch und versponnen?«

»Coralie?« Ich sah Coralies kurzen verwuschelten Haarschopf für einen Moment auftauchen, ihr blasses Gesicht mit den großen fragenden Augen, das über mir schwebte, wenn sie nachts zu mir sagte *»Je te fais un bébé, non?«*

»Na ja, was heißt altmodisch«, entgegnete ich, »sie wollte sofort bei mir einziehen, und sie wollte ein Kind ...«

»Wie unfaßbar schrecklich«, warf Bruno ironisch ein.

»Bruno, sie wollte ein Kind, *drei Stunden*, nachdem wir uns kennengelernt hatten! Das war eine Art fixe

Idee. Sie war wirklich süß, aber sie hat von nichts anderem mehr geredet. Und als ihr klar wurde, daß ich kein *bébé* wollte oder jedenfalls nicht sofort, ist sie mit großen traurigen Augen beleidigt abgezogen.«

»Da warst du aber erleichtert, was?« Bruno lachte mitfühlend.

Ich zuckte die Achseln. »Seltsamerweise hatte ich ein schlechtes Gewissen. Coralie hatte so was an sich, daß man sich als Mann immer schuldig fühlte. So ein zartes Reh, weißt du? Die noch Beratung bei der Speisekarte braucht, weil sie sich allein nicht entscheiden kann, was sie essen möchte.«

Bruno nickte. »Das sind die Zähesten von allen. Hältst du es für möglich, daß sie den Brief geschrieben hat?«

Ich schüttelte den Kopf. »Nein, sie ist nicht gewitzt genug, um so etwas hinzubekommen. Eigentlich hat sie gar keinen Sinn für Humor.«

»Schade.« Bruno trank sein Glas leer. »Ich fürchte, wir werden das Geheimnis der Principessa heute abend nicht mehr lüften. Vielleicht durchforstest du mal dein Gehirn nach weiteren unglückseligen Begegnungen mit den Damen. So viele werden es doch hoffentlich nicht gewesen sein?« Er zwinkerte mir zu und winkte dem Wirt. »Außerdem steht es dir ja frei, den Brief zu beantworten und entsprechende Fragen zu stellen. Meinen Segen hast du! Und halt mich auf dem laufenden! Spannende Sache.«

Als wir das La Palette verließen, war es halb zwölf. Ein leichter Regen senkte sich auf die Stadt, und ich ging nachdenklich mit Cézanne über das glänzende dunkle Pflaster und lauschte dem Hall meiner eigenen Schritte. Die Nacht war friedlich, so ganz anders als die Nacht davor. Und wenn es doch Charlotte gewesen war? Unwahrscheinlich wie es schien, konnte man das, was wir beide miteinander gehabt hatten, oder besser gesagt, nicht gehabt hatten, durchaus eine ›unglückselige Begegnung‹ nennen. Zumindest war sie nicht von Vollzug gekrönt gewesen.

Ich fühlte den Brief in meiner Tasche und beschloß, ihn mit dem Zettel, den ich morgens am Spiegel gefunden hatte, zu vergleichen. Dann würde man ja sehen, ob der Stein von Rosette ins Rollen kam.

Als ich in den dunklen Innenhof trat, brannte bei Madame Vernier noch Licht, und ich hörte leise Musik. Das war ungewöhnlich, denn Madame war eine leidenschaftliche Missionarin, wenn es um den »gesunden Schlaf vor Mitternacht« ging – alles andere war schädlich für den »Teint«.

»Auch Sie sollten mehr auf sich achten, Monsieur Champollion«, hatte sie mir erst noch neulich geraten, nachdem sie von einem langen Spaziergang mit Cézanne zurückgekehrt war.

Langsam stieg ich die ausgetretenen Steinstufen hoch, die zu meiner Wohnung im dritten Stock führen, Cézanne sprang munter neben mir her, er war zweifellos der Ausgeruhtere von uns beiden. Ich schloß die schwere Holztür auf und trat in die Diele. Was für ein Tag, dachte ich mit der Naivität eines Menschen, der sich einen verdienten Moment der Ruhe in seinem Sessel gönnen will – nicht ahnend, daß ab jetzt jeder Tag den vorherigen noch an Aufregung überbieten wird.

Ich ließ mich tiefer in den Sessel rutschen, streckte die Beine aus und zündete mir einen Zigarillo an, bevor ich, ich gestehe es – ohne große Erwartungen und nur um ganz sicher zu gehen, noch einen Blick auf das Zettelchen von Charlotte werfen wollte. Ich ließ meinen Blick wohlgefällig im Wohnzimmer umherschweifen. Das rote Sofa mit den vielen verschiedenen Kissen. Der englische dunkelbraune Ledersessel. Die alten und modernen Gemälde, die in schönster Harmonie nebeneinander an den verputzten Wänden hingen. Die silberne Karaffe mit den geschliffenen Gläsern auf dem Vertiko. Die schweren Vorhänge vor den französischen Fenstern, die einen winzigen Austritt auf die kleinen verschnörkelten Eisenbalkone erlaubten. Die antike Louis-Seize-Sonne mit ihrem kleinen runden Spiegel in der Mitte. Die wunderbare Nachbildung von Rodins »Kuß«, die auf dem alten Architektenschrank stand, in dem ich Lithographien aufbewahrte und der glänzte, als sei er frisch poliert. Mein kleines Reich, mein Refugium, das ich mir selbst geschaffen hatte und in dem ich neue Kraft schöpfte. Ich seufzte zufrieden.

Alles war sauber und aufgeräumt. *Zu* sauber und aufgeräumt.

Erst allmählich kam mir in den Sinn, daß ich bei meinem überstürzten Aufbruch heute morgen ein ziemliches Chaos hinterlassen hatte. Dann fiel mir ein, daß es ja Donnerstag war, der Tag, an dem Marie-Thérèse kam, um die Wohnung zu putzen. Dann fiel mir ein, daß ich in der Hektik vergessen hatte, ihr das Geld hinzulegen. Und dann fiel mir noch etwas ein.

Ich sprang auf und stürzte ins Bad. Der Geruch von grünem Apfel schlug mir entgegen, und mir wurde leicht schlecht. Leider ist es mir in all den Jahren nicht gelungen, Marie-Thérèse ihren Lieblings-WC-Reiniger auszureden. Ich bückte mich und zog den kleinen Abfallkorb unter dem Waschbecken hervor. Er war leer.

Ich stand auf das Waschbecken aufgestützt und starrte auf die Stelle, wo Charlotte ihren kleinen Zettel mit dem Lippenstiftkuß hingesteckt hatte, bevor ich ihn so gedankenlos in den Abfallkorb warf und er, dank meiner gewissenhaften Putzfrau, den Weg in die Mülltonnen im Hof genommen hatte.

Ich versuchte den netten bleichen Mann im Spiegel, der augenscheinlich nicht genug für seinen »Teint« tat, davon zu überzeugen, daß das graphologische Gutachten sowieso unbefriedigend ausfallen würde. Er glaubte mir plötzlich nicht mehr.

Leider ist es immer dasselbe: Sobald man etwas verloren hat, von dem man glaubte, es sei einem sicher, wird es zum Objekt übersteigerter Begierde. Sobald ein anderer sich auf die Tasche, die Schuhe, das Bild, die Lampe mit dem venezianischen Schirm stürzt, bei denen man selbst noch überlegte und zögerte, weiß man, daß genau dies das Richtige gewesen wäre.

Mit einem Mal war ich mir sicher, daß die Handschrift auf dem verschwundenen Zettel mit der des Briefes übereinstimmen würde. Und hatte Charlotte nicht geschrieben, sie hätte noch etwas bei mir gut?

Meine Müdigkeit war plötzlich verflogen. Ich mußte Gewißheit haben!

Wer jemals in einer Mülltonne nach etwas gesucht hat, weiß, wovon ich spreche, wenn ich behaupte, daß die mühevollen Ausgrabungsarbeiten der Schätze des Tutenchamun dagegen ein romantisches Abenteuer gewesen sind. Mit spitzen Fingern zog ich leere Tomatenmarkdosen, Weinflaschen, gebrauchte Hygieneartikel, zerknüllte Chipstüten, Patégläser und die sterblichen Überreste eines Coq au vin hervor, und obwohl es aufgehört hatte zu regnen und der Mond alles in ein sanftes gelbliches Licht tauchte, hatte meine Aktion so gar nichts von Schliemannscher Entdeckerfreude.

Und doch – mein Einsatz wurde belohnt. Nach zwanzig qualvollen Minuten im Müll hielt ich einen kleinen zerknüllten Zettel in der Hand, der, abgesehen von einer Kartoffelschale, die an ihm klebte, seinen Ausflug in die Niederungen von Paris erstaunlich unbeschadet überstanden hatte. Glücklich seufzend steckte ich meinen Schatz in die Tasche, als aus dem Nichts ein harter Gegenstand auf meinen Schädel krachte.

Ich fiel zu Boden wie ein Stein. Als ich die Augen wieder aufschlug, hörte ich eine jammernde Stimme über mir. Sie gehörte zu einem Gespenst in weißem

Gewand, das sich über mich beugte und unaufhörlich »Oh, mein Gott, oh, mein Gott, Monsieur Champollion, es tut mir so leid, es tut mir ja so leid« rief.

Es dauerte ein paar Sekunden, bis ich begriff, daß es Madame Vernier war, die da im Nachthemd neben mir kauerte.

»Monsieur Champollion? Jean-Luc? Sind Sie verletzt?« rief sie wieder leise, und ich nickte benommen. Meine Hand fuhr über die schmerzende Stelle am Kopf und ertastete eine Beule.

Ich starrte meine Nachbarin in ihrem duftigen Spitzennachthemd und dem gelösten Haar an wie eine Erscheinung. »Madame Vernier«, murmelte ich fassungslos, »was ist passiert?«

Madame Vernier nahm meine Hand. »Oh, Jean-Luc«, schluchzte sie, und mir fiel auf, daß sie mich bereits zum zweitenmal beim Vornamen nannte. Es hätte mich in meinem Zustand nicht groß verwundert, wenn sie mir in diesem Moment gestanden hätte, daß sie die heimliche Briefeschreiberin war *(Ich liebe Sie schon lange, Jean-Luc ... Ich habe immer gehofft, daß Cézanne uns eines Tages zusammenführt ...).*

»Verzeihen Sie mir, bitte!« Die Nachbarin im Nachthemd schien völlig außer sich. »Ich habe Geräusche im Hof gehört, direkt unter meinem Fenster, da bin ich rausgeschlichen, und dann sah ich einen Mann, der auf den Mülltonnen rumkletterte. Ich habe Sie für einen Einbrecher gehalten. Tut es noch weh?« Neben ihr lag eine winzige Gummihantel.

Ich stöhnte. »Galerist wühlt in Mülltonnen – tot!« schoß es mir durch den Kopf. Wenn man es genau besah, hatte ich großes Glück, daß ich überhaupt noch etwas denken konnte und nicht schon im Nirwana schwebte.

»Ist ja gut, alles halb so schlimm«, beruhigte ich Madame Vernier, die immer noch meine Hand umklammert hielt.

»*Quel cauchemar*, was für eine Alptraum«, flüsterte sie. »Sie haben mich wirklich zu Tode erschreckt.« Dann verwandelte sich ihr besorgter Blick und wurde plötzlich streng. »Was machen Sie aber auch um diese Zeit in den Mülltonnen, Jean-Luc? Ich muß mich wundern …« Sie sah auf einige Müllreste, die bei meiner Suche auf das Steinpflaster gefallen waren, und kicherte plötzlich. »Sie sind doch wohl kein Clochard, der sich in den Containern sein Essen zusammensucht, oder?«

Ich schüttelte den Kopf, es tat verdammt weh. Die Nachbarin hatte einen erstaunlich kräftigen Schlag.

»Ich hab nur etwas gesucht, was ich versehentlich weggeworfen habe.« Ich fand, daß ich ihr eine kleine Erklärung schuldig war.

»Und – haben Sie es gefunden?«

Ich nickte. Es war halb zwei, als wir den Ort des Grauens verließen und Madame Vernier mir voranschwebte wie eine kleine weiße Wolke.

Cèzanne, der sich auf seiner Decke im Flur zusammengerollt hatte, begrüßte mich mit einem schläfrigen Schwanzwedeln, als ich von meinem nächtlichen Abenteuer zurückkam. Er hatte es wohl aufgegeben, meinem etwas durcheinandergeratenden Rhythmus von Tag und Nacht, Gassigehen und nicht Gassigehen zu folgen. So wie es kam, kam es. Hundebuddhismus. Einen Augenblick lang beneidete ich ihn um sein unkompliziertes Leben. Dann beugte ich mich über meinen Schreibtisch, strich den zerknüllten Charlotte-Zettel glatt und legte ihn neben den Principessa-Brief.

Man mußte kein Champollion sein, um zu erkennen, daß es sich um zwei völlig unterschiedliche Handschriften handelte. Die eine eher steil, mit eckigen Unterlängen, die andere nach rechts geneigt, mit runden, geschwungenen Buchstaben, bei denen sich besonders das B, das C, das D und das P hervortaten. Charlotte war definitiv *nicht* die Principessa.

Die Erkenntnis senkte meinen Adrenalinspiegel augenblicklich und ließ mich mit einem Mal furchtbar müde werden. Mein Kopf hämmerte, und ich verwarf die Idee, der echten Principessa noch in dieser Nacht zurückzuschreiben.

Für einen ebenbürtigen Antwortbrief mußte ich frisch und im vollen Besitz aller meiner geistigen und körperlichen Kräfte sein. Und die hatten in den letzten Stunden erheblich gelitten.

Ich wankte ins Bad und übereignete Charlottes Zettel endgültig dem Papierkorb. Dann putzte ich mir die Zähne. Das war das äußerste, was ich heute noch leisten konnte. Dachte ich.

5

An guten Tagen sehe ich aus wie der Mann aus der Gauloise-Reklame. Doch als ich jetzt in tiefster Nacht barfuß und in meinen hellblau-weiß-gestreiften Pyjama den Flur zum Schlafzimmer entlangtappte, hatte ich, von den Streifen meines Schlafanzugs mal abgesehen, so gar nichts mehr gemein mit diesem aufdringlich gut gelaunten, lässigen *Liberté-toujours*-Typen, der fröhlich mit seinem Hund spazierengeht.

Ich fühlte mich wie hundertfünf und wollte nur noch eins: Schlafen! Selbst wenn mit einem Mal die schönste Prinzessin der Welt vor mir gestanden hätte, ich hätte müde abgewinkt.

Als ich im Halbdunkel ein kleines rotes Licht blinken sah, hielt ich es zunächst für die Folgen meines Schädelhirntraumas. Doch es war nur der Anrufbeantworter, der von seinem Standort am Ende der Diele aus ein stummes Signal in die Nacht sandte. Mechanisch drückte ich den kleinen runden Knopf herunter.

»Sie haben *eine* neue Nachricht«, plärrte mir eine automatische Frauenstimme ins Ohr. Und dann hörte ich eine andere Frauenstimme, die mir eine Gänsehaut über den Rücken jagte.

»Jean-Luc? Jean-Luc, wo bist du? Es ist kurz vor eins, und ich kann dich nicht erreichen! Dein Handy ist auch ausgeschaltet.« Die Stimme klang angespannt. »Was machst du denn nur, mitten in der Nacht? Hast du meine Nachricht nicht erhalten? Du wolltest doch vorbeikommen! Bin ich dir so egal?« Eine kleine anklagende Pause folgte, dann bekam die Stimme hysterische Untertöne. »Jean-Luc, warum gehst du nicht ans Telefon? Ich kann nicht mehr, ich werde nie mehr malen. Nie mehr, verstehst du?«

Nach dieser dramatischen Ansage herrschte eine lange Stille. Dann schlug die Tragödin noch einmal zu. »Alles ist dunkel. Mir ist kalt, und ich bin ganz allein.«

Die letzten Worte klangen wahrhaft gruselig und nach mindestens vier Glas Rotwein.

Ich sank auf den kleinen harten Stuhl neben dem Telefon und schlug stöhnend meine Hände vor das Gesicht. Soleil! Soleil hatte ich völlig vergessen.

»Liebe kleine Soleil«, flüsterte ich verzweifelt. »Bitte verzeih mir, aber ich kann dich jetzt nicht mehr anrufen. Ich *kann* es einfach nicht. Es ist Viertel nach zwei, und noch eine weitere Stunde Telefonterror halte ich nicht aus.« Meine Beule tat höllisch weh, ich wollte meinen armen Kopf endlich auf ein weiches Kissen betten, mich in die dunkle Ruhe meines Schlafzimmers fallen lassen.

Und ich fragte mich, ob ich ein schlechter Mensch war, wenn ich dieses an der Welt und sich selbst zweifelnde Geschöpf noch eine Nacht lang seinem Unglück überließ.

»Ich bin ein Schwein«, murmelte ich düster. »Aber wenn ich jetzt nicht sofort ins Bett kann, falle ich auf der Stelle tot um.«

Dann griff ich seufzend nach dem Telefonhörer und wählte die Nummer von Soleil Chabon.

Eine halbe Stunde später saß ich im Taxi, Richtung Trocadéro.

Wie oft schon hatte ich Berichte darüber gelesen, daß der Mensch unter bestimmten Umständen plötzlich ungeahnte Kräfte mobilisiert. Er marschiert völlig erschöpft immer weiter durch die Sahara, in der Hoffnung, doch noch auf die lebensrettende Oase zu stoßen. Er braucht drei Nächte lang keinen Schlaf und hält sich mit Kannen voll Kaffee an seinem Computer wach, damit die Examensarbeit noch den Poststempel für das Datum des allerletzten Abgabetermins bekommt. Er klammert sich eine halbe Stunde länger als eigentlich möglich an einem Seil fest, wenn unter ihm ein Tümpel mit hungrigen Krokodilen wartet. Der Mensch ist erstaunlich in seinen Möglichkeiten, und ich erlebte gerade am eigenen Leib, was außerordentliche Adrenalinausschüttungen bewirken können.

Von nervöser Unruhe erfaßt, blickte ich nach links zum Eiffelturm hinüber, als wir jetzt den menschenleeren Quai d'Orsay entlangrasten. Ich war dankbar, daß ich mich in Paris auskannte und wenigstens den Weg zur Rue Augereau, einer kleinen Straße in der Nähe des Champs de Mars, hatte erklären können.

»Du sagen, ich fahren!« Die lapidare Aufforderung des Fahrers, dessen Heimat irgendwo im tiefsten Sudan liegen mußte, hätte jeden weniger ortskundigen Fahrgast sicherlich überfordert.

»Könnten Sie ein bißchen schneller fahren?« fragte ich den schwarzen Mann, der seine Schirmmütze tief ins Gesicht gezogen hatte. »*Je suis pressé*, ich habe es wirklich eilig.«

Der Mann vom afrikanischen Kontinent war solche Hast offenbar nicht gewohnt. Er brummte irgendeine Unverschämtheit in seiner Landessprache, trat dann aber aufs Gaspedal.

»Es ist ein Notfall«, versuchte ich ihn zu motivieren.

Ich wußte nicht, ob es ein Notfall war. Ich wußte nur, daß sich Soleil eine Stunde, nachdem sie ihre düstere Botschaft auf meinem Anrufbeantworter hinterlassen hatte, nicht mehr meldete. Fünfmal hintereinander hatte ich ohne Erfolg bei ihr durchklingeln lassen, dann hielt ich es nicht mehr aus.

Mag sein, daß sie einfach nur schlafen gegangen war und das Telefon abgestellt hatte, aber ich wollte nicht schuld sein an ihrem Tod. Das Gewissen plagte mich. Und die Nacht hat ihre ganz eigene Dramatik.

Mit einem Ruck blieb der Taxifahrer vor der angegebenen Hausnummer stehen. Ich hatte Soleil schon öfter in ihrem Atelier besucht, in dem sie auch schlief und lebte.

Ohne zu überlegen, drückte ich die Zahlenkombination, die das Hauptportal aufspringen ließ. Dann eilte ich durch den Hof, der mit zarten Bäumen bewachsen war, und blieb atemlos vor ihrer Wohnungstür stehen. Ich schellte Sturm, und als nichts passierte, hämmerte ich mit der Faust gegen die Tür.

»Soleil? Soleil, mach auf! Ich weiß, daß du da bist!«

Plötzlich hatte ich ein *déjà vu*. Vor zwei Jahren hatte ich auch schon vor dieser Tür gestanden und gehämmert. Damals hatte Soleil sich eine ganze Woche totgestellt. Sie verweigerte sich. Ich quatschte ihr den Anrufbeantworter voll, bat dringend um Rückruf, aber sie meldete sich nicht. Sie ging nicht ans Telefon und ließ mich draußen vor der Tür stehen, als wäre keiner da. Und alles nur, weil sie Angst hatte, mir zu sagen, daß ihre Bilder noch nicht fertig waren.

In meiner Not und weil die Zeit allmählich wirklich knapp wurde, hatte ich damals ein Blatt Papier mit riesigen Lettern unter der Tür durchgeschoben:

SPRICH MIT MIR.
FÜNF MINUTEN!
DANN WIRD ALLES GUT!

Darunter hatte ich ein kleines, flehendes Jean-Luc-Strichmännchen gezeichnet. Wenige Sekunden später hatte sich die Tür zögernd geöffnet.

Was soll ich sagen – Künstler sind ganz besondere Wesen. Bei allem Gestaltungswillen haben sie empfindsame Seelen und ein fürchterlich labiles Selbstbewußtsein, das ständig gestärkt werden will. Und ein Galerist, der mit »lebenden Künstlern« arbeitet, muß vor allem eines können: diese Wesen aushalten.

Neben mir ertönte ein leises Miauen. Ich blickte nach unten. Zwei leuchtend grüne Augen starrten mich unverwandt an. Sie gehörten zu Onionette, was Zwiebelchen bedeutet. Und Zwiebelchen ist der kleine Kater von Soleil. Bis heute habe ich nicht herausfinden können, warum das poussierliche Tierchen den Namen einer Alliaceae trägt, aber warum sollte ausgerechnet Soleil eine Katze haben, die Mimi oder Foufou heißt. Das wäre viel zu normal.

»Onionette«, flüsterte ich erstaunt und streichelte dem schnurrenden Kater über das getigerte Fell. »Wo kommst du denn her?« Zwiebelchen strich ein paarmal um meine Beine, dann verschwand er auf der kleinen, vom Innenhof abgetrennten Terrasse, die zu Soleils Wohnung gehörte. Ich zwängte mich durch die Lükke, die es an einer Seite zwischen Zaun und Hauswand gab, und blickte durch die verglaste Schiebetür in Soleils Schlafzimmer.

Es war dunkel im Zimmer, die Jalousien waren halb heruntergelassen, und ich konnte nicht erkennen, ob Soleil in ihrem provisorischen Bett, einer riesigen Matratze, die einfachheitshalber auf dem Fußboden lag, schlief.

»Soleil?« Ich klopfte zögernd gegen die Scheibe, dann drückte ich leicht gegen die Schiebetür. Sie glitt auf wie ein Sesam-öffne-dich, und ich wunderte mich über Soleils Leichtsinnigkeit. Tief in ihrem Herzen lebte sie wohl immer noch in der unberührten Natur der westindischen Inseln, wo sie als Kind aufgewachsen war.

Ich hielt den Atem an und lauschte in die friedliche Dunkelheit des Zimmers. »Soleil, alles in Ordnung?« rief ich leise und mit einem Mal befangen durch den fast unwirklichen und zugleich betörenden Duft nach Terpentin, Zimt und Vanille, der den Raum erfüllte und der mir das Gefühl gab, mir unerlaubterweise Zutritt in einen orientalischen Harem verschafft zu haben.

Vorsichtig schlich ich zu der Schlafstätte, die im hinteren Teil des riesigen hohen Raumes lag. Und dort lag auch Soleil, auf dem hellen Laken hingegossen wie eine Bronzefigur. Sie war vollkommen nackt. Ein schwacher Lichtschein, der durch die offene Tür fiel, die in die Küche führte, beleuchtete sanft ihr Gesicht, und ihre Brust hob und senkte sich in schönster Regelmäßigkeit.

Im ersten Moment war ich erleichtert. Dann bezaubert. Ich sah auf die schlafende Soleil, und alles kam mir mit einem Mal so unwirklich vor, als träumte ich es nur. Ich ertappte mich dabei, daß ich meinen Blick schon viel zu lange auf diesem anmutigen Körper ruhen ließ.

Was tat ich hier eigentlich? Schlich mich in fremde Wohnungen und starrte nackte Frauen an! Soleil schlief wie eine friedliche Göttin, ihr fehlte nichts, und ich war mit einem Mal kein Lebensretter mehr, sondern ein Voyeur.

Ich riß den Blick los und wollte gerade leise den Rückzug antreten, als meine Ferse einen Gegenstand streifte. Die leere Weinflasche, die dort gestanden hatte, fiel klirrend um, und in der Stille der Nacht hörte es sich an, als stürzten die Mauern von Jericho ein.

Ich zuckte zusammen.

Die Bronzefigur hatte sich bewegt und starrte nun in meine Richtung. »Ist da jemand?« Soleils Stimme klang schläfrig.

»Ich bin's nur, Jean-Luc!« flüsterte ich zurück. »Ich wollte nur sehen, ob alles in Ordnung ist.« Das war immerhin die Wahrheit.

Soleils Augen glänzten. Es schien sie überhaupt nicht zu verwundern, daß ihr Galerist und Agent mitten in der Nacht vor ihrem Bett stand. Mit der Unbefangenheit eines Kindes setzte sie sich auf, ihre kleinen, runden, milchkaffeebraunen Brüste bebten ein wenig, ich hätte mir schon die Augen zuhalten müssen, um es nicht zu sehen.

Eisern konzentrierte ich meinen Blick auf ihr Gesicht und nickte freundlich wie ein Oberarzt bei der Visite.

Soleil verzog ihren großen Mund zu einem noch größeren Lächeln, und ihre weißen Zähne schimmerten. »Du bist gekommen!« sagte sie glücklich und streckte eine Hand nach mir aus.

»Natürlich«, sagte ich und wagte mich einen Schritt weiter vor. »Ich hab mir Sorgen gemacht ... du klangst schrecklich.«

Ich nahm Soleils Hand und hätte gern tröstend den Arm um sie gelegt, wie man es bei einer guten Freundin macht, die Kummer hat, aber in Anbetracht ihrer entblößten Schultern schien mir das irgendwie unpassend. So verharrte ich einen Augenblick etwas merkwürdig gebeugt über ihr. Dann drückte ich aufmunternd ihre

Hand, bevor ich sie sanft aus der meinen entließ. »Tut mir leid, daß ich mich nicht eher gemeldet habe. Ich komme morgen nachmittag, versprochen. Und dann reden wir über alles.«

Soleil nickte. Die Tatsache, daß ich mitten in der Nacht zu ihr gefahren war, weil ich mir Sorgen gemacht hatte, schien sie mit großer Befriedigung zu erfüllen.

»Ich wußte, daß du mich nicht im Stich läßt«, sagte sie. Dann schniefte sie ein wenig. »Ach, Jean-Luc! Es ist soviel passiert, ich bin so durcheinander ...«

Hätte das irgend jemand auf diesem merkwürdigen Planeten besser verstehen können als ich?

»Alles wird gut«, erklärte ich voller Empathie und meinte damit auch ein wenig mich selbst. »Und jetzt schläfst du ganz schnell weiter.«

Soleil legte sich hin und zog gehorsam ihre dünne Decke über sich. Ich strich ihr kurz über das Haar, dann richtete ich mich auf.

»Danke, Jean-Luc, schlaf du auch ganz schnell weiter«, murmelte sie. Lächelnd schlüpfte ich durch die Terrassentür. Es war zwanzig nach vier. Nachdem ich in dieser Nacht noch kein Auge zugetan hatte, konnte von »weiter« schlafen nun nicht die Rede sein. Wohl aber von »endlich« schlafen. Und davon würde mich jetzt nichts mehr abhalten. Weder ein Erdbeben. Noch ein Freund in Not. Noch die leibhaftige Principessa.

Trotz meines nächtlichen Ausflugs wachte ich wenige Stunden später erfrischt auf. Ich muß sagen, daß ich mich weitaus besser fühlte als am Morgen zuvor. Vielleicht gewöhnte sich mein Körper bereits an den wenigen Schlaf. Auch Napoleon war auf seinen Feldzügen mit schlappen fünf Stunden ausgekommen, warum sollte das nicht auch bei mir klappen?

Es war alles eine Frage der Einstellung.

Ich ertappte mich dabei, wie ich unter der Dusche sang – das hatte ich schon seit Ewigkeiten nicht mehr getan! »*J'attendrais ...*« schmetterte ich dem türkisfarbenen Duschvorhang mit den kleinen weißen Muscheln entgegen, der sich mir entgegenwölbte wie das Meer, und wunderte mich über meine gute Laune.

Es war Samstagmorgen und ich hatte endlich Zeit!

Ich hatte Marion angerufen und gebeten, einmal pünktlich zu sein, die Galerie aufzuschließen und bis zum frühen Nachmittag in der Rue de Seine die Stellung zu halten. Ich hatte Madame Vernier angerufen und sie gebeten, Cézanne heute zu übernehmen (wenn ich meinen Hinterkopf betastete, fand ich, daß sie mir diesen kleinen Gefallen schuldig war). Ich würde mir gleich unten in der Boulangerie ein – nein zwei! – frische Croissants kaufen, mich mit einem starken *petit noir* mit viel Zucker an meinen Schreibtisch begeben, und dann ... Und dann!

Die Aussicht, den Brief der Principessa zu beantworten und mit dieser sicherlich ebenso geheimnisvollen wie schönen Unbekannten, die mir immerhin so viele wunderbare Komplimente gemacht hatte, daß mein bester Freund mich beneidete – die Aussicht, mit dieser Frau nun endlich in Kontakt zu treten, versetzte mich in Hochstimmung.

Allein – als ich eine Stunde später vor meinem kleinen weißen Laptop saß und zum ersten Mal die E-Mail-Adresse der Principessa eingegeben hatte, wußte ich nicht so recht, wie ich beginnen sollte.

Betreff? Was sollte ich in die Zeile »Betreff« schreiben? Irgendwie waren diese neumodischen Kategorien, die den Inhalt oder das Anliegen eines Schreibens in möglichst einer Zeile zusammenfassen sollten, nicht geeignet für Briefe aus einer anderen Zeit.

»Ihr Brief vom Donnerstag«? Unmöglich! »Antwort auf Ihren Brief«? Das klang wenig geistreich. »Für die Principessa«? Ja, für wen wohl sonst?

Ich las noch einmal in dem Brief der Principessa, verlor mich in den Zeilen, und dann fand ich ein Wort, das mir geeignet erschien.

Betreff: *Verführt!*

Zufrieden lehnte ich mich zurück, nahm einen Schluck Kaffee und überlegte, ob ich den Brief mit »*Werte Dame*« (klang nach älterem Fräulein), »*Liebe Principessa*« (zu ruhig) oder »*Liebste Principessa*« (zu anmaßend) beginnen sollte.

Ich hatte mich gerade für »*Schönste Principessa*« entschieden, da klingelte mein Telefon. Leise fluchend nahm ich den Hörer ab.

»Ja, bitte?« sagte ich unwirsch.

»Jean-Luc?« Ausnahmsweise war es nicht Soleil.

»Was gibt's denn, Marion?«

»Bist du schlecht gelaunt?« fragte sie.

Wenn ich etwas an Frauen hasse, dann ist es diese Eigenschaft, auf Fragen einfach mit Gegenfragen zu antworten. »Nein, ich bin bestens gelaunt«, entgegnete ich knapp.

»Aber du klingst nicht so«, beharrte Marion. »Hast du was?«

Ich seufzte. »Marion, bitte sag mir einfach, was du willst, ich bin grad mitten in einer ... Sache und muß mich konzentrieren.«

»Ach so. Warum sagst du das nicht einfach?«

Ich verdrehte die Augen. »Also?«

»Diese Conti aus dem Hotel hat angerufen.« Ich hörte, wie sie Kaugummi kaute. »Jemand hat nach dir gefragt.«

Ich liebe die Präzision von Marions Auskünften. »Wer? War es Monsieur Bittner?« Hatte der sich nicht auch noch am Wochenende mit mir treffen wollen, um über Julien zu reden? Ich mußte mich wirklich mehr konzentrieren. Die Dinge fingen an, aus dem Ruder zu laufen.

»*Non*, nicht unser deutscher Freund. Es war irgendeine Frau. *Une dame*, wie Mademoiselle Conti sagte.«

»Und – hat die Dame einen Namen?« fragte ich entnervt.

»Nein. Ja. Ich weiß nicht ... Jetzt, wo du es sagst ... Ich kann mich nicht daran erinnern, daß Mademoiselle Conti überhaupt einen Namen genannt hat ...«

Marion schien zu überlegen, und ich seufzte. Natürlich hatte Mademoiselle keinen Namen genannt. Warum auch? Was waren schon Namen, wenn man in einem Hotel arbeitete?

»Ich habe ein ausgezeichnetes Gedächtnis für Gesichter, aber mit den Namen stehe ich auf Kriegsfuß«, lauteten die reuelosen Worte der Rezeptionistin, wenn sie mal wieder dabei ertappt wurde, einen Namen verdreht oder vergessen zu haben.

»Am besten rufst du sie selbst an und fragst noch mal.« Marion war zum Ende ihrer Überlegungen gekommen und hatte es plötzlich sehr eilig.

Bevor sie das Gespräch beenden konnte, hörte ich einen ohrenbetäubenden Lärm am anderen Ende der Leitung, dann ging die Türglocke. Marion stieß einen begeisterten Schrei aus.

»Ich muß jetzt auflegen. Bis gleich!«

Kopfschüttelnd legte ich den Hörer zurück und beschloß, später im Duc de Saint-Simon vorbeizuschauen und mir Mademoiselle Conti persönlich vorzuknöpfen. Doch jetzt hatte ich Wichtigeres zu tun. Ich stellte alle Telefone ab und überlegte.

Wie schreibt man einem Menschen, den man nicht kennt, den man nicht vor sich sieht, der einem einige wenige rätselhafte Hinweise gegeben hat, die man vergeblich einzuordnen sucht, der aber so voller Liebe geschrieben und so viele schöne Dinge über einen selbst gesagt hat, daß man ihn gerne kennenlernen würde?

Als ich vor meiner kleinen Maschine saß und auf den leeren Bildschirm starrte, auf dem außer »Schönste Principessa« nichts stand, fühlte ich mich wie ein Romanschriftsteller vor dem berühmten weißen Blatt.

Nicht daß ich Angst gehabt hätte, doch der Anspruch an mich selbst wuchs von Minute zu Minute. Erst jetzt bemerkte ich, daß der Brief der Principessa eine echte Falle für mich war, eine wunderschöne zugegebenermaßen, aber ich hatte die Sache unterschätzt.

Ich wollte nicht nur herausfinden, wer diese Dame war, die mich mit kühnen Worten herausforderte, plötzlich wollte ich dabei auch noch geistreich sein, charmant, schlagfertig, wortgewandt, ich wollte mich unter keinen Umständen blamieren. Und ich war, man möge sich erinnern, nicht ohne Grund etwas aus der Übung geraten, was das Schreiben von privaten Briefen betraf.

Sieben Zigaretten und drei *petit noirs* später, die alle kalt wurden, bevor ich sie austrank, war »das Werk« vollendet. Sekundenlang schwebte mein Zeigefinger über der Sendetaste, und ich gestehe, ich war seltsam aufgeregt, als ich sie drückte.

Ich hatte geantwortet. Mein Brief schwebte jetzt als Mail unwiderruflich durch den endlosen virtuellen Raum, legte ganz viele oder vielleicht auch nur ganz wenige Kilometer zurück, bis er mit Lichtgeschwindigkeit sein Ziel erreichte.

Das Abenteuer hatte begonnen.

6

Betreff: *Verführt!*

Schönste Principessa!

Wer auch immer Sie sind, die da mit goldenen Pfeilen nach meinem Herzen zielt – denn von einem sanften Herabsinken kleiner Goldpartikel kann nach einem solchen Brief doch nicht im Ernst die Rede sein –, Sie sollen wissen, daß Ihr für mich so höchst überraschendes Schreiben die beabsichtigte Wirkung nicht verfehlt hat.

Dennoch sollten Sie nicht so leichtfertig Ihre Finger verwetten, Verehrteste, denn es könnte durchaus sein, daß Sie diese schönen Gliedmaßen noch brauchen werden, sei es, um wiederum mir zu schreiben, sei es, um andere Dinge damit zu tun, die ich an dieser Stelle aus Gründen der Schicklichkeit nicht näher ausführen möchte (und wenn Sie jetzt erröten, so soll mir das eine süße Rache sein für Ihre nächtlichen Träumereien mit offenen Augen, in denen meine Hände ungefragt eine gewagte Rolle spielen).

Wenn ich Ihnen erst jetzt, unverzeihliche zwei Tage später, antworte, so hat das seine Ursache darin, daß, warum auch immer, mein wohltemperiertes Leben gerade auf höchst rasante

Weise in eine Art Schieflage zu geraten scheint, die mich ohne Pause in Atem hält.

Seit jenem Morgen vor zwei Tagen, als ich Ihr himmelblaues Kuvert aus dem Postkasten zog, überstürzen sich seltsamerweise die Ereignisse, ich bin kaum noch zur Ruhe gekommen, vom Schlafen ganz zu schweigen, und wenn ich Ihnen versichere, daß dies mein erster ruhiger Moment ist, müssen Sie mir bitte glauben!

Ihr Brief hat mich gleichermaßen verwirrt und bezaubert.

Seit Donnerstag denke ich ununterbrochen darüber nach, wer sich hinter der Principessa verbirgt. Ist es eine Frau, die ich kenne? Und wenn ja, woher und seit wann? Und in welchem Maße? Mein Gehirn arbeitet fieberhaft und kommt doch zu keinem Ergebnis. Denn Sie enthalten mir alles vor, alles außer Ihren Worten, die voller nebulöser Andeutungen und unglaublicher Versprechungen sind.

Was soll ich davon halten, Principessa? Kommen Sie aus Ihrem Versteck! Gerne möchte ich zum glücklichsten Mann werden, den Paris, ja, den die Welt je gesehen hat! Aber zum Glück gehören nicht nur Worte, sondern auch Taten, die ich allzugern vollbringen wollte, würden Sie es mir nur erlauben.

So gerne hätten Sie mich geküßt, als unsere Hände sich berührten? Mon Dieu, wer so schreiben kann, der soll wohl gut küssen können! War ich denn mit Blindheit geschlagen, daß ich diesen glücklichen Moment einfach habe verstreichen lassen? Schon jetzt fange ich an mich zu ärgern, daß nicht ich Sie geküßt habe. Wie Sie so richtig bemerkt haben (und Ihre Anspielung auf immer andere Frauen an meiner Seite ist nicht nur indiskret, sondern auch ein bißchen frech), bin ich ein Mann, der die Frauen sehr anziehend findet und sehe darin auch kein Verbrechen. Dennoch ist offensichtlich etwas sehr Wichtiges meiner Aufmerksamkeit entgangen – nämlich Sie! Ein unverzeihlicher Fehler, wie mir scheint.

Und nun bestrafen Sie mich damit, daß Sie mich rasend neugierig machen. Sie wissen einiges über mich, ich hingegen fast nichts über Sie – und das finde ich bereits nach zwei Tagen nahezu unerträglich.

Muß ich nun in alten Alben und Adreßbüchern suchen, um Sie zu finden? In welche Richtung soll ich meine Schritte lenken? Vor, zurück – oder noch ganz woanders hin?

Auch wenn Sie sich hinter spitzzüngigen Worten verschanzen, aus Ihnen spricht eine liebende, zumindest aber eine verliebte Frau, und deswegen bitte ich Sie, nein, ich fordere Sie auf, meine schöne Unnahbare, Ihrem Herzen und dem Duc angemessenen Tribut zu zollen und mir wenigstens einen kleinen Hinweis zu geben (dem gerne ein großes Dîner an einem standesgemäßen Ort folgen darf, zu dem ich Sie jetzt schon einlade).

Principessa! Seit zwei Tagen laufe ich aufs schönste unkonzentriert durch die Welt, weil Sie mir nicht mehr aus dem Kopf gehen. Ich verpasse Termine, ich höre nicht richtig zu, ich vergesse zu essen, und Sie sind mein liebstes Rätsel. Aber das wollten Sie ja, nicht wahr?

Sie haben mich verführt, und nun bin ich gespannt, wohin Sie mich noch weiter führen werden. Ich wäre nicht der Mann, der ich bin, könnte ich mir da nicht einiges vorstellen.

Ihre Herausforderung ist hiermit angenommen, ein Duc weiß sehr wohl mit seinem Florett umzugehen und muß ein

Duell, so zärtlich oder heftig es auch immer ausgetragen werden mag, nicht fürchten.

Aber ich möchte auch Sie warnen, liebste Principessa: Ich kann sehr hartnäckig sein, und so leicht kommen Sie mir nicht davon!

Ich hoffe noch heute auf Post von Ihnen und verbleibe in großer Ungeduld (die Sie mir bitte nachsehen mögen),

Ihr Duc de Champollion

Zufrieden lehnte ich mich zurück. Ich fand, daß ich den Ton ganz gut getroffen hatte. Die Dame wollte achtzehntes Jahrhundert? Sie bekam achtzehntes Jahrhundert. Sie war die Principessa, ich der Duc. Wenn das der Weg war, um an sie heranzukommen, wollte ich gern darauf eingehen.

Die Kunst, eine Frau zu verführen, besteht in der Hauptsache darin, ein Nein nicht zu akzeptieren, in der Aufmerksamkeit nicht nachzulassen und sie zu umwerben wie eine Königin. Was das anging, war jede Frau eine Principessa, soviel hatte ich begriffen. Jede Frau war ein kleines Wunder, und jede hatte ihren ganz eigenen Spleen, dem man am besten mit Großmut begegnete.

Ich lächelte, zupfte vergnügt ein Stück von dem duftigen Croissant ab, das Odile, die rundliche Tochter des Besitzers der Boulangerie, mir eben mit hochroten Wangen ins Papier eingeschlagen hatte, als ich ihr, wie jeden Morgen, ein kleines Kompliment machte. Ich wähnte mich meinem Ziel schon sehr nahe. Nach diesem Brief, spätestens nach dem nächsten, würde die Principessa sich zu erkennen geben, keine Frau konnte ein Geheimnis lange bewahren, nicht mal, wenn es ihr eigenes war. Dieser hier würde ich mit den schönsten Worten zusetzen, bis sie sich verriet und die Waffen streckte.

Und am Ende würde ich das Spiel gewinnen!

Ach, welche Hybris! Wie dumm ich war! Wie grandios ich mich selbst überschätzte! Hätte ich in die Zukunft schauen können, was in den wenigsten Fällen von Vorteil ist, wäre mir mein selbstzufriedenes Lächeln schnell vergangen.

So aber sah ich noch einen Augenblick auf meinen Brief und dachte bereits darüber nach, in welches Restaurant ich die Principessa im Fall, daß sie mir ebenso gefiel wie ihr Brief, führen wollte, als ein leises »Pling« mir eine neue E-Mail ankündigte.

Die Principessa hatte geantwortet!

War ich cool, siegesgewiß und in meinen Erwartungen bestätigt? Nein. Mein Herz klopfte, als sich die schwarzen Zeilen auf dem Bildschirm vor mir materialisierten.

Betreff: *Unkonzentriert ...*

Mein lieber Duc! Sie großer Ungeduldiger!

Gerade fand ihr schöner Brief seinen Weg zu mir, ich habe ihn mit klopfendem Herzen gelesen, und obwohl ich in diesem

Moment so gut wie keine Zeit habe, weil ich dringenden Geschäften nachgehen muß, möchte ich Sie rasch von Ihrer Ungeduld erlösen, nicht jedoch, und das wird Sie ein wenig ärgern, von Ihrer Ungewißheit, was meine Person betrifft.

Gedulden Sie sich, Lovelace! Wenn Sie sich meiner würdig erweisen, werden Sie alles von mir bekommen – sogar meinen Namen!

Ich bin über die Maßen glücklich, daß Sie mir geantwortet haben, ich freue mich auf unsere Wortgefechte, denn bereits nach Ihrem ersten Brief sehe ich, daß Sie mir ein ebenbürtiges Gegenüber sind.

Daß Sie ein Mann von Geschmack sind, ist mir nicht verborgen geblieben, daß Sie schöne Frauen anziehend finden (und bisweilen auch gerne ausziehen), versetzt mir einen kleinen Stich, denn, mon cher Monsieur, ich habe nicht vor, Sie zu teilen. Daß Sie sich mit Bildern auskennen, weiß ich, doch daß Sie so kunstvoll mit Worten umgehen können, hat mich überrascht und entzückt.

Ich möchte noch so vieles von Ihnen wissen, und auch Sie sollen erfahren, welche Frau ich bin. Stück um Stück, Hülle um Hülle, erst zögernd, dann in fiebriger Ungeduld werden wir uns all unserer Kleider entledigen, bis nichts mehr verborgen bleibt und wir so voreinander stehen, wie die Natur uns geschaffen hat: Nackt.

Ich habe heute nacht von Ihnen geträumt, lieber Duc!

Sie standen plötzlich vor meinem Bett, sie strichen über meine Haut, sie berührten mich aufs Zärtlichste ... Ich muß aufpassen, daß ich nicht den Kopf verliere, und ich fürchte doch, ich habe ihn schon verloren.

Ihre Worte stiften ebenso angenehme Verwirrung in meinem Herzen wie Ihr Bild, das mir so deutlich vor Augen steht, daß ich meine, es anfassen zu können.

Denken Sie denn, ich könnte mich noch auf irgend etwas konzentrieren? Wieviel lieber würde ich jetzt Ihre Hand nehmen und durch den schönen Maimorgen mit Ihnen spazieren, immer am Ufer der Seine entlang, die in der Sonne glänzt wie ein silbernes Band. Cézanne würde ungeduldig vor uns herlaufen und wieder zurück, denn bei jeder Brücke würden wir stehenbleiben und uns küssen ... Geben Sie zu, daß das unendlich viel schöner wäre, als die Dinge zu tun, die wir tun müssen!

Ihre Principessa (bei dem vergeblichen Versuch, sich wieder auf ihre Arbeit zu konzentrieren)

Ich schüttelte lächelnd den Kopf. Diese Frau verstand es wirklich, einen Mann aus der Reserve zu locken. Ich brauchte nicht lange zu überlegen. Wie von selbst flogen meine Finger über die Tasten, als ich sofort eine Antwort schrieb, von der ich hoffte, daß sie die vielbeschäftigte Principessa noch erreiche.

Betreff: *Protest*

Cara Inconcentrata!

(Meine Italienischkenntnisse sind dürftig, und ich bin nicht sicher, ob es dieses Wort wirklich gibt, aber es klingt so schön.) Lassen Sie sich in Ihrer Unkonzentriertheit bitte nicht stören!

Immer schön unkonzentriert bleiben! Spazieren wir wenigstens in Gedanken in der Sonne. Natürlich gebe ich gerne zu, daß das schöner wäre, als sich auf irgendwelche Tagesgeschäfte zu konzentrieren. Denn bei solch verlockenden Briefen versinkt doch alles andere in Bedeutungslosigkeit.

Allerdings habe ich einen Einwand anzumelden: Sich an jeder Brücke zu küssen, die unsere schöne Seine überspannt – nein, das gefällt mir nicht, ich protestiere!

Warum geizen Sie so mit Ihren Küssen, Principessa? Seien Sie verschwenderisch, und hören Sie auf zu zählen! Ich möchte Sie auf diesem Spaziergang durch den Frühling küssen, wann immer es mir gefällt. Und daß es Ihnen gefallen wird, daran hege ich keinen Zweifel. Was das angeht, hat sich noch keine Frau bei mir beschwert, wenn ich das sagen darf, ohne mir gleich Ihren Unmut zuzuziehen.

Wenn ich doch nur wüßte, welche schöne Blume ich da küsse?!

Es scheint Ihnen offensichtlich ein enormes Vergnügen zu bereiten, mich in dieser Angelegenheit noch ein wenig zappeln zu lassen. Seien Sie nicht grausam!

Ich weiß nicht, was ich verbrochen habe, daß Sie mich so behandeln, Sie erwähnten ein »unglückseliges Zusammentreffen« in Ihrem ersten Brief, aber geben Sie mir doch bitte den winzigsten aller Hinweise, und ich will Sie für den Moment in Ruhe lassen!

Oder haben Sie etwa Angst vor diesem fürchterlichen Gigolo, für den Sie mich offenbar halten?

Ihr Duc

Ich hätte nicht nur meinen kleinen Finger, sondern meine ganze Hand darauf verwettet, daß die Principessa diesen letzten Satz nicht unkommentiert würde stehen lassen.

Und richtig, wenige Minuten später landete mit einem leisen »Pling« ein neues Brieflein in meiner Mailbox. Diesmal waren es allerdings wirklich nur wenige Zeilen. Gespannt öffnete ich die Mail. Es war kaum zu erklären, aber dieser kleine Schlagabtausch versetzte mich in Hochstimmung.

Betreff: *Ein Rätsel*

Angst? Sie überschätzen sich, mein lieber Freund! So fürchterlich sind Sie nun auch nicht. Und Ihren meisterlichen Küssen, über die sich noch keine Frau jemals beschwert hat, halte ich schon stand. Doch liegt es nicht im Wesen einer Principessa, eine unter vielen zu sein. Das sollten Sie beherzigen, wenn Sie etwas von mir wollen. Sie müssen sich schon mehr einfallen lassen, um mich zu überzeugen.

Da Sie jedoch offenbar keine Ruhe geben wollen und ich diese für den Moment recht dringend brauche, gebe ich Ihnen ein kleines Rätsel mit auf den Weg, womit ich Ihnen ein wenig entgegenkommen will, was Ihren so dringlichen Wunsch nach einem »winzigen Hinweis« angeht:

Sie sehen mich und sehen mich nicht.
  Sie kennen mich und kennen mich nicht.

Mehr werde ich Ihnen nicht verraten! Das Entschlüsseln kryptischer Schriften liegt Ihnen ja sozusagen im Blut, nicht wahr, Monsieur Champollion?

Die Principessa

PS: Ihr Italienisch mag rudimentär sein, aber das Wort, das Sie erwähnten, gibt es in der Tat.

Die Principessa war eine kleine Besserwisserin! Sie führte mich an der Nase herum, sie provozierte mich und machte sich über mich lustig. Ich meinte fast ein silberhelles Lachen zu hören, als ich die Stelle mit ihrem ironischen »*das liegt Ihnen ja sozusagen im Blut, nicht wahr, Monsieur Champollion*« las.

Und irgendwie gefiel sie mir. Schon jetzt glaubte ich sie zu kennen, obwohl ich nicht einmal wußte, wie sie aussah.

Das kleine Rätsel, das sie mir großzügigerweise zugedacht hatte, brachte mich natürlich keinen Schritt weiter. Nun gut – zumindest wußte ich jetzt, daß es jemand war, den ich sah und kannte. Ohne ihn allerdings *wirklich* zu sehen oder zu kennen. Denn das war ja wohl gemeint mit dem spitzfindigen Zweizeiler meiner kleinen Sphinx, der – ich täuschte mich nicht – einen vorwurfsvollen Unterton trug.

Bei dieser Vorgabe kamen viele Damen aus meiner Umgebung in Frage. Im Grunde hätte es sogar Odile, die Tochter des Bäckers, sein können, die mir immer mit diesem scheuen Lächeln die Croissants verkaufte. Ein junges Mädchen, ein stilles Wasser, das – wer wußte das schon – vielleicht eine romantische Seele unter ihrem Busen verbarg. Selbst Mademoiselle Conti konnte ich nicht ausschließen. Hatte ich mich je ernsthaft gefragt, welche Abgründe sich möglicherweise hinter dieser kleinen Gouvernante für ungezogene Hotelgäste verbarg? Oder war es doch Madame Vernier? Der Hinweis auf Cézanne kam mir plötzlich in den Sinn. War das etwa eine heiße Spur? Charlotte konnte es jedenfalls nicht gewesen sein, die hatte eine andere Schrift gehabt, allerdings war sie die einzige, die mich »mein kleiner Champollion« genannt hatte und vom Stein von Rosette schwadronierte.

Nachdenklich druckte ich die Briefe aus. So ganz unrecht hatte mein Freund Bruno nicht, wenn er meinte, es könne sich um eine Frau handeln, der ich nicht genug Aufmerksamkeit entgegenbrachte oder entgegengebracht hatte. Ich räumte das Geschirr in die Spüle, griff nach meiner Jacke und machte mich auf den Weg in die Galerie du Sud.

Es war bereits halb zwölf, und auch ich hatte Tagesgeschäfte, denen ich nachgehen mußte.

7

In Saint-Germain herrschte an diesem frühlingshaften Samstag ein buntes Treiben. Die Einheimischen suchten sich zielstrebig ihren Weg durch die kleinen Straßen, die von Touristen bevölkert waren, die an jeder Schaufensterauslage stehenblieben und sich die Nase plattdrückten. Verliebte Paare schlenderten Arm in Arm auf den schmalen Trottoirs. Autos hupten, Motorradfahrer knatterten vorbei, vor dem Deux Magots saßen die Menschen in der Sonne und schauten zufrieden auf die Kirche von St-Germain-des-Prés. Man begrüßte sich, Küßchen rechts, Küßchen links, man redete, rauchte, lachte und rührte in seinem Café Crème oder Jus d'orange. Ganz Paris schien gut gelaunt, und die gute Laune war ansteckend.

Beschwingt lief ich die Rue de Seine hinunter, ein leichter Windstoß fuhr mir durch die Haare, das Leben war schön und voller wunderbarer Überraschungen. Zwei elegant gekleidete Herren verließen gerade die Galerie du Sud, sie lachten und gestikulierten animiert mit den Händen, bevor sie in der nächsten Seitenstraße verschwanden.

Ich stieß die Tür zur Galerie auf. Im ersten Moment hatte ich das Gefühl, keiner wäre da, doch dann sah ich Marion, und mir verschlug es die Sprache.

Diesmal hatte sie wirklich den Vogel abgeschossen!

Sie saß auf einem der vier lederbespannten Barhocker, die im hinteren Teil des Raumes an einer kleinen Espresso-Theke standen, und feilte sich summend die Fingernägel. Ihre langen Beine wurden notdürftig von einem dunkelbraunen Wildlederfetzen bedeckt, bei dem man nicht genau sagen konnte, ob es ein Rock war oder doch eher ein breiter Gürtel. Die weiße Bluse, die sie darüber trug, stand endlos weit auf und erlaubte tiefere Einblicke, als sie für eine Strandbedienung auf Hawaii schicklich gewesen wäre.

»Marion!« rief ich.

»Aaah, Jean-Luc!« Erfreut ließ Marion die Nagelfeile sinken und rutschte den Hocker herunter. »Gut, daß du kommst. Bittner hat eben hier angerufen und fragt nach, ob ihr euch heute noch treffen könnt.«

»Marion, das geht wirklich nicht«, erklärte ich empört.

»Dann rufst du ihn am besten gleich an«, entgegnete Marion unbefangen.

»Ich meine deinen Aufzug.« Ich musterte sie ungläubig. »Also wirklich, Marion, du mußt dich schon entscheiden, ob du als Animatrice im Club Med arbeiten willst oder in einer Galerie. Was soll denn das für ein Lendenschurz sein, das ist doch nicht dein Ernst, oder?«

Marion lächelte. »Scharf, was? Den hat Rocky mir gekauft.« Sie drehte sich einmal um die eigene Achse. »Du mußt zugeben, daß ich das tragen kann.«

»Das gebe ich gerne zu, aber nicht in meiner Galerie!« Ich versuchte Autorität in meine Stimme zu legen.

»Wenn du unsere Kunden verwirrst und sie nicht wissen, ob sie dir zuerst in den Ausschnitt gucken sollen oder auf deinen Slip, werden sie sich wohl kaum noch für die Bilder interessieren, die hier so rumhängen.«

»Du übertreibst, Jean-Luc! Erstens sieht man meine Unterwäsche nicht, was schade ist, und zweitens waren gerade zwei sehr nette italienische Herren hier, die mein Outfit überhaupt nicht gestört hat.« Sie zog sich ihr Röckchen lässig ein wenig nach unten und lächelte triumphierend. »Im Gegenteil – ich hatte ein sehr gutes Gespräch mit ihnen, und sie haben sogar das große Bild von Julien gekauft und wollen es am Montag abholen – hier!« Sie überreichte mir eine Visitenkarte. »Die italienischen Männer wissen es eben zu schätzen, wenn eine Frau sich hübsch macht.«

»Marion!« Ich nahm die Karte und drohte ihr mit dem Zeigefinger. Dieses Mädchen hatte immer ein Gegenargument, und sie machte ihre Sache einfach zu gut. »Ich erwarte, daß du in meiner Galerie in vertretbarer Kleidung erscheinst. Und zwar in für spießige französische Männer vertretbarer Kleidung, klar? Wenn du mir noch einmal in diesem Stripperröckchen unter die Augen kommst, falle ich höchstpersönlich über dich her!«

Sie grinste, und ihre grünen Augen funkelten. »*Aaah, mon petit tigre*, mein kleiner Tiger, da krieg ich ja furchtbare Angst ... obwohl ...« Sie musterte mich von oben bis unten, als sähe sie mich zum ersten Mal. »Eigentlich keine schlechte Idee.« Sie steckte kokett einen Finger in den Mund, dann schüttelte sie den Kopf. »Nein, damit wird Rocky nicht einverstanden sein, fürchte ich.«

»Na, dann ist ja jetzt alles klar«, sagte ich.

»Alles klar, Chef!« wiederholte Marion und zwinkerte mir zu. Und als sie sich dann vorbeugte, um die Schnalle an ihrem rechten Schuh enger zu stellen, und mir dabei ihren kleinen Hintern entgegenstreckte, zuckte es für einen unkontrollierten Moment in meiner rechten Hand, und ich konnte mich gerade noch beherrschen, dieser frechen Göre nicht den Klaps zu geben, den sie eigentlich verdient hatte.

Dann war der Moment vorbei. Marion richtete sich wieder auf, nestelte umständlich an ihrer Bluse und knöpfte immerhin einen Knopf für mich zu, und ich gab ihr Anweisung, die liegengebliebene Post zu erledigen, die Galerie nicht vor zwei Uhr zu schließen und wegen der anstehenden Ausstellung mit Soleil – der letzten Ausstellung, bevor die Sommerferien begannen und ganz Paris leergefegt war – noch die Druckerei anzurufen, die die Einladungskarten drucken sollte. Wenn es darum ging, Preise auszuhandeln, war Marion nicht zu schlagen.

»Ja, ja, ja.« Sie nickte geduldig und hielt mir anschließend den Telefonhörer vor die Nase.

»Vergiß Bittner nicht!«

»Bittner? Ach so!«

Ich erwischte Karl noch im Duc de Saint-Simon (er ist jemand, für den der Tag erst ab elf Uhr beginnt), willigte ein, ihn abzuholen, um anschließend in der Ferme zusammen eine Kleinigkeit essen zu gehen, und als ich auflegte, fiel mir ein, daß ich vergessen hatte, Luisa Conti zu fragen, wer die Dame war, die für mich angerufen hatte.

Es konnte ja nur eine Kundin sein, die mich in der Galerie nicht erreicht hatte. Oder steckte jemand anderes dahinter? Ein weiblicher Jemand, der sich nicht zu erkennen geben wollte? Allmählich sah ich Gespenster!

Marion winkte mir fröhlich durch die Scheibe zu, als ich wieder draußen auf der Straße stand. Ich winkte zurück. Trotz unserer kleinen Auseinandersetzungen hatte es etwas Beruhigendes, wie sie da so vertraut im Laden stand und sich einen Kaugummi in den Mund schob.

Denn wenn ich auch das Gefühl hatte, gerade ein wenig den Überblick über mein Leben zu verlieren – von den Frauen ganz zu schweigen, die plötzlich, so schien es, aus allen Winkeln auftauchten und ihr Unwesen mit mir trieben –, war auf jeden Fall eines sicher:

Marion war nicht die Principessa. Marion war einfach nur Marion. Und dafür war ich ihr wirklich dankbar.

Als ich das Duc de Saint-Simon betrat, war ich noch ganz in Gedanken und alles andere als vorbereitet auf die kleine groteske Szene, die sich meinen überraschten Blicken bot. Verblüfft blieb ich stehen.

Karl Bittner kniete vor dem Schreibtisch der ansonsten menschenleeren Rezeption, genauer gesagt, er kniete vor Mademoiselle Conti, die sich gerade tatsächlich zu einem halblauten Lachen herabgelassen und ihre schwarze Brille einen Moment lang abgenommen hatte.

»Ich hoffe, ich störe nicht?« Es sollte lustig klingen, aber selbst mir fiel der leicht verärgerte Ton in meiner

Stimme auf. Was war das? War ich jetzt schon eifersüchtig auf Bittner und die kleine Rezeptionskratzbürste?

Bittner, noch immer auf allen vieren, wandte unbeeindruckt den Kopf zu mir und grinste. »Aber nein, mein Freund, Sie stören überhaupt nicht. Wir suchen nur gerade Mademoiselle Contis Füller.«

Fast erwartete ich, daß er mich aufforderte, bei der fröhlichen Suche mitzumachen. Doch das launige »wir« war offenbar nicht für mich bestimmt, und auch Mademoiselle Conti schaute lächelnd nach unten, als ob es mich gar nicht gäbe. Irgend etwas hing in der Luft, ich wußte nicht, was es war, ein Geruch, ein Blick – und für einen flüchtigen Moment fühlte ich mich in das Hyères meiner Kindheit zurückversetzt.

»Bitte verzeihen Sie, daß ich hier so zu Ihren Füßen herumkrieche«, sagte Bittner jetzt und schob seine Hand unter den Unterschrank des antiken Schreibtisches. Ich kehrte in die Gegenwart zurück und schnaufte. Platter ging's ja wohl nicht. Peinlich, wie dieser Typ seinen Charme heraushängen ließ!

Doch Luisa Conti schien das nicht zu bemerken. Sie gab einen kleinen amüsierten Laut von sich und entgegnete: »Ach ... gegen Männer zu meinen Füßen habe ich nichts einzuwenden!«

»Soll ich vielleicht später noch mal wiederkommen«, fragte ich.

»Aaah, da ist der kleine Schingel!« Ohne meine Worte zu beachten, zog Bittner Luisa Contis Klecksfüller hervor und richtete sich mit einer geschmeidigen Pantherbewegung auf, bevor er das wiedergefundene Schreibgerät mit großer Geste überreichte. »*Voilà!*«

»*Merci, Monsieur Charles!*«

Monsieur *Charles*? Irritiert sah ich zu Mademoiselle Conti hinüber. Bildete ich mir das ein, oder war sie sogar ein bißchen rot geworden?

»Für Sie immer gerne.« Bittner deutete eine Verbeugung an.

Ich fand, daß jetzt Schluß sein sollte mit der Süßholzraspelei, und räusperte mich, um mich wieder in Erinnerung zu rufen.

Bittner drehte sich zu mir um, und auch Mademoiselle Conti sah kurz in meine Richtung. Immerhin, man bemerkte mich wieder.

»Wie sieht's aus? Gehen wir?«

Bittner nickte. Dann klingelte sein Handy. Er zog es aus seiner Jackentasche hervor, sagte »Ja« und lauschte einen Moment in den Hörer, bevor er seine Hand darüberlegte. »Entschuldigen Sie mich einen Moment, Jean-Luc, das dauert etwas länger«, sagte er leise und trat in den kleinen Innenhof des Hotels.

Ich blickte durch die weißen Sprossenfenster, die bis zum Boden reichten, und sah Bittner gestikulierend auf- und abgehen.

Dann wandte ich mich Mademoiselle Conti zu. Ihre Hautfarbe hatte sich wieder normalisiert, sie saß in dem lederbespannten Sessel hinter dem Schreibtisch und blätterte in ihrem großen Rezeptionsbuch, als ob nichts gewesen wäre.

»Ach, übrigens, Mademoiselle Conti?«

»*Oui, Monsieur Champollion?* Was kann ich für Sie tun?« Sie rückte ihre schwarze Brille zurecht und sah mich mit der professionellen Freundlichkeit einer strengen Ordensschwester an, die wenig Zeit hat – und ich muß sagen, es klang bei weitem nicht so nett wie das »*Monsieur Charles*«, das ich eben gehört hatte.

»Jemand hat für mich im Hotel angerufen ... eine Frau ...«

Sie zog die Augenbrauen hoch. »Ja, richtig. Eine Dame hat sich heute vormittag nach Ihnen erkundigt, aber sie sagte, es sei nicht so wichtig, und sie würde sich wieder bei Ihnen melden.«

Sie blickte nach unten, als sei die Angelegenheit damit für sie erledigt.

»Und wie hieß die Dame?« fragte ich gereizt.

Mademoiselle Conti zuckte die Schultern. »Oh, das habe ich mir, ehrlich gesagt, nicht gemerkt. Sie wollte sich ja noch mal melden bei Ihnen, in der Galerie, und ich hatte gerade alle Hände voll zu tun.« Sie schwieg einen Moment und kaute auf ihrem Füllfederhalter herum. »Ich glaube, es war eine Amerikanerin ... eine ... eine June Soundso.«

Eine June?! Sollte June Miller nach mir gefragt haben?!

Ich stützte mich aufgeregt auf die Schreibtischplatte. Das änderte natürlich alles!

»Mademoiselle Conti, bitte erinnern Sie sich! Ich kenne eine Amerikanerin, die heißt Jane Hirstman. Und ich kenne eine Engländerin, die heißt June Miller. Also – wer hat nun nach mir gefragt – Jane oder June?«

»Hmmm.« Mademoiselle Conti runzelte die Stirn, dann sah sie mich hilflos an. »June ... Jane ... das klingt alles so gleich, finden Sie nicht?« Sie lächelte zaghaft.

»Nein, keineswegs«, polterte ich, »es sei denn, man hat ein Hirn wie ein Sieb.«

Das Lächeln verschwand. Mademoiselle Conti strich sich über ihr dunkles glänzendes Haar, das sie wie stets im Nacken zu einem Knoten geschlungen hatte. Sie umfaßte nervös ihren Chignon wie um sicherzugehen, daß jedes Haar noch an seinem Platz war. Jetzt tat sie mir fast ein wenig leid. Ich biß mir auf die Unterlippe. Das mit dem Sieb hätte ich nicht sagen dürfen. Reumütig schaute ich Luisa Conti an und überlegte gerade eine kleine Entschuldigung, als sie ihre mädchenhaften Hände entschlossen auf den Schreibtisch legte und sich aufrichtete.

»Nun, Monsieur«, Mademoiselle Conti sah geradewegs durch mich hindurch, »ich fürchte, ich kann Ihnen in dieser Sache nicht weiterhelfen.« Sie klang sehr beleidigt. »Natürlich hätte ich mir den Namen dieser Jane ... oder June korrekterweise aufschreiben müssen, aber ich wußte nicht, daß diese Angelegenheit für Sie von so großer Bedeutung ist.« Sie schwieg einen Moment, dann fügte sie steif hinzu: »Für die Dame jedenfalls schien es nicht so wichtig zu sein, sie hat mir nicht einmal aufgetragen, Ihnen etwas auszurichten – trotzdem hielt ich es für richtig, Sie von dem Anruf in Kenntnis zu setzen. Vielleicht war das ein Fehler.«

Ich seufzte. »Bitte, Mademoiselle Conti, ich habe das nicht so gemeint. Sie haben alles richtig gemacht, und es ist nicht Ihre Schuld, gewiß nicht.« Ich strich verlegen über die dunkelgrüne Lederbespannung des Schreibtisches und dachte an die geheimnisvolle Principessa und diese »unglückselige Geschichte«, die auf keinen so gut paßte wie auf June. »Allerdings ...«

»Allerdings ...?« Luisa Conti sah mich fragend an, und ich beschloß, sie zur Komplizin zu machen.

»Allerdings wäre es gerade im Moment schon wichtig für mich zu wissen, ob es eine Jane oder eine June gewesen ist, die nach mir gefragt hat. Ich will Sie nicht mit Details aus meinem Leben langweilen, aber es würde mir unter Umständen sehr helfen, eine schwierige Frage zu klären. Etwas, das mich sehr beschäftigt und mir schlaflose Nächte bereitet ...« Ich breitete die Hände aus und wartete.

Luisa Conti blieb stumm, sie schien zu überlegen, ob sie auf mein Friedensangebot eingehen sollte. Schließlich sagte sie: »Kenne ich die Damen denn?«

»Aber ja«, entgegnete ich erleichtert. »Jane hat schon öfter hier gewohnt, allerdings erst einmal, seit Sie hier arbeiten. Jane Hirstman – das ist diese große Amerikanerin mit den feuerroten Locken und der lauten Stimme, eine gute Kundin von mir, erinnern Sie sich?«

Luisa Conti nickte. »Ist das die, die immer alles *amazing* findet?«

Ich grinste. »Genau die.«

»Und June? Ist das auch eine gute Kundin von Ihnen?«

»Nun ... äh ... nein, eigentlich nicht.«

Voller Wehmut dachte ich an die schöne June und wie ich es mir bei ihr verscherzt hatte.

»War sie denn schon mal hier im Hotel? Zum Übernachten?«

»Na ja, nicht zum Übernachten, aber hier im Hotel war sie schon ... vor nicht ganz einem Jahr, an einem Morgen im März, es hat fürchterlich geregnet ... so eine junge, temperamentvolle Engländerin mit kastanienbraunen Locken ...« Ich räusperte mich verlegen. »Sie waren auch da, und ich glaube kaum, daß Sie das vergessen haben. Es gab ... na ja ... es gab einen ziemlichen Auftritt ... zerbrochenes Geschirr ...«

Zum zweiten Mal an diesem Tag sah ich Mademoiselle Conti erröten.

»Oh ... *das*«, sagte sie nur, und ich wußte, daß sie es nicht vergessen hatte.

Von allen Freundinnen, die ich jemals hatte, war June Miller die eifersüchtigste. Nicht daß sie nicht manchmal auch Grund dazu gehabt hätte, denn als wir uns kennenlernten, gab es noch eine andere Frau in meinem Leben – Hélène.

Eigentlich hatten wir uns in aller Freundschaft getrennt, Hélène war Hals über Kopf mit einem Architekten zusammengezogen, der sich als genialer, aber nicht immer einfacher Mann erwies, doch ab und zu meldete sie sich bei mir, und wenn June das mitbekam, gab es jedesmal Krach.

»*Fuck!* Was will diese Frau von dir? Sie soll dich endlich in Ruhe lassen!« rief sie aufgebracht und schleuderte mein Handy durch das Schlafzimmer.

Es gibt wenige Frauen, die auch als Furien noch reizvoll sind. June war eine dieser wenigen. Selbst in ihrer Wut sah sie wunderschön aus. Ihre langen braunen Locken fielen ihr über die nackten Schultern, und ihre moosgrünen Augen funkelten empört. Ich nahm sie in die Arme und zog sie wieder ins Bett.

»Komm her, meine kleine Wildkatze, *comme tu es belle*, wie schön du bist«, flüsterte ich in ihr Ohr. »Laß doch Hélène. Sie ist eine alte Freundin, mehr nicht. Und sie hat Probleme mit ihrem Typ.«

»*So what?* Was geht's dich an? Sie soll ihre Beziehungsprobleme mit einer Freundin besprechen, nicht mit dir! *That's not okay!*« June verschränkte trotzig die Arme. Im nachhinein denke ich, daß sie nicht ganz unrecht hatte, doch damals schmeichelte es wohl meiner männlichen Eitelkeit, daß Hélène mich weiterhin ins Vertrauen zog.

June hatte Argusaugen, ihr blieb nichts verborgen, eifersüchtig bewachte sie jeden meiner Schritte. Vor allem seit sie die Rechnung von La Sablia Rosa in meiner Brieftasche gefunden hatte.

La Sablia Rosa ist *das* Wäschegeschäft in Paris, ein kleiner Laden in der Rue Jacob, direkt neben einem großen französischen Verlagshaus. Wenn man etwas Besonderes in Sachen Dessous sucht, findet man es hier.

Als ich zwei Wochen mit June zusammen war und mein Leben sich überwiegend zwischen Schlafzimmer und Galerie abspielte, sah ich eines Morgens im Vorübergehen ein zauberhaftes Seidennachthemd in der Auslage von La Sablia Rosa. Ein ärmelloses, kurzes *petit rien,* mit zarten Blumen, wie für eine Frühlingsfee gemacht. Zunächst wollte ich das Nachthemd nur für June und ließ es mir in Größe M bringen. Dann fiel mir ein, daß Hélène Geburtstag gehabt hatte. Ich hatte sie angerufen, und sie hatte ganz traurig geklungen. Und da hielt ich es plötzlich für eine nette Idee, auch Hélène ein Nachthemd mitzubringen. Als Trost, zum Geburtstag, als Abschiedsgeschenk für die schöne Zeit, die wir miteinander hatten.

Französischen Wäscheverkäuferinnen ist nichts Menschliches fremd. Als ich der älteren Dame, die im Sablia Rosa bediente, sagte, daß ich das Nachthemd noch eine Nummer kleiner bräuchte, verstand sie mich zunächst falsch und griff nach dem größeren, um es wieder zurückzuhängen.

»Wenn es der Dame nicht paßt, können Sie es selbstverständlich umtauschen«, sagte Madame und trat zu der Puppe im Fenster, um das kleinere Nachthemd aus der Dekoration zu holen.

»*Ah non, Madame, j'ai besoin des deux,* ich bräuchte beide«, erklärte ich verlegen. »Eines in S, das andere in M. Es sind zwei Damen ... sozusagen«, setzte ich hinzu und grinste schwachsinnig. Woody Allen hätte es kaum besser machen können.

Madame drehte sich um und schmunzelte. »*Mais, Monsieur, c'est tout à fait normal,* das ist doch ganz in Ordnung«, sagte sie, schlug jedes Nachthemd sorgfältig in

Seidenpapier ein und machte mir zwei wunderhübsche Päckchen, die zunächst bei den Beschenkten große Freude auslösten.

Hélène stiegen Tränen der Rührung in die Augen, als sie über den zarten Blumenstoff strich und »Wie lieb von dir« sagte.

June stieß einen Freudenschrei aus, gab mir einen Kuß und riß sich gleich ihre Kleider vom Leib, um das Sterntalerhemdchen vorzuführen. Ausgelassen tanzte sie durch meine Wohnung. Doch schon drei Tage später sollte sich die Frühlingsfee in eine Rachegöttin verwandeln.

Um es kurz zu machen – June fand es nicht *tout à fait normal*, als sie eine Rechnung über zwei identische Nachthemden in unterschiedlichen Größen in meiner Brieftasche entdeckte. Und daß es auch noch das kleinere von beiden war, welches für ihre Vorgängerin bestimmt war, brachte mir wilde Beschimpfungen und eine schallende Ohrfeige ein.

Ich gebe zu, daß die Sache mit den zwei Nachthemden keine gute Idee gewesen ist. June verzieh mir schließlich. So leicht sie aufbrauste, so schnell war sie auch wieder versöhnt.

Dennoch sollte mein *faux-pas* im Sablia Rosa den Boden bereiten für einen grauenvollen Eklat, der sich einige Monate später hier in den Räumen des Duc de Saint-Simon ereignete.

Es war der peinlichste und absurdeste Moment meines Lebens, und mir wird heute noch ganz schlecht, wenn ich daran denke.

Und obwohl ich dieses Mal, ich schwöre, völlig unschuldig war, hat mich June damals verlassen.

Der Schein sprach gegen mich. Ich hatte Jane Hirstman nach einem Geschäftstermin abends ins Duc gebracht. Sie war völlig durch den Wind, denn ihr Freund (der Zwei-Meter-Mann aus dem Mittleren Westen, der nicht in die *Little-Snow-White-Zwergen-Bettchen* paßte, Sie erinnern sich?) war nach einem Streit vorzeitig abgereist. June war für ein paar Tage mit einer Freundin aus London nach Deauville gefahren. Ich fragte Jane, ob sie noch etwas trinken wolle, völlig absichtslos, sie tat mir einfach leid. Sie nickte und sagte nur »*Double*«, womit sie wohl einen doppelten Whiskey meinte. Nach mehreren Doubles brachte ich sie auf ihr Zimmer. Jane Hirstman ist nicht der Typ Frau, der weint und schluchzt, wenn etwas im Leben schiefläuft. Doch sie bat mich, noch etwas zu bleiben. Und so blieb ich.

Mehr ist nicht passiert.

Ich legte mich einen Moment zu ihr, nahm ihre Hand und versicherte ihr, daß alles gut werden würde, und eigentlich wollte ich nach Hause gehen, wenn sie eingeschlafen war. Doch dann erfaßte mich selbst eine bleierne Müdigkeit, und so schliefen wir nebeneinander ein wie Geschwister.

Noch bevor ich am nächsten Morgen die Augen aufmachte, hörte ich Junes Stimme. »*Salaud!*« schrie sie. »*Cela suffit!* Jetzt reicht's!« Und, nein, es war kein böser Traum. Am Fußende des Kingsize-Betts stand June. Sie war weiß vor Wut und starrte mich und die völlig perplexe Jane haßerfüllt an. »Das glaube ich nicht!« tobte sie. »Das glaube ich einfach nicht!«

Bevor ich auch nur den Mund öffnen konnte, um zu einer Erklärung anzusetzen, schnitt sie mir das Wort ab. »Nein, erspare es mir. Ich will nichts hören. Es ist aus!«

Ich sprang auf. Immerhin hatte ich etwas an, aber das schien June nicht zu beeindrucken. »June, bitte ...« Und dann sagte ich diesen dümmsten Satz aller Männer. »Es ist nicht so, wie du denkst.«

Nur daß es diesmal stimmte.

June gab einen erbosten Laut von sich und ging zur Tür, die weit offenstand. »Es ist überhaupt nichts passiert!« Ich lief auf Strümpfen hinter ihr her, die Treppe zur Rezeption hinunter. »Jane ist eine alte Bekannte ... ihr ging es gestern abend nicht gut ...«

»Jane ging es nicht gut?« wiederholte June gefährlich leise, und dann schrie sie mich mit einem Mal so laut an, daß ihre Stimme durch das ganze Hotel schrillte: »JANE GING ES NICHT GUT?! Die *arme* Jane! Ist sie auch eine von deinen Ex-Freundinnen, der du zum Trost Unterwäsche schenken mußt? Diesmal vielleicht in L?!« Sie stürmte an der Rezeption vorbei, wo Mademoiselle Conti mit unbewegter Miene hinter ihrem Schreibtisch saß.

»June, bitte ... beruhige dich ... warte ...«

Ich bekam June am Arm zu fassen, dann rutschte ich auf dem glatten Steinfußboden aus. Es muß lächerlich ausgesehen haben, und in diesem Moment bezahlte ich für alle meine kleinen Sünden.

June war mit shakespearehafter Dramatik am Ende des fünften Aktes angelangt. »*Fuck off!*« Sie spie die Worte geradezu auf mich hinunter, bevor sie in den Regen hinauslief. Und das sollte das letzte sein, was ich von June Miller hörte.

Ich rappelte mich benommen auf, und mein Blick fiel auf Mademoiselle Conti, die zur stummen Augenzeugin meiner großen Schmach geworden war. Zu meinem Ärger bemerkte ich, daß ich jetzt auch noch rot wurde. Luisa Conti saß da in ihrem tadellosen Kostüm, mit ihrer tadellosen Frisur und verzog keine Miene. Sie war makellos, ihr passierten solche Dinge nicht, und ihre schneewittchenhafte Gleichmütigkeit provozierte mich.

»Jetzt gucken Sie nicht so neutral!« blaffte ich sie an und sah mit einer gewissen Befriedigung, wie sie zusammenzuckte. Dann ging ich zum Ausgang und starrte eine Weile fassungslos in den strömenden Regen.

June war tatsächlich weg.

Als ich zurückging, sah ich, daß auch Mademoiselle Conti ihren Schreibtisch verlassen hatte. Das ganze Hotel schien plötzlich ausgestorben und wirkte so, als hielte es erschreckt den Atem an.

Dann hörte ich Schritte auf der Treppe, drehte mich unvermittelt um, weil ich dachte, Jane käme herunter, und prallte mit Luisa Conti zusammen, die mit einem Stapel Porzellan im Arm aus dem Keller kam. Wie in Zeitlupe sah ich das Geschirr zu Boden fallen und in tausend Einzelteile zerspringen.

Zu dieser Zeit konnte man im Duc de Saint-Simon – und nur da! – das Geschirr Eugénie, das von der Porzellanmanufaktur Limoges eigens für das Hotel angefertigt wurde, auch kaufen. Viele Gäste machten davon Gebrauch und freuten sich über das kostbare Souvenir mit dem boudoirhaft anmutenden Dekor in Weinrot und Goldgelb.

Ich starrte wie Hamlet auf seinen Totenkopf auf den Scherbenhaufen zu meinen Füßen. Sein oder Nichtsein. Das war der krönende Abschluß einer unrühmlichen Vorstellung.

»Oh nein!« Mademoiselle Conti sah entsetzt auf das zerbrochene Porzellan. »Das teure Geschirr!«

Sie ging in die Hocke und fing an, rasch die Scherben aufzusammeln. »Du meine Güte, so ein Pech! Das wird Ärger geben.«

Ich erwachte aus meiner Lethargie. »Warten Sie, ich helfe Ihnen«, sagte ich und kniete mich zu ihr. »Seien Sie vorsichtig, die Kanten sind ganz scharf.« Unsere Blicke kreuzten sich für einen Moment, als wir wortlos das Malheur beseitigten. Was war auch noch zu sagen?

»Das ist alles meine Schuld«, meinte ich schließlich verlegen und starrte auf eine hübsch bemalte Scherbe in meiner Hand. Wieder und wieder lief der Film mit der aufgebrachten June vor meinem geistigen Auge ab, ihre Worte hallten in meinen Ohren, und ich wünschte mir die Erdspalte, in die man einfach versinken kann. Statt dessen stand ich auf und versuchte ein Lächeln, aber nicht einmal das glückte so richtig. »Tja. Ist wohl nicht mein Tag heute.«

Auch Luisa Conti hatte sich aufgerichtet. Sie sah mich ein paar Sekunden schweigend an, und die Augen hinter ihrer dunklen Brille ließen nicht erkennen, was sie wirklich dachte. Wahrscheinlich ärgerte sie sich über den Idioten, der die vornehme Ruhe ihres Hotels störte. Doch dann rieb sie sich mit der Hand ein paarmal über ihren dunkelblauen Rock und sagte: »Tut mir wirklich leid für Sie.« Es klang aufrichtig, aber vielleicht hatte sie sich einfach nur sehr gut im Griff.

»Nein, nein.« Ich hob abwehrend die Hände. »Mir tut es leid. Ich werde das zerbrochene Geschirr bezahlen, machen Sie sich keine Sorgen deswegen. Ich regle das schon.«

Ein winziges Lächeln huschte über Mademoiselle Contis Gesicht, aber ich hatte es doch gesehen. Immerhin gab es wenigstens eine Kleinigkeit, die ich richtig gemacht hatte.

Die schöne eifersüchtige June jedoch war an diesem düsteren Tag im März nicht nur aus dem Duc de Saint-Simon hinausgestürmt, sondern auch aus meinem Leben. Meine anfangs unglücklich-drängenden, später dann halbherzig-erlahmenden Versuche, sie zurückzugewinnen, liefen ins Leere.

Miss June hüllte sich in eisiges Schweigen.

Kurze Zeit später erfuhr ich von einer Freundin, daß sie wieder in London sei.

Ein Jahr war seither vergangen. Doch die Zeit hat es an sich, daß sie nicht nur alle Wunden heilt, sondern auch Vergangenes in ein ganz besonderes Licht rückt.

Plötzlich erinnert man sich seufzend nur noch an das Schöne, das so unwiederbringlich verloren ist.

War es verloren?

Konnte es sein, daß June zurückgekehrt war an den Ort, wo unsere Geschichte so abrupt zu Ende ging? Hatte sie die mysteriösen Briefe geschrieben? Hatte Sie mir paradoxerweise inzwischen vielleicht sogar eine Tat verziehen, die ich nie begangen hatte? War ihre Wut der Einsicht gewichen? Immerhin hatte die Verfasserin der Briefe zugegeben, daß es »auch ihre Schuld« gewesen war.

Versonnen lächelte ich die grüne Lederbespannung des Schreibtisches an. In meinem nächsten Brief würde ich der Principessa ein paar passende Fragen stellen …

»*Jean-Luc – on y va?* Hallo? Gehen wir? Oder sollen wir den Tag lieber an der Rezeption in der Gesellschaft dieser bezaubernden Dame verbringen?«

Ich fühlte eine Hand auf meiner Schulter und kehrte in die Wirklichkeit zurück. Bittner war von seinem Endlostelefonat zurückgekommen und gab schon wieder den Charmeur.

»Die bezaubernde Dame hat leider überhaupt keine Zeit«, entgegnete Mademoiselle Conti schnippisch.

Bittner grinste, und seine braunen Augen ruhten einen Moment zu lang auf ihr. »Schade, schade. Vielleicht ein anderes Mal?«

»Vielleicht.«

»Ich nehme Sie beim Wort.«

Turtelturtel, was für ein Kitschfilm war denn das?!

Ich verdrehte die Augen und lächelte gequält. Zum ersten Mal in meinem Leben kam ich in den zweifelhaften Genuß, die Rolle des »Dritten im Bunde« zu übernehmen. Kein guter Part. Zu sagen, daß ich mich völlig überflüssig fühlte, wäre eine glatte Untertreibung gewesen, und ich möchte an dieser Stelle dringend dafür plädieren, daß diese undankbare Rolle ab sofort aus jedem Skript gestrichen wird.

»Ich denke, wir sollten jetzt wirklich los, sonst schließt die Küche.«

Die Profanität meiner Worte entging selbst mir nicht, aber sie hatte die gewünschte Wirkung. Bittner wandte sich mit einem launigen »Bis heute abend!« zum Gehen, und ich konnte endlich das fragen, was mir noch auf dem Herzen lag.

»Und?« Erwartungsvoll sah ich Mademoiselle Conti an. »Jane oder June?«

Sie zuckte ratlos die Schultern. »Ich kann's wirklich nicht sagen. Es war ja nur ein kurzes Gespräch am Telefon. Aber ich bin mir sicher, daß es nur eine von beiden gewesen sein kann – June oder Jane.«

June oder Jane. Immerhin. Die Chancen standen fünfzig zu fünfzig, daß ich die Principessa an der Angel hatte. Das Fischlein wiegte sich noch in Sicherheit. Aber bald schon würde ich es vom Grund des Meeres an Land ziehen.

8

Am Abend machte ich einen langen Spaziergang mit Cézanne.

Es dämmerte bereits, als ich auf einem der sandigen Seitenwege unter den großen Bäumen der Tuilerien entlangschlenderte und merkte, wie ich allmählich zur Ruhe kam. Ich atmete den Duft der Kastanienblüten tief ein, betrachtete meinen Hund, der fröhlich voraussprang, und hatte für einen Moment das Gefühl, in einem Bild von Monet herumzuspazieren, so friedlich war alles.

Cézanne kam zurück und sprang begeistert an mir hoch. Ich lächelte dankbar. Das wirklich Wunderbare an einem Hund ist, daß er einem immer verzeiht und nie beleidigt ist. Das unterscheidet ihn von einer Katze und von fast allen Frauen.

Den ganzen Tag hatte ich mich nicht blicken lassen, seit Donnerstag war ich kaum ansprechbar gewesen, und dennoch – als ich gegen sechs Uhr endlich an der Wohnungstür von Madame Vernier schellte, ertönte von drinnen schon ein freudiges Bellen, und Cézanne begrüßte mich fast so überschwenglich wie meine Nachbarin, die sich eingehend nach meiner Kopfverletzung erkundigte und fragte, ob sie noch etwas für mich tun könne.

Ich mußte ehrlich einen Moment überlegen, bevor ich begriff, wovon sie redete. Dann faßte ich mir kurz an die Beule an meinem Hinterkopf und winkte ab wie ein Superheld.

In Anbetracht der Dinge, die sich noch alle ereignet hatten, *nachdem* Madame Verniers zierliche Gummihantel letzte Nacht so unsanft auf meinem Schädel gelandet war, erschien mir diese kleine Blessur als ein zu vernachlässigendes Aperçu am Rande.

Im Café Marly, das direkt am Louvre liegt, gingen die Lichter an. Draußen auf der Terrasse, die dem Park zugewandt ist, saßen noch Gäste. Ein leichter Wind kam auf und spielte mit der langen roten Fahne, die vor dem sandsteinfarbenen Gemäuer hängt und auf der die Buchstaben des Restaurants aufgemalt sind wie chinesische Schriftzeichen.

Früher habe ich öfter hier gegessen. Besonders am Abend, wenn es dunkel wird, hat es etwas nahezu Magisches, oben vom Restaurant aus direkt auf die angestrahlten Skulpturen im Innenhof des Louvre zu blicken.

Doch der Zauber braucht immer auch eine gewisse Stille, um zu wirken. Und die findet man im Marly heute nur noch selten. Die Musik ist zu laut, das Stimmengewirr exaltierter Gäste oder solcher, die sich dafür halten, beträchtlich, und die Speisekarte – ein merkwürdiger Reigen aus franko-italienisch-thailändischer-

US-Küche, der von einem »Hamburger« angeführt wird (den ich in den dafür bekannten Ketten schon besser gegessen habe, wenn auch zu einem weitaus günstigeren Preis und nicht *à la nouvelle cuisine* in seine Einzelteile zerlegt) – stimmt mich nachdenklich.

Waren das nun die Folgen der Globalisierung? Oder war es die ultimative Anbiederung an die Touristen aus aller Welt?

Wie auch immer, der Louvre ist davon unbeeindruckt, die Lage des Cafés einmalig schön, und wenn man, wie ich in diesem Moment, darauf zuging, verspürte man einfach Lust, hineinzugehen und dazuzugehören.

Ich nahm Cézanne an die Leine. Taxifahrer, die auf die andere Seite der Seine wollten, holperten über das Kopfsteinpflaster an der erleuchteten Glaspyramide vor dem Louvre vorbei und fuhren unter den angestrahlten Arkaden her, um auf den Pont du Caroussel zu gelangen. Auch ich schlug diesen Weg ein.

Heute abend würde ich früh zu Bett gehen, natürlich nicht, ohne vorher in meine Mailbox geschaut zu haben, um zu sehen, ob die vielbeschäftigte Principessa mir vielleicht noch einen Gruß geschickt hatte.

Seit ich den Verdacht hatte, daß June hinter der Sache steckte, war ich seltsamerweise viel ruhiger geworden, und in dieser Nacht würde es keine außerplanmäßigen Aktionen geben, die Zeichen dafür standen jedenfalls gut.

Nach einem opulenten Mittagessen mit Karl Bittner, der a) einen Kalender mit den Bildern von Julien machen wollte und mir b) damit in den Ohren lag, daß

»die-Kleine-an-der-Rezeption-doch-sehr-süß-und-gar-nicht-so-ohne« sei, nahm ich die Metro zum Champs de Mars, um wie versprochen bei Soleil Chabon vorbeizuschauen. Zu meinem Erstaunen öffnete die Tür sich nach dem ersten Klingeln. Soleil machte ihrem Namen alle Ehre und begrüßte mich in einem bodenlangen roten Kaftan und mit einem strahlenden Lächeln. In ihrer winzigen Küche bereitete sie mit anmutigen Bewegungen einen Chai-Tee für uns zu und erklärte, die Krise sei vorbei, sie sei schon ganz früh am Morgen aufgestanden und habe wieder angefangen zu malen.

»Du Armer«, sagte sie. »Ich habe dich so verrückt gemacht, aber ich habe wirklich geglaubt, ich brächte nichts mehr zustande.« Sie schenkte uns den Tee ein und setzte sich neben mich auf ihr riesiges graues Sofa, auf dem auch schon Zwiebelchen lag.

Soleil strich ein paarmal über ihr Fell. »Mein süßes, süßes Zwiebelchen«, sagte sie zärtlich, und ihre schlanken braunen Hände brachten Onionette zum Schnurren. »Ich war so froh, daß du gekommen bist«, sagte sie dann, als spräche sie weiter zu ihrer Katze. »Das hat mir viel bedeutet.«

»Mir auch«, sagte ich. »Dafür sind Freunde doch da.«

Ein paar Minuten saßen wir so auf dem Sofa, Soleil, Zwiebelchen und ich, und ich fragte mich plötzlich, was Freundschaft und Liebe eigentlich unterscheidet und welche Rolle der Sex dabei spielt.

»Ist denn sonst auch wieder alles okay?« Ich wollte nicht tiefer in ihr Privatleben eindringen als nötig.

Soleil wandte mir das Gesicht zu. »Ja«, entgegnete sie und nickte ein paarmal. »Sehr, sehr okay.« Sie lächelte, dann sprang sie auf.

»Komm, ich muß dir etwas zeigen!«

Sie führte mich in ihr Atelier an der zerwühlten Schlafstätte vorbei, vor der ich gestern nacht wie ein Somnambuler gestanden hatte, und blieb vor ihrer Staffelei stehen. »Na, was sagst du?«

Ich atmete tief durch. Mein Blick glitt über das Portrait einer hellhäutigen Frau in einem weinroten Kleid. Sie stand im Profil vor einem dunkelroten Vorhang und schaute ernst auf eine Wand, an der viele Zettel hingen. In der linken Hand hielt sie ein Glas Wein, das sie gerade an ihre Lippen führte, die noch geschlossen waren. Der Wein im Glas korrespondierte mit der Farbe der Lippen. Mit der rechten, dem Betrachter zugewandten Hand griff sie sich mit einer fast kindlichen Geste in ihr volles, präraffaelitisch gelocktes, im Nacken zusammengefaßtes Haar. Sie sah aus, als ob sie gerade den Entschluß gefaßt hätte, etwas zu tun. Oder als ob sie gerade etwas getan hätte. Sie war entschlossen, nur die Hand im Haar wirkte verzagt. Das Bild war großartig.

»Soleil, das ist wunderbar«, sagte ich leise. »Wer ist diese Frau?«

»Eine Frau, die etwas will und noch nicht genau weiß, wie sie es bekommt«, sagte Soleil. »So wie ich.«

Ich nickte. Mit einem Mal dachte ich an die Principessa. An June. Und auch nicht an June. Die Frau auf dem Bild schien mir etwas sagen zu wollen. Aber was?

Als Soleil mich eine halbe Stunde später glücklich hinausbegleitete und mir noch einmal versicherte, daß ihre Schaffenskraft zurückgekehrt sei und wie sehr sie sich auf ihre Ausstellung freue, sah ich auf ihrer Kommode etwas liegen, was ich zunächst für ein vertrocknetes Croissant hielt. Ich nahm es hoch und machte einen Scherz über arme Künstler, die sich nichts zu essen kaufen können, da sah ich, daß das vermeintliche Croissant eine aus Brot geformte, kleine Figur war.

Und in dieser Figur steckte in der Mitte des Körpers eine Nadel.

»Was um Himmels willen ist das?«

Soleil lächelte geheimnisvoll. »Ein Brotmännchen«, sagte sie.

»Ein Brotmännchen?« Ich lachte.

»Ja ... Voodoo.« Soleil stand in ihrem langen Kaftan vor mir wie eine afrikanische Hohepriesterin. Dann nahm sie das Brotmännchen an sich und legte es vorsichtig auf die Kommode zurück. »Du weißt, ich hatte schlimmen Kummer. Sehr schlimmen Kummer. Und dann ist mir der Brotmännchenzauber wieder eingefallen.« Sie machte eine dramatische Pause, und ich versuchte vergeblich, mir ein Lachen zu verkneifen.

»Nein, lach nicht! Du wirst schon sehen.« Sie blickte das Brotmännchen beschwörend an. »Ich habe ihm eine Nadel ins Herz gestoßen, damit er sich in mich verliebt.«

»Auweia, Soleil, du bist ja eine richtige kleine Hexe, ich bekomme Angst vor dir! Aber willst du dir nicht lieber einen Mann suchen, der dich auch ohne Brotmännchenzauber will?« Ich grinste. »Das funktioniert doch sowieso nicht – jedenfalls nicht hier, im aufgeklärten Paris.«

Soleil sah mich an, und ihre dunklen Augen schimmerten.

»Ich glaube, es hat schon funktioniert«, sagte sie bedeutungsvoll und wickelte eine Strähne ihrer schwarzen Lockenpracht um ihren Finger.

Meine Güte, manchmal war Soleil schon etwas eigenartig!

»Na, dann kann ja nichts mehr schiefgehen. Ich hoffe, ich werde zur Hochzeit eingeladen.« Ich zog die Tür auf und schüttelte ungläubig den Kopf. Brotmännchen! Also wirklich! Wie naiv, wie größenwahnsinnig, wie verliebt muß man sein, um alten Baguetteteig mit Nadeln zu attackieren in der Hoffnung, daß das irgend etwas bewirkt?

Nun ja, jeder hat so seine Rituale, wenn es um Liebesdinge geht. Der eine gibt Bestellungen beim Universum auf, der andere macht sein Glück mit Liebestränken. Ich bin da eher skeptisch.

Als ich in der überfüllten Metro saß, die unter der Erde entlangraste und mich nach Hause brachte, war ich trotzdem irgendwie froh, daß nicht ich das Brotmännchen war, das jetzt mit zerstochenem Herzen auf Soleils verstaubter Kommode lag. Wer weiß, wo die schöne Voodoo-Priesterin die Nadel ansetzen würde, wenn der Auserwählte sich widersetzte?

So machte ich mir meine kleinen, behaglichen Gedanken über die liebeskranke, leicht verrückte Soleil und ahnte nicht, daß sich auch um mein Herz die silbernen Netze der Circe immer enger zusammenzogen.

Keine neue Nachricht von der Principessa.

Eigentlich hatte ich nichts anderes erwartet, dennoch war ich ein bißchen enttäuscht. Dafür war auf dem Anrufbeantworter eine Nachricht von Aristide, der mich für den kommenden Donnerstag zu einem »kleinen Abendessen unter Freunden« einlud. Es erstaunte mich nicht, daß er auch Soleil und Julien gefragt hatte, ob sie kommen wollten.

Die *jeudis fixes* von Aristide waren immer sehr kurzweilig und zwanglos, die Gäste bunt gemischt. Wenn man kam, war prinzipiell nie etwas fertig, aber es gab für jeden ein kühles Glas Wein und ein Messer, und dann setzte man sich an den großen Tisch in der Küche, redete, diskutierte, machte sich über Monsieur »Bling Bling« lustig, wie Nicolas Sarkozy aufgrund seiner Vorliebe für teure Accessoires genannt wurde, und schälte dabei den Spargel, die Kartoffeln oder was es sonst zum Abendessen geben sollte.

Man kochte zusammen, man aß zusammen, Aristide gab kurzweilige Kritiken von neuerschienenen Büchern zum besten und bereitete dabei im Schnellverfahren seine legendäre Tarte tatin zu, indem er die Äpfel in der Pfanne in Butter und Zucker anbriet, anstatt sie langsam im Backofen karamellisieren zu lassen, und die süße, goldbraune Masse anschließend schwungvoll auf den Blätterteig in der weißen Tarteform kippte.

Am Ende eines solchen Abends hatte man das gute Gefühl, nicht nur seinen Bauch gefüllt, sondern auch seinen Geist bereichert zu haben.

Ich machte den Kühlschrank auf, bestrich mir ein Stück Baguette dick mit Foie gras, die ich noch fand, und schüttete mir ein Glas Rotwein ein. Allmählich schien sich mein Leben wieder zu normalisieren.

Als ich mich an meinen Laptop setzte, fragte ich mich einen Moment, wie es wäre, wieder mit June zusammen zu sein.

Ein reizvoller Gedanke – und doch! Ich sah Junes funkelnde Katzenaugen vor mir und hörte sie schon fragen: »Wer ist diese Soleil? Und was machst du nachts in ihrem Schlafzimmer? Du hast was mit ihr, das spüre ich genau ...«

Ich lächelte. Eifersucht war das Salz in einer Beziehung, aber zuviel davon konnte auf Dauer ziemlich anstrengend sein.

Bevor ich jedoch hypothetische Überlegungen über die Auffrischung alter Beziehungen anstellte, mußte ich mir erst einmal Gewißheit darüber verschaffen, ob es wirklich June war, die wieder in meinem Leben Einzug halten wollte und dabei zu etwas ungewöhnlichen Mitteln griff.

Einen Moment überlegte ich, was ich schreiben sollte. Dann wählte ich einen Betreff, das fast die Qualitäten eines Codeworts hatte.

Betreff: *La Sablia Rosa*

Schönste Principessa,

nach einem Tag, der voller überraschender Wendungen – und vor allem voller Erinnerungen – war, meldet sich Ihr Duc zurück, um Ihnen eine angenehme Nacht zu wünschen.

Ihr kleines Rätsel habe ich nicht wirklich lösen können, dafür aber bin ich der Lösung auf anderem Wege ein Stück nähergekommen, scheint mir. Und ich fürchte, Sie werden jetzt Farbe bekennen müssen, denn ich bin Ihnen durch einen Zufall auf die Schliche gekommen.

Sie schreiben, daß Sie noch so viele Fragen an mich hätten – ich meinerseits habe nur drei Fragen an Sie, aber ich bin mir sicher, daß Sie sie alle mit einem Ja beantworten werden.

1. Kann es sein, daß die »unglückselige Begegnung«, die Sie in Ihrem ersten Brief erwähnen, in einem altmodischen Hotel in Paris stattfand, das meinem Namen alle Ehre macht?

2. Darf ich weiterhin vermuten, daß Sie – obwohl aus dem Norden stammend – ein eher südländisches Temperament an den Tag legen und bisweilen zu heftiger Eifersucht neigen (gerne konzediere ich, daß Sie wunderhübsch sind in Ihrem Zorn, mag er nun berechtigt oder unberechtigt sein)?

3. Ist es möglich, daß sich in Ihrer Kommode Nachtwäsche von La Sablia Rosa befindet, die ich Ihnen vor einiger Zeit schenkte, wobei ich einen dummen Fehler beging, für den ich mich an dieser Stelle noch einmal in aller Form entschuldigen möchte?

Mit anderen Worten: Morgen ist Sonntag, ich muß nicht arbeiten, und WENN DU ES BIST, JUNE, würde ich mich unglaublich freuen, wenn ich dich zum Mittagessen in dein Lieblingsrestaurant Le Petit Zinc einladen dürfte. Ich denke, wir haben uns viel zu erzählen.
BITTE SAG JA!

Dein Jean-Luc

Unvermittelt war ich zum Du gewechselt, hatte das Principessa-Duc-Spiel durchbrochen und das achtzehnte Jahrhundert verlassen, um ins einundzwanzigste zurückzukehren. Und ich war mehr als gespannt, was nun passieren würde.

Ein paar Minuten verharrte ich vor dem Bildschirm, in der abwegigen Annahme, daß die Principessa umgehend antworten würde. Aber natürlich ließ sie sich Zeit.

Also schaltete ich den Computer aus, sagte Cézanne Gute Nacht, der zur Antwort schläfrig ein paarmal mit seinem Schwanz wedelte, und ging zu Bett.

Es war kurz vor elf, morgen war auch noch ein Tag, und ein bißchen Schlaf würde mir gut tun. Ich schloß die Augen und sah June, die im Petit Zinc vor einer der zartgrün bemalten Jugendstilsäulen saß und mir lächelnd zuprostete.

Zwei Stunden später knipste ich die Nachttischlampe seufzend wieder an. So würde das nichts werden mit meiner Nachtruhe.

Alles war friedlich und still, doch offenbar hatten die letzten Tage meinen normalen Schlaf-Wach-Rhythmus empfindlich durcheinandergebracht. Ich hatte mich ungefähr hundertfünfunddreißigmal umgedreht, um die bequemste Schlafhaltung zu finden. Ich hatte mehrfach zufrieden in mein Kissen geseufzt und autosuggestiv laut gegähnt. Ich hatte sogar das Wort Tschechoslowakei rückwärts buchstabiert, wie es der von Olivia de Havilland ausgebootete, frischgebackene Ehemann in dem alten Film »Blaubarts achte Frau« tut, um einzuschlafen (eine Szene, über die ich mich bisher immer königlich amüsiert hatte) – es nutzte alles nichts.

Natürlich hatte ich auch schon vorher schlaflose Nächte gehabt – im Idealfall war ein weibliches Wesen der Grund dafür –, und danach schlief man wie ein Stein und erwachte voller neuer Energien. Schlaflose Nächte ohne Sex hingegen waren nichts, was irgendein Mann sich ernsthaft wünschte.

Ich war todmüde, doch mein Gehirn war nicht zu beruhigen. Irgendwelche hyperaktiven Neurotransmitter sprangen von Synapse zu Synapse und brachten immer wieder neue Bilder hervor.

Bilder von Frauen.

Frauen, die ich gekannt hatte. Frauen, die ich gerne kennengelernt hätte. Eine nach der anderen tauchte aus der Dunkelheit auf und tanzte vor meiner Nase herum, sogar Soleil mit ihrem Brotmännchen.

Ich stand auf. Wenn ich sowieso schon wach war, konnte ich auch ebensogut noch einmal in den Computer gucken und nachsehen, ob inzwischen eine Antwort eingetroffen war.

Es war kurz nach eins, jeder auf der Welt schien bestens zu schlafen, und die Mailbox war leer. Ich warf einen Blick in die Diele. Cézanne lag in seinem Korb, zuckte schwach mit den Hinterläufen und knurrte leise. Auch er schlief und jagte im Traum vielleicht einer Katze nach.

Mißmutig ging ich in die Küche, holte den Rest vom Baguette aus dem Schrank und machte das Glas mit der Leberpastete leer. Das Kauen hatte etwas Beruhigendes.

Einige meiner Freunde sagen, daß man etwas essen soll, wenn man nicht einschlafen kann. Von Aristide weiß ich, daß er fast jede Nacht aufsteht und sich dicke Stücke von einer Rolle Chèvre abschneidet, die immer in seinem Vorratsschrank lagert. Foie gras war mindestens ebensogut wie Ziegenkäse, fand ich.

Ich stopfte mir den letzten Bissen Baguette in den Mund, spülte ihn mit einem Schluck Rotwein hinunter und ging wieder ins Schlafzimmer. Jetzt würde ich gut schlafen können. Endlich!

Fünf Minuten später stand ich fluchend auf, weil meine Blase drückte und es sich nicht verschieben ließ. Ich war zu jung für Prostataprobleme. Im Spiegel sah ich einen bleichen Mann mit aschblondem Haar, den ich persönlich nicht mehr als jung bezeichnet hätte.

Ich wankte ins Schlafzimmer zurück. Alles war endlich. Das Leben, ich selbst – aber auch diese verdammte Nacht.

Ich warf mich aufs Bett und versuchte eine neue Taktik.

Nun gut, würde ich eben nicht schlafen. Ich hatte gehört, daß man sich fast genauso gut erholte, wenn man sich einfach nur hinlegte und die Augen zumachte. Nur kein Streß, Jean-Luc, befahl ich mir, gaaanz ruhig. Bleib einfach locker.

Lockerlockerlocker. Ich atmete tief in den Bauch. Lockerlockerlocker ...

Irgendwann schlief ich tatsächlich ein.

Ich merkte es daran, daß Soleil plötzlich in ihrem roten Kaftan über mir kniete und dabei war, mikadogroße Nadeln in meinen Brustkorb zu stoßen.

»Du entkommst mir nicht, Brotmännchen«, murmelte sie. »Du entkommst mir nicht ...« Ihre schwarzen Locken kringelten sich medusenhaft um ihr Haupt.

Ich heulte auf wie Dracula vor der finalen Herzpfählung. »Soleil, nicht, was tust du da!«

»Na, weißt du jetzt, wer die Principessa ist, weißt du's?« zischte Soleil und verzog ihren blutrot geschminkten Mund zu einem riesigen Lächeln. »Ich weiß jetzt, wie ich dich bekomme.« Ihre großen weißen Zähne schwebten wenige Zentimeter über meinem Hals, und ihr Gewicht lastete auf mir wie Blei.

»Nein, Soleil, tu's nicht!« Panik erfaßte mich.

Mit einer übermenschlichen Kraftanstrengung stieß ich sie zurück und richtete mich auf. Ängstlich faßte ich an meine Brust. Mein Herz klopfte wie wild, aber ich fühlte keine Nadeln. Erleichterung!

Benommen tastete ich nach dem Schalter der Nachttischlampe.

Was für ein Alptraum!

Ich schwor mir, nie wieder so spät am Abend fette Leberpastete zu essen, egal, was Aristide sagte.

Es war sechs Uhr, vor dem Fenster hörte ich einen Vogel zwitschern – es war definitiv die Lerche und nicht die Nachtigall, und ich ging hinüber ins Wohnzimmer und setzte mich an meinen Schreibtisch. Langsam, so wie man eine Schatztruhe öffnet, klappte ich meinen Laptop auf. Diesmal gab es drei neue Mails.

Und eine davon war von der Principessa.

In freudiger Erwartung öffnete ich die Mail, doch schon als ich die Betreffzeile las, stutzte ich.

Betreff: *Rumpelstilzchen*

Mir schwante, daß das nichts Gutes bedeutete. Gut, im Sinne von: Das Rätsel ist gelöst. Dennoch unterlief der Principessa in diesem Brief ein Fehler. Sie gab eine Information preis, und diese Information brachte mich auf eine Idee.

Zunächst jedoch, Sie ahnen es, war der Antwortbrief eine herbe Enttäuschung. Im nachhinein weiß ich natürlich, daß – wie in einem guten Krimi – die erste Lösung nicht unbedingt die beste ist, aber ich hatte mich meinem Ziel schon so nahe gewähnt, und nun war doch alles wieder anders.

June jedenfalls konnte ich aus dem Kreis der Verdächtigen streichen, das war mir bereits nach dem ersten Satz unmißverständlich klar.

Lieber Duc,

das war fürwahr ein netter Versuch, den Sie da unternommen haben, um die Principessa zu stellen, aber ich fürchte, Sie befinden sich auf dem Holzweg. Und wie das kleine Rumpelstilzchen der Königstochter, so rufe auch ich Ihnen vergnügt zu: »Nein, nein, nein – so heiß' ich nicht.«

Mag sein, daß ich ein kleines bißchen eifersüchtig bin – bei einem Mann wie Ihnen bietet sich das nun geradezu an –, und in der Tat besitze ich sehr hübsche Wäsche, die bei La Sablia Rosa gekauft wurde, aber Sie, mon chevalier, *haben mir diese nicht geschenkt, noch bekamen Sie jene zarten Dessous, die mehr preisgeben als verhüllen, jemals an mir zu sehen (was zugegebenermaßen schade für Sie ist).*

Und damit erschöpfen sich auch schon die Gemeinsamkeiten mit der von Ihnen erwähnten Dame.

Ich bin nicht June.

Belassen wir es doch für den Moment bei der Principessa.

Das Petit Zinc kenne ich gut, wenn es auch nicht mein Lieblingsrestaurant ist, doch Ihre so eindringliche Bitte (die mir im übrigen gut gefiel, auch wenn sie ja eigentlich nicht an mich gerichtet war, sondern an besagte Dame, für die Sie mich fälschlicherweise hielten) muß ich leider mit einem Nein bescheiden.

Ein Essen mit Ihnen ist verlockend, erscheint mir im Augenblick jedoch verfrüht, und selbst wenn es anders wäre, könn-

te ich nicht zusagen, denn morgen mittag bringe ich eine liebe Freundin zum Zug. Sie reist nach Nizza, und wir werden in guter alter Tradition vorher eine Kleinigkeit im Train Bleu zu uns nehmen.

Für mein leibliches Wohl ist also gesorgt, und ich hoffe, auch für Ihres.

Ich habe ausgezeichnet geschlafen, bin in aller Frühe aufgewacht, bedanke mich herzlich für Ihren nächtlichen Gruß, den ich, wie Sie unschwer erkennen können, eben erst vorgefunden habe, und wünsche Ihnen einen angenehmen Sonntag.

Ich denke, wir werden bald wieder voneinander hören!

Ihre Principessa

PS: Sind Sie jetzt sehr enttäuscht, weil ich nicht June bin? Es ist so schön, mit Ihnen zu korrespondieren, und ich wünsche mir nur eines: daß es weitergeht.

Ich starrte auf das Postskriptum. War ich enttäuscht?

Natürlich war ich enttäuscht, aber wenn ich in mich hineinhorchte, bezog sich meine Enttäuschung nicht unbedingt darauf, daß es nicht June war. Eher glich sie der Enttäuschung des Jägers, der knapp sein Wild verfehlt hat. Ich gebe zu, es hätte mir gefallen, die Principessa zu stellen, sie kapitulieren zu sehen vor meinem Scharfsinn, und es ärgerte mich ungemein, daß diese kleine anmaßende Person mich so hinhalten konnte. Warum sagte sie nicht endlich, wer sie war? Was wollte sie von mir? Gerne hätte ich sie mit ihrer letzten Frage ein wenig zappeln lassen.

Ihr Postskriptum rührte mich dennoch. Aus ihm sprach eine gewisse Unsicherheit, ja Angst. Sie hatte nicht geschrieben: »Ich hoffe, Sie sind jetzt nicht allzusehr enttäuscht, daß ich nicht June bin.« Oder: »Die Enttäuschung darüber, daß ich nicht June bin, wird sich hoffentlich in erträglichen Grenzen halten.« Nein, ihre Frage war einfach und ehrlich – und gänzlich ohne diesen leicht ironischen Unterton, der ansonsten in ihrem Brief mitschwang.

... *und ich wünsche mir nur eines: daß es weitergeht.*

Diesen Satz konnte man nicht unbeantwortet lassen, er war einfach zu schön. Und so schrieb ich zurück.

Betreff: *Enttäuscht!*

Selbstverständlich bin ich enttäuscht!

Ich bin rasend enttäuscht, weil Sie meine Einladung zum Essen nun schon zum zweiten Mal ausschlagen.

Ich bin wahnsinnig enttäuscht, daß Sie mir Ihre bezaubernden Dessous vorenthalten haben (und eifersüchtig dazu, auf den Galan, der Sie Ihnen zueignete und dem Sie sich, wie ich annehmen muß, in dieser kaum noch so zu nennenden Bekleidung auch gezeigt haben).

Im Gegensatz zu Ihnen habe ich eine schlaflose Nacht verbracht, und daran sind Sie, verehrte Dame, nicht ganz unschuldig.

Zur Strafe verraten Sie mir auf der Stelle das Restaurant, in dem Sie am liebsten speisen, denn irgendwann (bald!) werden Sie dort mit mir dinieren müssen, das sehen Sie doch ein?

Auch wenn Sie sich wünschen, daß es weitergeht – es kann doch nicht immer so weitergehen.

Ich hingegen wünsche mir, daß es weitergeht – weiter als Briefe und Andeutungen, weiter als Ratespiele und noch so schöne Worte, weiter, als es Ihre Phantasie vielleicht zuläßt – mit anderen Worten: sehr, sehr weit!

Für den Moment bleibt mir nicht mehr, als Sie in Gedanken zum Rendezvous mit Ihrer Freundin zu begleiten, einen guten Appetit zu wünschen und auf das nächste Billet-doux von Ihnen zu warten (Sie sehen, ich übe mich in Geduld, auch wenn es mir schwerfällt).

Passen Sie auf sich auf!
Ihr Duc

PS: Wegen June müssen Sie sich nun wirklich keine Sorgen machen, wohl eher wegen des Rumpelstilzchens. Oder haben Sie etwa vergessen, wie das Märchen endet?

Ich hoffe, Sie werden sich nicht vor Wut selber mitten entzweireißen, wenn ich schließlich doch Ihren Namen herausfinde. Das müssen Sie mir versprechen!

Ich war sehr guter Dinge, als ich meinen Brief abschickte. Denn während ich ihn schrieb, hatte ich einen Plan gefaßt.

Nicht nur in Gedanken würde ich die Principessa zu ihrem Mittagessen begleiten, nein, ich würde leibhaftig zur Gare de Lyon fahren, um dort im Bahnhofsrestaurant Le Train Bleu nach ihr Ausschau zu halten.

Da ich sie, wie sie selbst es mir versichert hatte, zumindest schon gesehen hatte, würde ich sie erkennen. Mit anderen Worten – wenn ich im Train Bleu zur Mittagszeit eine Frau entdeckte, die ich kannte und die in Begleitung einer anderen Frau dort aß, würde ich wissen, wer die Principessa war.

Es war genial! Ich hätte vor Freude fast in die Hände geklatscht! Irgendwann verriet sich jeder – man mußte nur geduldig sein und genau genug hinsehen.

Als ich beschwingten Schrittes mit Cézanne den Boulevard Saint-Germain entlangging, um die Metro Richtung Gare de Lyon zu nehmen, klingelte mein Handy. Ich drückte es an mein Ohr und hörte eine Kinderstimme, die im Hintergrund sang, bevor Bruno sich meldete.

»*Comment ça va?* Na, wie läuft's?« fragte er.

»Hervorragend«, sagte ich. »Hab ein bißchen wenig geschlafen, die letzten Nächte, aber sonst ...«

»Das klingt gut. Und – was macht die geheimnisvolle Frau?«

»Du wirst es nicht glauben, aber ich bin gerade auf dem Weg ins Train Bleu ...«

»Le Train Bleu? Dieses Touri-Restaurant? Was willst du denn da?«

»Ich werde die geheimnisvolle Frau treffen!«

Bruno stieß einen kleinen Pfiff aus. »Kompliment, mein Freund. Das ging ja schnell. Und – wer ist es denn nun?«

Ich zog Cézanne von einer Litfaßsäule weg, an der er gerade sein *pipi* machen wollte. »Äh, nun ja. Das weiß ich noch nicht.«

»Oh.« Bruno schien einen Moment verwirrt, dann sagte er wieder: »Ooooh! – Hast du etwa ein *blind date*?«

»Nicht ganz. Ich spiele eher Hercule Poirot.«

Ich erzählte Bruno im Schnelldurchgang, was sich seit unserem Abend im La Palette ereignet hatte. Und dabei merkte ich, daß es eine ganze Menge war. Die Mülltonnenaktion und meine Bekanntschaft mit Madame Verniers Hantel, mein nächtlicher Ausflug zu Soleil, die Dame, die im Duc nach mir gefragt hatte, mein Verdacht, daß June zurückgekehrt war, die Briefe, die hin- und hergegangen waren, mein Brotmännchen-Alptraum, und meine grandiose Idee, die Principessa im Bahnhof zu überraschen.

»Sei froh, daß es nicht June gewesen ist«, bemerkte Bruno trocken. »Das wäre auf Dauer sowieso nicht gut gegangen mit euch. Überleg mal, wie oft du mit ihr Krach hattest.«

»Na ja«, protestierte ich. »June war schon ein Knaller.«

»Eher ein Vulkan, wenn du mich fragst. Eruptiv und lebensgefährlich!«

Ich grinste. »So schlimm war's auch nicht. Bruno, ich muß jetzt runter zur Metro, ich melde mich später.«

Ich wollte schon mein Handy vom Ohr nehmen, als ich Bruno noch etwas sagen hörte. »Was?!« rief ich, bereits auf der Treppe in den Metroschacht.

»Ich wette mit dir um eine Flasche Champagner, daß es diese Künstlerin ist!« rief Bruno.

»Wer? Soleil?! Niemals. Die ist verliebt in irgend so einen Trottel, der sie nicht verdient.«

»Und wenn du dieser Trottel bist?«

»Bruno, was redest du für einen Quatsch. Soleil ist wie eine Schwester für mich«, erklärte ich ungeduldig. »Außerdem paßt das nicht zu ihr. Sie schreibt doch nicht solche altmodischen Briefe. Sie bastelt sich Brotmännchen und macht Voodoo-Zauber.«

»*Und* du warst nachts in ihrem Schlafzimmer, *und* sie hatte nichts an, *und* sie war überhaupt nicht verlegen, *und* am nächsten Tag war die große Krise plötzlich vorbei, *und* sie hat gesagt, der Zauber hätte schon gewirkt«, zählte Bruno auf.

»*Und* du siehst mal wieder Gespenster«, schloß ich.

»Wetten wir?« Bruno ließ sich nicht von seiner tollen neuen Theorie abbringen.

»Also gut, wenn du unbedingt einen Champagner ausgeben willst.« Ich lachte. Bruno lachte auch.

»Wir werden sehen«, sagte er.

9

Die Gare de Lyon ist der einzige Bahnhof in Paris, in dem in der Halle vor den Gleisen echte Palmen stehen. Hochgewachsene Palmen, ein bißchen angestaubt, nicht gerade Prachtexemplare – der Mangel an Sonne macht sich wohl bemerkbar –, aber dennoch schüchterne Vorboten des Südens. Denn von der Gare de Lyon aus fahren die Züge nach Südfrankreich bis ans Mittelmeer.

Außerdem befindet sich in der Gare de Lyon auf der ersten Etage das schönste Bahnhofsrestaurant der Welt: Le Train Bleu.

Benannt nach dem legendären »Blauen Zug«, der noch bis in die sechziger Jahre zwischen Paris und der Côte d'Azur verkehrte, atmet diese riesige, fast zwölf Meter hohe Halle mit ihren prachtvollen Deckenmalereien, die die einzelnen Etappen einer Reise an die Mittelmeerküste darstellen, den goldenen Lüstern und Ornamenten, den Statuen und großen rundgebogenen Fenstern, die den Blick auf die Gleise freigeben, den Geist der Belle Epoque. Einer Epoche, als man noch nicht von Touristen, sondern von Reisenden sprach, als die Welt noch unendlich groß war und man seinem Ziel gemächlich entgegenrollte, die wechselnden Landschaften an sich vorüberziehen ließ und der Strecke, die man zurücklegte, eine angemessene Zeit einräumte, statt für ein Wochenende in die Hauptstädte dieser Welt zu jetten – ein vermeintlicher Triumph über Zeit und Raum, denn Körper und Geist brauchen eine Weile, um anzukommen.

Ich kam nicht oft hierher, eigentlich nur, wenn ich Gäste hatte, die vom berühmten Le Train Bleu gehört hatten. Dann führte ich sie hierher und aß mein Chateaubriand mit Sauce Béarnaise – ein etwas altmodisches Gericht, das man in den postmodernen Restaurants der Pariser Szene kaum noch auf der Speisekarte findet und das hier sehr gut ist.

Aber immer wenn ich die riesige Halle betrat, überwältigte mich die Eleganz und Schönheit, die hier herrschte, aufs neue. Ich blickte auf die Wandmalereien, die die Pyramiden zeigen, den alten Hafen von Marseille, das Theater von Orange oder den Mont Blanc, und dachte mit leisem Bedauern und einer gewissen Sehnsucht an diesen verlorengegangenen, unglaublichen Luxus des Reisens, das sich so sehr unterscheidet von dem, was wir heutzutage Ferien oder Urlaub nennen.

Tempi passati! Die große runde Uhr, die im hinteren Teil des Restaurants hängt, zeigte Viertel nach zwölf, und ein ohrenbetäubendes, anachronistisches Geschnatter erfüllte den großen Saal im Eingangsbereich.

Eine riesige Reisegruppe belagerte die Reihen von dunkelbraunen Lederbänken, zwischen denen weißgedeckte Tische standen, und machte sich über das Mittagsmenu her, das schwarzgekleidete Kellner auf großen

Silbertabletts herbeischafften. Es war eine Horde gutgelaunter, wohlgenährter Holländer, die in erschrekkendem Kontrast standen zu der ruhigen Vornehmheit, die ansonsten in dem Saal herrschte. Alle schrien durcheinander, fuchtelten mit den Gabeln in der Luft herum, Photos wurden gemacht, ein Weinglas fiel um, dann gab es einen Trinkspruch, dem dröhnendes Gelächter folgte.

Fasziniert starrte ich auf das Konglomerat aus sich öffnenden Mündern, nickenden Köpfen und gestikulierenden Armen. Die Menschen schienen sich zu einem einzigen wogenden Molekül zu verbinden. Man trug das klassische Outfit von Touristen aus aller Welt: ärmelloses T-Shirt, Shorts und atmungsaktive GoretexTurnschuhe mit dreifach verstärkter Sohle. Man amüsierte sich prächtig, aber mit der Eleganz des Reisens hatte das nichts mehr zu tun.

Cézanne winselte aufgeregt, ließ begeistert die Zunge heraushängen, und ich nahm ihn enger an die Leine, bevor er sich an einem halbnackten holländischen Männerbein zu schaffen machen konnte. Cézanne liebt nackte Haut.

Ich durchschritt die einzelnen Säle auf dem langen roten Teppich, der durch den Mittelgang des Restaurants führt, sah an die Tische rechts und links und hielt Ausschau nach einem mir bekannten Gesicht. Vielleicht war es noch zu früh. Kein Franzose, der etwas auf sich hält, ißt schon um zwölf Uhr zu Mittag.

Im hinteren Teil des Restaurants wurde es ruhiger. Hier waren einige Tische noch nicht besetzt. Ich ging wieder zurück, bis ich in die Bar kam, die an die Hauptsäle angrenzt. Dort ließ ich mich an einem der niedrigen Tischchen nieder und bestellte einen Martini für mich und einen Napf mit Wasser für Cézanne. Ich wartete.

Würde die Principessa kommen?

Nervös nahm ich einen Schluck und sah zwei Männern am Nebentisch zu, die ein spätes Frühstück einnahmen. Obwohl ich mir morgens nur einen Kaffee gemacht hatte, verspürte ich keinen Hunger.

Ich versuchte mir auszumalen, wie ich der Principessa gleich gegenüberstehen würde und was ich sagen würde, aber es ist schwer, sich etwas auszumalen, wenn man keine Vorstellung davon hat, wie das Gegenüber aussieht.

Brunos Worte kamen mir wieder in den Sinn. Ich mußte daran denken, wie Soleil mich in ihrem Flur so bedeutungsvoll angeschaut hatte *(Ich glaube, es hat schon funktioniert)*, und zupfte aufgeregt an meiner Unterlippe. Vor meinem Auge sah ich für einen kurzen Moment die schlafende Soleil in ihrer ganzen Schönheit auf dem hellen Laken liegen, und mit einem Mal war mir ganz seltsam zumute.

Hatte die Principessa nicht in einem ihrer Briefe geschrieben, sie habe von mir geträumt, und ich hätte nachts vor ihrem Bett gestanden? Ich lehnte mich in dem Ledersessel zurück und starrte ins Leere. Konnte es sein? Hatte Bruno vielleicht doch recht, und es war Soleil, die gleich hier auftauchen würde?

Ich jedenfalls hatte das Gefühl, daß ich allmählich immer weniger in der Lage war, einen klaren Gedanken zu fassen. Von mir aus konnte auch Madame Vernier die

Principessa sein oder die Kassiererin in der Lebensmittelabteilung von Monoprix – wobei das nicht unbedingt meine erste Wahl gewesen wäre –, aber alles war besser als diese Ungewißheit, und am Ende hatte jede Frau ihren ganz eigenen Zauber.

Ich stand auf, kramte etwas Kleingeld hervor und legte es auf den Tisch. Dann nickte ich Cézanne zu, und wir machten wieder eine Runde durch das Restaurant.

Die holländische Reisegruppe war gegangen. Nun waren nur noch vereinzelt Tische besetzt, und leises Gemurmel plätscherte wohltuend durch den Raum.

Ich sah zum Eingang hinüber, wo sich gerade eine Familie vor dem Stehpult mit dem aufgeschlagenen Reservierungsbuch einfand und sich von der Empfangsdame den reservierten Platz zuweisen ließ.

»*Est-ce que je peux vous aider, Monsieur?* Kann ich Ihnen behilflich sein?« Ein Kellner, der ein Tablett mit einer Karaffe Wasser und zwei Gläsern auf einer Hand balancierte, tauchte in meinem Blickfeld auf und sah mich fragend an.

Ich schüttelte den Kopf. »Nein, nein, ich suche nur nach einer Dame, mit der ich verabredet bin.«

Ich ging ein paar Schritte weiter, aber der Karaffenträger blieb im Windschatten an meiner Seite.

»Hatten Sie einen Tisch bestellt, Monsieur?«

Wieder schüttelte ich den Kopf und wünschte mir, daß der Herr in Schwarz mich einfach in Ruhe lassen würde.

»Möchten Sie Ihren Mantel vielleicht schon mal an der Garderobe abgeben, Monsieur?«

Ich blieb so abrupt stehen, daß er gegen mich stieß. Die Karaffe hielt dem Aufprall nicht stand und verlor das Gleichgewicht. Ich spürte etwas Nasses in meinem Rücken.

»Ach, du meine Güte, Verzeihung, Monsieur!« Mit einer einzigen schnellen Bewegung stellte der Kellner das Tablett ab und hielt plötzlich eine Stoffserviette in der Hand, mit der er aufgeregt an meinem Mantel herumwischte. »Gott sei Dank war es nur Wasser. *Mon Dieu, mon Dieu!* Geht es, Monsieur?! Wollen Sie den Mantel jetzt nicht doch lieber ausziehen, Monsieur?«

Ich drehte mich um und starrte ihn haßerfüllt an. Wenn er noch einmal »Monsieur« sagte, würde ich ihm den Hals umdrehen.

»Der Mantel bleibt an«, knurrte ich und steckte die Hände entschlossen in meinen Trenchcoat. »Wenn Sie mich jetzt *bitte* entschuldigen wollen! Ich habe zu tun!«

Ich machte ein paar Schritte, sah mich kurz um und stellte mit Genugtuung fest, daß der Kellner verstört stehengeblieben war. Seine Augen hatten einen mißtrauischen Ausdruck angenommen. Wahrscheinlich hielt er mich jetzt für so einen schmierigen Privatdetektiv, der untreuen Ehefrauen hinterherspioniert – und so fühlte ich mich allmählich selbst.

Die große Uhr zeigte fünf nach eins. Wo blieb die verdammte Principessa?

Wieder suchte ich die Tische nach einer mir bekannten weiblichen Person ab. Und dann blieb auch ich verstört stehen, weil ich meinen Augen nicht traute.

An einem der Tische unterhalb der Bahnhofsuhr hatten zwei Frauen Platz genommen. Die eine war ein Mädchen in Jeans und mit dunkelblondem Pferdeschwanz, der unternehmungslustig wippte, als sie jetzt nach der Speisekarte griff. Die andere war eine auffallend große Person mit feuerrotem Haar und riesigen goldenen Creolen.

Es war Jane Hirstman, und sie winkte mir enthusiastisch zu.

Ich bete selten in meinem Leben. Nur wenn die Not wirklich groß ist, erinnere ich mich wieder daran, daß es möglicherweise einen Gott gibt, der das Schlimmste verhindern kann, wenn man ihn eindringlich genug darum bittet.

Als ich die fröhlich winkende Jane sah, fiel mir der himmlische Vater wieder ein.

Bitte, lieber Gott, flehte ich stumm, laß es nicht Jane sein! Bitte mach, daß nicht Jane diese wunderbaren Briefe geschrieben hat. Das ist nicht möglich! Das darf einfach nicht sein, denn sonst ...

Ja, was war denn sonst? Sonst stürzte mein ganzes schönes Phantasieschloß ein, das ich um die geheimnisvolle Principessa errichtet hatte, einer ganz besonderen Frau, einer verlockenden Circe, die ebenso bezaubernd wie erotisch war, klug und gewitzt, und die sich über die Maßen in mich verliebt hatte.

Und doch war es Jane, die hier im Train Bleu saß, zur Mittagszeit, in Begleitung einer Freundin, die auch ihre

Tochter hätte sein können. Es war nicht zu fassen! Mein Herz schnurrte enttäuscht zusammen wie ein Ballon, aus dem die Luft entweicht.

»Jean-Luc!« rief Jane und winkte wieder. »Huhu, Jean-Luc!« Sie strahlte über das ganze Gesicht. »*How are you?!*«

Ich nickte beklommen und trat vorsichtig an ihren Tisch.

»Hallo ... Jane.« Mein Magen krampfte sich zusammen, und ich rang mir ein Lächeln ab. »Was für eine Überraschung! Ich ... ich wußte gar nicht, daß Sie in Paris sind.«

»Ja, es war ein ganz spontaner Entschluß«, sagte sie und grinste. »Ich hätte mich auch noch persönlich gemeldet. *So good to see you, my friend!*«

Sie stand auf und gab mir einen schmatzenden Kuß auf die Wange. Ich zuckte zusammen, aber sie bemerkte es nicht.

»Bitte, setzen Sie sich doch zu uns und essen Sie mit. Ich hatte gestern schon im Saint-Simon angerufen und nach Ihnen gefragt, weil ich Sie in der Galerie nicht erreichte. Mein blödes *mobile* funktioniert nicht – alle Nummern sind weg! – Aber sehen Sie, es klappt auch so! Das nenne ich Gedankenübertragung!« Sie sah mich erfreut an. »Und was machen *Sie* hier, Jean-Luc?«

Bildete ich mir das ein, oder hatte sie mir zugezwinkert?

»Ich ...? Ja, ich ... äh ...«, stotterte ich unsicher. »Ich hab eigentlich jemanden gesucht ...«

»Sie können aufhören zu suchen, denn nun haben Sie uns gefunden, Darling, hahaha.« Jane lachte über ihren eigenen Scherz.

War es ein Scherz?

»Das ist übrigens Janet, meine Nichte. Sie studiert Kunstgeschichte.« Jane wies auf das Mädchen neben sich. »Janet – das ist Jean-Luc, von dem ich dir schon soviel erzählt habe. Du mußt unbedingt seine Galerie sehen. *Amazing, just amazing!* Die Bilder werden dir gefallen.«

Janet reichte mir lächelnd die Hand. »Da bin ich mir sicher! Der Galerist gefällt mir jedenfalls schon sehr«, erklärte sie kess.

Ich lächelte verwirrt. Ich befand mich noch in meinem eigenen kleinen Film.

»Janet, bring Jean-Luc nicht so in Verlegenheit!« sagte Jane. »Meine Nichte ist immer so direkt«, meinte sie dann an mich gewandt.

»Ihre Nichte?« wiederholte ich wie ein Schwachsinniger.

Jane nickte stolz. »Ja, meine Nichte. Janet ist zum ersten Mal in Europa, wir sind vor zwei Tagen angekommen, wir haben ein entzückendes Apartment im Marais gemietet, und nun zeige ich ihr die Attraktionen von Paris.«

»Sie bringen sie also nicht zum Zug? Nach Nizza?« hakte ich nach.

Jane sah mich verständnislos an. »Aber nein, Jean-Luc, wie kommen Sie darauf?« Sie schüttelte ihre roten Locken. »Wir wollen hier nur etwas essen und das Restaurant ein wenig bewundern, nicht Zug fahren.«

»Na ... also ... na, das ist doch wunderbar!« rief ich erleichtert aus.

Ich lächelte Jane glücklich an. Die gute Jane. Ich mochte sie wirklich. »Was für eine wunderbare Idee!«

Ich muß wohl ein wenig übergeschnappt gewirkt haben, denn Jane Hirstman wechselte einen erstaunten Blick mit ihrer Nichte, als wollte sie sagen: Normalerweise ist er nicht so.

Dann hielt sie mir die Menukarte hin und fragte: »Ist alles in Ordnung mit Ihnen, Jean-Luc?«

Ich nickte und dankte Gott, der mein Gebet erhört hatte. Ich atmete einmal tief durch, seufzte lächelnd und blickte entspannt in die Runde.

Vor mir saß Jane, die einfach nur Jane war und sonst nichts. Sie saß da mit ihrer Nichte, die nicht ihre Freundin war und die sie anschließend auch nicht zum Zug bringen wollte. Die Welt war wieder in Ordnung, die Principessa war nicht erschienen, und ich hatte plötzlich einen Bärenhunger.

»Warum kommen Sie nicht mit Ihrer Nichte zu unserer Ausstellungseröffnung am achten Juni, ich würde mich sehr freuen.« Ich ließ mir mein *steak au poivre* schmekken und spießte ein paar lange dünne Pommes frites auf meiner Gabel auf.

»Oh ja, Jane, laß uns hingehen!« rief Janet begeistert. »Da sind wir doch noch in Paris, oder?«

Jane schmunzelte über den Eifer ihrer Nichte. »Ich denke, das läßt sich einrichten. Wer stellt denn aus?«

»Eine sehr interessante Künstlerin, die auf den westindischen Inseln aufgewachsen ist – Soleil Chabon – sie hat vor zwei Jahren schon mal in der Galerie du Sud ausgestellt. Und diesmal haben wir uns etwas ganz besonderes ausgedacht – eine kleine feine Vernissage in den Empfangsräumen des Duc de Saint-Simon, die wir für diesen Anlaß mieten konnten.«

»Das klingt ja ganz zauberhaft. *What a very special place.*«

Unsere Blicke kreuzten sich für einen Moment, und ich war mir sicher, daß Jane an jenen aufregenden Morgen im Saint-Simon dachte, als die aufgebrachte June plötzlich schreiend vor ihrem Bett stand. Jane lächelte und nahm einen Schluck aus ihrem Weißweinglas. »Ich habe immer gern dort gewohnt, man hat das Gefühl, in einem anderen Jahrhundert zu sein«, sagte sie zu Janet. »Das wird dir gefallen.«

In einem anderen Jahrhundert ... Während Jane ihrer Nichte das Hotel beschrieb, schweiften meine Gedanken ab. Meine kleine Brieffreundin aus einem anderen Jahrhundert war nicht gekommen, oder ich hatte sie verpaßt. Nachdenklich sah ich aus dem großen Fenster, vor dem wir saßen, und blickte auf den Bahnhof unter mir. Auf Gleis drei wartete ein Zug auf seine Abfahrt. Die letzten Reisenden stiegen mit ihren Koffern ein, ein Mann umarmte eine Frau, winkende Hände sagten Lebewohl. Die Sehnsucht schwebte wie eine kleine weiße Wolke über dem Bahnsteig.

Gibt es ein Bild, das den Abschied besser erfaßt, als ein abfahrender Zug? Ich ließ meine Blicke bis zum

Ende des Gleises schweifen und lächelte über meine kleine vorphilosophische Anwandlung. Im Gegensatz zu Flughäfen machen mich Bahnhöfe immer ein wenig sentimental.

Und dann, kurz bevor der Zug endgültig von Gleis drei abfuhr, sah ich ganz hinten vor einem der letzten Waggons zwei Frauen mit ihren Reisetaschen stehen. Die eine hatte schulterlanges dunkles Haar und trug ein sommerliches rotes Kleid, das sich im Wind um ihre schlanken Beine bauschte. Die andere stand mit dem Rücken zu mir. Sie hatte ein fließendes helles Kostüm an, und ihre glatten, silbrigblonden Haare reichten ihr fast bis in die Taille. Dann drehte sie sich ein wenig zur Seite, sie sagte etwas zu ihrer Freundin, und ein gleißender Sonnenstrahl streifte für einen Augenblick ihre mädchenhafte Gestalt. Das Licht verfing sich in ihren auffliegenden seidigen Haaren und schien direkt durch sie hindurchzufallen, und mir stockte der Atem.

Die Zeit stand still, nein, sie lief rückwärts, sie flog dem blauen Meer entgegen, flog durch Jahre, Monate, Tage bis hin zu jenem sonnendurchfluteten Moment, als ein dummer fünfzehnjähriger Junge sich in das schönste Mädchen der Klasse verliebte.

Ich starrte auf das Gleis, mein Herz fing an zu klopfen, dann gab es einen Riß im Bild. Unwillig schüttelte ich den Kopf.

Ein Schaffner schob sich vor die beiden Frauen und half einem älteren Herrn, sein Gepäck einzuladen, die Zurückbleibenden drängten sich an die Fenster. Dann ertönte das Abfahrtssignal, die Türen schlossen sich automatisch, und der Zug setzte sich in Bewegung.

Die beiden Frauen waren verschwunden, als hätte es sie nie gegeben.

Und doch war ich mir sicher, daß ich eben, für den Bruchteil einer Sekunde, Lucille gesehen hatte.

»Nicht wahr, Jean-Luc? – Jean-Luc?! Was ist? Sie sehen aus, als hätten Sie gerade eine Erscheinung gehabt.«

Jane blickte mich fragend an. Wie lange hatte ich schon so aus dem Fenster gestarrt? Egal.

»Pardon.« Ich legte meine Serviette neben den Teller und stand hastig auf. »Entschuldigung. Würden Sie mich einen Moment entschuldigen? Ich bin gleich wieder da. Ich muß ... Ich habe ... Da war jemand auf dem Bahnsteig ... Bin sofort wieder da!« Ich lächelte und kam mir selbst ein wenig irre vor.

Unter den erstaunten Blicken von Jane und Janet schritt ich schnellen Schrittes zum Ausgang. Cézanne, der die ganze Zeit geduldig unter dem Tisch gewartet hatte, lief bellend hinter mir her, seine Leine schleifte über den Boden.

Rasch nahm ich sie auf und stürmte mit meinem Hund die Treppe des Restaurants hinunter. Cézanne schnüffelte kurz an einer der beiden angeketteten kleinen Palmen, die am Fuß der Treppe in Terracotta-Kübeln standen.

»Cézanne, jetzt komm!« rief ich und zerrte ungeduldig an der Leine. Cézanne machte einen Satz und jaulte auf. Nun hatte sich der blöde Hund in der Stahlkette verfangen, und ich konnte ziehen, soviel ich wollte. So kam ich hier nicht weg.

»Du bleibst jetzt hier sitzen, Cézanne! Sitz! Hörst du!«

Cézanne winselte und legte sich unter die Palme.

»Ich bin sofort wieder da. Sitz!« befahl ich noch einmal, bevor ich weiterlief. Ich drängte mich durch die Menschen durch, die ihre Koffer hinter sich herzogen und offenbar alle Zeit der Welt hatten. Ich hatte keine Zeit. Ich war auf der Jagd nach einer Principessa.

An Gleis drei stoppte ich kurz ab und sah mich suchend um. Links, rechts, geradeaus – wo war die Frau mit den silberblonden Feenhaaren, die mich so sehr an Lucille erinnert hatte?

Ich lief noch einmal das ganze Gleis ab, spähte auf die gegenüberliegenden Bahnsteige und kehrte schließlich enttäuscht zurück.

Eine alte Dame ohne Gepäck wackelte mir entgegen und sah mich mitleidig aus ihren hellen blauen Augen an. »*Vous êtes trop tard,* Sie kommen zu spät, junger Mann, der Zug nach Nizza ist schon abgefahren«, erklärte sie und schüttelte den Kopf. »Ich habe gerade meine Tochter weggebracht.«

Ich preßte die Lippen zusammen und nickte bitter. »*Trop tard!*«

In der Tat war ich zu spät gekommen. Und wieder stand ich mit leeren Händen da und mit einem Haufen Fragen.

Konnte es wirklich Lucille gewesen sein, die ich eben gesehen hatte? Wie groß war die Wahrscheinlichkeit, daß ein Mädchen mit dreißig Jahren Verspätung ihre Liebe zu einem Jungen entdeckte, den sie einst verschmäht hatte und den sie nun mit Principessa-Briefen überhäufte?

Eher lernte ein Frosch Französisch.

Das einzige, was an diesem Sonntag wirklich sicher war, war die Tatsache, daß zur Mittagszeit ein Zug nach Nizza abgefahren war.

Und die Tatsache, daß Hercule Poirots Ermittlungen im Fall Principessa nicht sehr weit gediehen waren.

Hätte Hercule Poirot besser aufgepaßt, wäre ihm nicht entgangen, daß eine junge Frau im Sommerkleid ihn einen Moment lang lächelnd vom Ende der Halle aus betrachtete, bevor sie still aus dem Bahnhof schlüpfte.

Nun war auch noch Cézanne verschwunden!

Fassungslos starrte ich auf die leere Palme, die einsam an ihrer Kette hing. Aufgeregt sah ich mich um. Rechts, links, geradeaus, würde das den ganzen Tag so weitergehen?

»Cézanne!« rief ich und rannte in der Bahnhofshalle umher. »Cézanne!« Meine Güte, hoffentlich war er nicht aus der Gare de Lyon hinausgelaufen und lag schon unter einem Auto.

»Cézanne ... Cézanne ... Cézanne! Wo bist du, Cézanne?!« In meiner Panik achtete ich nicht auf die Menschen, die mir befremdete Blicke zuwarfen. Einige fingen an zu lachen. Vielleicht hielten sie meine Ausrufe für den Auftakt zu einem künstlerischen Happening.

»Versuch's doch mal im Musée d'Orsay!« rief ein Mann, der mit seiner Schnapsflasche an einem Kiosk lehnte.

Ein paar junge Mädchen in Jeans und mit Rucksäkken blieben stehen und sahen erwartungsvoll herüber. Kam da noch mehr?

»Was glotzt ihr so, Cézanne ist mein Hund!« stieß ich aufgebracht hervor. Dann blickte ich nach oben und sah Jane und Janet, die im Restaurant standen und aufgeregt gegen die Scheibe klopften.

Eine Stunde später saß ich in der Metro. In meinen Händen hielt ich einen Strick, und an diesem Strick hing Cézanne, der fromm wie ein Lämmchen zu meinen Füßen lag und zu mir aufblickte.

Nach seinem abenteuerlichen Ausflug durch die Gare de Lyon, bei dem es sich Cézanne Augenzeugenberichten zufolge nicht hatte nehmen lassen, an jeder der großen Palmen im Bahnhof sein Bein zu heben, war er plötzlich zum Ausgang gerast, wo er irgend etwas Interessantes entdeckt hatte, und hatte dann vor dem Bahnhof die wartenden Taxifahrer angebellt. Einer von ihnen hatte die Bahnhofspolizei geholt, und dort hatte ich Cézanne dann auch ausgelöst.

Jane und Janet, die von ihrer Loge am Fenster aus einen guten Platz hatten, hatten nicht schlecht gestaunt, als ein Dalmatiner plötzlich an der Hand eines Uniformierten durch die Bahnhofshalle geführt wurde. Minuten später war ein Verrückter (ich) aufgetaucht und hatte dort unten wild gestikuliert und herumgeschrien.

Und dann hatten die beiden Damen freundlicherweise gegen das Fenster getrommelt, und ich war erst ins Restaurant geeilt und danach zur Bahnhofspolizei.

»*C'est votre chien?* Ist das Ihr Hund?« fragte der Uniformierte mürrisch. Cézanne wedelte erfreut mit dem Schwanz, als er mich sah.

»Ja, ja!« Ich nickte. »Cézanne, was machst du denn für Sachen, ich hab doch gesagt, du sollst warten.« Ich strich ihm über den Kopf.

»Sie müssen besser auf Ihren Hund aufpassen, Monsieur, Ihr Verhalten ist unverantwortlich. Hunde müssen im Bahnhof *immer* an der Leine geführt werden.« Er sah mich streng an. »Sie können von Glück sagen, daß nicht mehr passiert ist.«

Ich nickte stumm. Man muß wissen, wann man schweigt.

Hätte es einen Sinn gehabt, irgendwelche Erklärungen abzugeben über außergewöhnliche Umstände, die es manchmal erforderlich machen, seinen Hund, der sich mit der Leine in einer angeketteten Palme verfangen hat, für einen Moment zurückzulassen? Nein!

Monsieur Ich-bin-hier-der-Chef schob mir einen Zettel herüber, den ich unterschrieb. Ohne zu protestieren, bezahlte ich eine Strafgebühr, und dann waren Cézanne und ich wieder auf freiem Fuß.

10

Ich hatte schon bessere Sonntage in meinem Leben gehabt. Aber auch schon schlechtere, resümierte ich, als ich mit Cézanne aus der Metrostation Odéon in das helle Licht eines sonnigen Pariser Frühlingsnachmittags trat.

Man mußte fair bleiben: Zwar war die Operation »Train Bleu« fehlgeschlagen, aber ich hatte jetzt die beruhigende Gewißheit, daß nicht Jane Hirstmann die Principessa war (was ich vorher zwar nie in Betracht gezogen hatte, was aber hätte sein können). Es war immerhin bemerkenswert, daß in der Tat zwei Frauen vor dem Zug nach Nizza gestanden hatten, von denen eine so aussah, wie Lucille hätte heute aussehen können, was den Kreis der üblichen Verdächtigen um eine zarte Spur erweiterte. Und Cézanne lief gesund und munter neben mir her, was angesichts des Verkehrs, der vor der Gare de Lyon herrscht, ein kleines Wunder war.

Ich beschloß, dankbar zu sein, dennoch bemerkte ich eine gewisse Ermattung, als ich jetzt den Boulevard Saint-Germain entlangschlenderte und in den Cour du Commerce Saint-André einbog.

In der Passage mit den kleinen Geschäften und Cafés herrschte ein buntes Treiben, wie man so sagt, und auch ich ließ mich treiben. Ich trieb vorbei an einem Geschenkeladen der besseren Art, wo es altmodische Heißluftballons aus Papier, Piratenschiffe und Spieluhren gab, vorbei am Procope, einem der ältesten Restaurants von Paris, vorbei an einem schönen Schmuckgeschäft, das den verheißungsvollen Namen Harem trug und alle Schätze des Orients in sich vereinte. Schmuck glitzerte in bunten Farben durch die Schaufensterscheibe, vor der eine stattliche junge Frau mit locker hochgebundenem Haar und smaragdgrüner Tunika verzaubert stehengeblieben war. Als ein verliebtes Pärchen ebenfalls vor dem Schaufenster stehenblieb, rückte das Mädchen in der grünen Tunika ein Stück zur Seite und drehte sich dabei zufällig in meine Richtung. »*Bonjour, Monsieur Champollion!*«

Sie nickte mir zu und lächelte verlegen.

Ich muß gestehen, daß ich nach den Ereignissen dieses Sonntags nichts mehr für ausgeschlossen hielt. Nicht einmal, daß mich fremde Frauen auf der Straße mit meinem Namen ansprachen. Wie ein verzauberter Prinz tastete ich mich durch ein Märchen, in dem mir wundersame weibliche Wesen begegneten, die mir Rätsel aufgaben und wieder verschwanden, ganz wie es ihnen beliebte.

Ich sah das Haremsmädchen in der grünen Tunika an.

Auf den zweiten Blick kam sie mir bekannt vor, dennoch erkannte ich sie nicht.

Ist es Ihnen schon einmal passiert, daß Sie beispielsweise in den Ferien irgendwo am Strand sagen wir mal ... plötzlich die Grundschullehrerin Ihres Sohnes sehen? Statt wie sonst im Klassenzimmer steht sie nun vor einer völlig veränderten Kulisse aus Himmel und Meer, und Sie starren sie an, Ihnen ist so, als ob Sie dieses Gesicht irgendwoher kennen, doch herausgelöst aus dem vertrauten Zusammenhang, kann Ihr Gehirn dieses Bild nicht mehr einordnen. Das beste Beispiel für unser vernetztes Denken.

Das Haremsmädchen strich sich eine Haarsträhne hinter das Ohr zurück und wurde rot.

»Hallo, Odile«, sagte ich.

Während ich ein paar freundliche Worte mit der schüchternen Verkäuferin aus der Boulangerie in meinem Viertel wechselte, kam mir nicht zum ersten Mal in diesen Tagen der Gedanke, daß das menschliche Auge, so großartig es auch ist, nur die Oberfläche aller Dinge zu erfassen vermag. Unser Blick gleitet darüber hinweg, gesteuert von einer subjektiven Wahrnehmung, die uns die Dinge nur in einer sehr beschränkten Wirklichkeit sehen läßt – nämlich unserer eigenen, die sich aus dem zusammensetzt, was wir erwarten und was wir erfahren haben.

Doch manchmal fällt das Licht aus einem anderen Winkel und straft unsere Wirklichkeit Lügen. Und dann wird aus der molligen Bäckerstochter plötzlich eine Haremsdame, die – wieso eigentlich nicht? – genausogut eine Principessa sein kann wie ein zauberhaftes Mädchen aus unserer Vergangenheit oder jemand, an den wir im Moment noch gar nicht denken.

Sie sehen mich und sehen mich nicht, hatte die Principessa geschrieben. Die Weisheit ihrer Worte hatte etwas Universelles.

Sah man nicht die meisten Menschen, ohne sie zu sehen? Und wie leicht konnte es passieren, daß man etwas übersah, zum Beispiel den einen Menschen, nach dem jeder von uns sucht?

»Diese Tunika steht Ihnen sehr gut«, sagte ich, als ich mich von Odile verabschiedete. Odile lächelte und senkte den Blick.

»Doch, doch ... Sie sehen darin aus wie eine orientalische Prinzessin.«

»Also wirklich ... Monsieur Champollion ...« Odile schüttelte den Kopf, aber ihre Augen glänzten. »Was Sie so für Sachen sagen ... also, na ja ... danke jedenfalls. *Vous êtes très gentil.* Und einen schönen Sonntag noch! Bis morgen!«

Sie machte ein paar Schritte und hakte sich dann bei einem jungen Mann unter, der mit einer Zeitung unter dem Arm im Eingang der Passage aufgetaucht war und ihr entgegenkam.

»Bis morgen, du schöne Königin von Saba«, sagte ich leise, aber das hörte Odile nicht mehr.

Ich schlenderte weiter, und es war bereits halb fünf, als ich zu einem Straßencafé kam, wo draußen, umgeben von ein paar jungen Menschen, rauchend und diskutierend, eine cocteauhafte Gestalt saß. Cézanne bellte erfreut und zog an seinem Strick, und auch ich freute mich und begrüßte Aristide, der mit ein paar seiner Studenten im Schatten einer weißen Markise saß und zweifellos voll in seinem Element war.

»*Salut, Jean-Luc!* Was für eine schöne Überraschung!« Aristide Mercier begrüßte mich mit dem mir so vertrauten Überschwang. »Komm, setz dich zu uns!«

Ich lächelte und trat an den kleinen runden Tisch, auf dem einige leere Gläser und Tassen standen. »Die Freude ist ganz meinerseits, aber ich will nicht stören.«

»Aber nein, aber nein, du störst doch nicht, keineswegs.« Aristide sprang auf, um mir einen Stuhl zurechtzurücken. »Hier, nimm Platz in unserer bescheidenen Runde und verleihe ihr den fehlenden Glanz. – *Mes amis* …«, der Professor breitete pathetisch die Arme aus, »das ist mein Freund, Jean-Luc Champollion, genannt ›Der Duc‹.«

Die Studenten lachten und riefen »Oh, oh!«, einige klatschten.

Ich ließ mich grinsend auf dem Stuhl nieder und bestellte einen Kaffee.

Während ich zuhörte, wie Aristide sich in seiner altmodischen, etwas manierierten Art in euphorischen Worten über »den besten Galeristen von Saint-Germain und dessen berühmten Vorfahren« erging, einem Mann von erlesenem Geschmack und gefäääährlichem Charme (hier zwinkerte mir Aristide zu), kam mir ein Verdacht.

Eine Idee, die so absurd war, daß ich mich im nachhinein noch für sie schäme. Doch an jenem Sonntag, man möge mir bitte verzeihen, war ich in einem Zustand, wo mir alles möglich erschien.

Ich hatte eine spezielle Art von Verfolgungswahn entwickelt. Nur daß nicht ich mich verfolgt fühlte, sondern selbst der Verfolger war.

Mittlerweile verdächtigte ich jeden. Und für eine Viertelstunde sogar meinen alten Freund Aristide Mercier.

Was, wenn dieser mich an der Nase herumführte? Seine höfliche Altmodischheit, sein literaturwissenschaftlicher Hintergrund, seine mit selbstironischem Bedauern zur Schau gestellte Sympathie für mich, den ewig Verlorenen – paßten all diese Dinge nicht perfekt zu der Art und Weise, in der die Briefe verfaßt waren?

Mit größter Selbstverständlichkeit war ich davon ausgegangen, daß eine Frau – die Principessa! – mir diese wunderbaren, von Geist, Witz und Liebe inspirierten Briefe schrieb. Aber wer sagte mir, daß dies nicht auch nur eine Finte war?

Aufgewühlt von diesen neuen ungeheuerlichen Gedanken rührte ich in meinem Kaffee und ließ Aristide-den-Principe nicht mehr aus den Augen, der mein neu entfachtes, hochkonzentriertes Interesse sicherlich seinem brillanten Vortrag über Baudelaires »Fleurs du Mal« zuschrieb.

Einige graue Wolken hatten sich vor die Sonne geschoben. Der Himmel verdunkelte sich, ein Windstoß wirbelte die Asche in den vollen Aschenbechern auf, ein Student nach dem anderen verabschiedete sich, und schließlich saßen nur noch Aristide und ich an dem runden Tisch des Cafés, wenn man von Cézanne mal absieht, der mit seinem ganzen Gewicht auf meinen Füßen ruhte.

»Nun, mein lieber Jean-Duc, wie ist das Leben?« sagte Aristide freundlich. Das war der Moment, in dem ich mich völlig lächerlich machte.

»Nun, das Leben ist derzeit etwas sonderbar«, bemerkte ich und sah den verdutzten Aristide durchdringend an. »Schreibst du mir diese Principessa-Briefe?« fragte ich ohne Umschweife.

Aristide sah mich an, als wäre E.T. höchstpersönlich vor ihm gelandet.

»Principessa-Briefe?« sagte er. »Was für Principessa-Briefe?«

»Du schreibst mir also keine Briefe, die mit ›Lieber Duc‹ anfangen und mit ›Ihre Principessa‹ aufhören?« setzte ich nach. »Aristide, ich warne dich, wenn das einer von deinen intellektuellen Streichen ist, finde ich ihn nicht besonders lustig.«

»Mein armer Freund, du scheinst mir etwas verwirrt.«

Aristide holte mich mit Lichtgeschwindigkeit auf den Boden der Realität zurück und rückte meine Behauptung in die Ferne galaktischer Unvorstellbarkeit.

»Ist alles in Ordnung mit dir, Jean-Luc?«

Hatte ich diesen Satz heute nicht schon einmal gehört?

»Ich verstehe wirklich nicht, wovon du redest und wessen du mich hier beschuldigst«, fuhr Aristide beleidigt fort. »Vielleicht besitzt du die Güte, es mir zu erklären?«

Ich starrte den ahnungslosen Aristide an und wurde dunkelrot.

»Ach, vergiß es«, sagte ich. »Ein Mißverständnis.«

»Nein, nein, nein, Jean-Luc, so einfach kommst du mir nicht davon. Jetzt will ich wissen, was los ist!« Aristide sah mich mit unnachgiebiger Strenge an. »*Alors?*«

Ich wand mich wie ein Wurm auf dem kleinen unbequemen Bistrostühlchen. »Ach ... Aristide ... glaub mir, das willst du gar nicht wissen ...«

Aristide kniff die Augen zusammen. »Oh doch, das will ich.«

In diesem Moment klingelte mein Handy. Ich griff danach wie nach einem Rettungsanker. »Ja?« rief ich dankbar in den Hörer.

»Und?« Es war Bruno!

»Bruno, kann ich dich später zurückrufen?«

»Ist es Soleil?«

»Nein, es ist *nicht* Soleil. Jedenfalls war sie nicht im Train Bleu.«

»Wer ist es dann?«

»Bruno ...« Ich spürte Aristides dunkle Knopfaugen auf mir, die mich wie zwei Laserstrahlen durchbohrten. »Bruno, ich sitze hier gerade mit Aristide ...«

»Mit Aristide? Wieso mit Aristide? Und was ist mit der Principessa?« Brunos Stimme wurde immer lauter, und ich war mir sicher, daß selbst Aristide seine Worte hören konnte. »Weißt du denn jetzt, wer die Principessa ist?«

»Nein, Bruno, ich weiß es nicht«, stieß ich ungehalten hervor. »Hör zu, ich ruf dich später an, ja?«

Ich stellte den Ton aus und steckte das Handy in die Tasche.

»So, so«, sagte Aristide mit einem feinen Lächeln. »Unser guter Duc ist also verliebt ... in eine *Principessa*! Kompliment.« Er zündete sich eine Zigarette an und hielt mir die Schachtel hin. »Na, dann schießen Sie mal los, mein lieber Duc ...«

Seufzend zog ich mir eine Zigarette heraus, und Aristide lehnte sich erwartungsvoll in seinem Stuhl zurück.

»Erstens bin ich nicht verliebt«, erklärte ich. »Zweitens weiß ich nicht mal, wer die Dame überhaupt ist.«

Und drittens erzählte ich Aristide Mercier, was mir passiert war.

»Was für eine wunderbare, außergewöhnliche, romaneske Geschichte«, sagte Aristide, als ich geendet hatte. Dann winkte er dem Kellner und bestellte eine Flasche Rotwein für uns. Er hatte mich nicht ein einziges Mal unterbrochen, manchmal hatte er in sich hineingelacht, dann wieder nachdenklich die Stirn gerunzelt.

Als ich verlegen zu meinem letzten »Übergangsverdächtigen« gekommen war, hatten seine Mundwinkel kurz gezuckt, aber freundlicherweise (und weil Aristide ein wirklicher Herr ist) ersparte er mir einen süffisanten Kommentar.

Der Kellner kam und öffnete mit einer schwungvollen Geste eine Flasche Merlot. Dann goß er den Wein in die bauchigen Gläser, und das leise gluckernde Geräusch ließ diesen aufregenden Tag sanft ausklingen. Aristide lehnte sich zurück und sah mich gedankenverloren an.

»Weißt du, Jean-Luc, du kannst dich glücklich schätzen. Wie selten geschieht es in der Langeweile des Lebens, das sich etwas ereignet, was die Begehrlichkeiten in uns weckt und wachsen läßt, und zwar in einem solch hohen Maße, daß wir alles andere zurückstellen?« Er nahm sein Glas und ließ den Rotwein darin kreisen.

»Im Moment wünschte ich mir, mein Leben wäre etwas langweiliger«, entgegnete ich in komischer Verzweiflung.

»Nein, mein Freund, das wünschst du dir nicht.« Aristide lächelte wissend. »Dich hat es ganz schön erwischt. Was würde dich denn davon abhalten, den Briefwechsel mit der geheimnisvollen Principessa auf der Stelle zu beenden? Keiner zwingt dich dazu, dieses Spiel mitzumachen. Du kannst jederzeit aufhören, aber du tust es nicht. Diese Principessa, wer immer sich dahinter auch verbirgt, hat schon jetzt etwas in dir ausgelöst, was tiefer geht als das Lächeln irgendeiner schönen Frau, die deinen Weg kreuzt. Sie besetzt deine Gedanken, sie beflügelt deine Phantasie wie keine andere zuvor, alles ist mit einem Mal möglich ...« Er machte eine kleine Pause. »Nun ja ... nicht *alles*.« Aristide-der-Principe ließ ein paar Gedenksekunden verstreichen, dann sah er mich an und zwinkerte mir zu.

»Ich schwöre dir, du wirst keine Ruhe geben, bis du nicht weißt, wer die Principessa ist. Und weißt du was? Ich würde es auch nicht tun.«

Er hob sein Glas. »Auf die Principessa! Wer immer sie ist.«

»Wer immer sie ist«, wiederholte ich, und es klang wie die Beschwörungsformel in einer Schwarzen Messe.

»Aber wer ist sie? Und was kann ich tun, um es herauszufinden?« fragte ich einen Moment später.

Aristide wiegte nachdenklich sein Haupt. »Wie schon Georges Sand sagt: *L'esprit cherche et c'est le cœur qui trouve.* Der Verstand sucht, und es ist das Herz, das findet. Diese Principessa ist auf jeden Fall eine belesene Frau, denn sie wählt den Stil der französischen Literatur des achtzehnten Jahrhunderts für ihre Camouflage. Vielleicht kannst du mir die Briefe bei Gelegenheit einmal zeigen – in meiner Eigenschaft als Literaturprofessor selbstverständlich.« Er lächelte. »Mag sein, daß sich dort irgendwelche Anspielungen oder Versatzstücke finden lassen, die uns einen Hinweis geben.«

»Aber warum versteckt sie sich überhaupt hinter diesen Briefen?« fiel ich ungeduldig ein. »Das ist doch lächerlich!«

»Nun, sie hat offenbar ihre Gründe, und natürlich ist etwas Geheimnisvolles spannender als die nackte Wahrheit. Sieh dich doch an! Jede Frau, die du kennst oder kanntest, bekommt mit einem Mal diesen Zauber des Mysteriösen. Du betrachtest die schlafende Soleil und fragst dich, könnte sie es sein? Du siehst eine Frau mit silberblonden Haaren am Bahnsteig und meinst ein Mädchen zu sehen, in das du dich vor langer Zeit verliebt hast. Und wenn dir morgen die hübsche Bedienung im Deux Magots einen Moment zu lange zulächelt, wirst du auch diese mit anderen Augen ansehen. Das Geheimnis erhebt das Normale in den Stand des Außergewöhnlichen.«

Gebannt lauschte ich Aristides kleiner Vorlesung, die meinen Zustand so genau beschrieb. Der Professor ließ es sich nicht nehmen, jetzt ein Beispiel anzuführen.

»Stell dir vor, ich halte dir eine Orange hin und schenke sie dir. Und jetzt stell dir vor, ich halte dir etwas hin, was in ein Tuch gehüllt ist, und sage: Ich habe hier etwas ganz Besonderes, und erst, wenn du errätst, was es ist, schenke ich es dir. Welcher der beiden Orangen schenkst du die größere Aufmerksamkeit?«

Aristide machte eine kleine rhetorische Pause, und ich dachte über die Liebe zu den zwei Orangen nach.

»Wenn du bereits nach dem ersten Brief gewußt hättest, daß es – sagen wir – die nette Bäckerstochter oder deine Nachbarin aus dem Parterre ist, wäre dein Interesse sicherlich rasch erloschen. Selbst die schöne Lucille wäre dann irgendwann eine Sphinx ohne Geheimnis. So aber züngelt die Flamme der Ungewißheit in dir, und das Feuer brennt weiter. Du läßt dich auf diesen Briefwechsel ein, du denkst stundenlang über die Dinge nach, die dir diese Frau schreibt. Sie läßt dir keine Ruhe. Und schon jetzt sind ihre Briefe deine tägliche Droge.«

Ich versuchte schwach zu protestieren, doch Aristide war nicht mehr aufzuhalten. »Ich muß sagen, diese Principessa gefällt mir. Sie ist eine kluge Frau, denn sie versteht es, deine volle Aufmerksamkeit auf sich zu ziehen, dich gar ein wenig zu erziehen – und zwar wohlgemerkt nur durch die Macht der Worte. Das ist wunderbar! Es erinnert mich ein bißchen an Cyrano de Bergerac.«

»Du meinst diesen Liebesbriefschreiber mit der riesigen Nase, der sich nicht traute, sich seiner Angebeteten zu zeigen, weil er sich zu häßlich fand, und ihr immer nur Briefe schickte?«

Aristide nickte. »Hast du die Briefe mal im Original gelesen? Sie sind unglaublich! *Incroyable!*«

Plötzlich wurde mir heiß und kalt.

»Du willst damit aber jetzt nicht sagen, daß meine Principessa in Wirklichkeit häßlich ist wie die Nacht und daß sie sich nur hinter ihren schönen Worten versteckt?« fragte ich beunruhigt. Ich muß gestehen, daß ich eine solche Möglichkeit überhaupt noch nicht in Betracht gezogen hatte.

Aristide lachte über meine erschreckte Miene. »Beruhige dich! Ich glaube nicht, daß abgrundtiefe Häßlichkeit der Grund für dieses Versteckspiel ist. In deiner Umgebung gibt es doch gar keine häßliche Frauen, oder?« Aristide kicherte in sich hinein.

»Mag sein, daß die Principessa eine große Nase hat – warum fragst du sie nicht einfach? Sie wird um eine Antwort sicher nicht verlegen sein.«

Bis halb neun hatte ich mit Aristide draußen im Café gesessen und geredet. Eine weitere Flasche Merlot hatte dran glauben müssen, bei der man mit wachsendem Enthusiasmus weitere Details und Möglichkeiten erörterte. Ich hatte meinem Freund für den kommenden Donnerstag zugesagt, und der Professor hatte versprochen, einen literaturwissenschaftlich-detektivischen Blick auf die Briefe von Madame-Bergerac-la-Principessa zu werfen, wovon ich mir einiges versprach. Dann war ich voller Ungeduld in die Rue des Canettes geeilt. Die Sache mit der Nase ging mir nicht mehr aus dem Sinn.

»Laß die Dinge sich entwickeln, alles wird sich finden«, hatte Aristide bei der Verabschiedung gesagt und mir dabei jovial auf die Schulter geklopft. »Meine Güte! Wenn ich solche Briefe bekäme, würde ich jeden Tag genießen.« Dabei rollte er verzückt mit den Augen.

Aristide hatte gut reden mit seinen Der-Weg-ist-das-Ziel-Sprüchen. Ich war der Hamster im Rad, der Runde für Runde lief, ohne an ein Ziel zu kommen. Und ich wollte nicht jeden Tag genießen und jede Nacht nicht schlafen können. Ich wollte ... Klarheit!

Wer war die Principessa nun? War es die häßliche Frau mit der großen Nase? War es vielleicht doch die überirdisch schöne Lucille?

Nach einer Flasche Rotwein schien mir die Wahrscheinlichkeit, daß es Lucille war, die nach all den Jahren in mein Leben zurückkehrte, recht hoch. In Filmen passierten solche Sachen ständig. Und inzwischen war ich kein dummer Junge mehr, sondern ein Mann, der etwas vorzuweisen hatte, und der – selbstverständlich! – auch küssen konnte.

Energisch drückte ich die Tür auf und ging durch den dunklen Hof, an den Mülltonnen vorbei, die Treppen hoch, bis ich vor meiner Wohnung stand. Lucille, wenn sie es war, würde sich noch wundern!

»Wer ist Lucille?« fragte Bruno. »Von der war doch noch nie die Rede.«

Ich hatte gerade Cézanne seinen Freßnapf gefüllt und war auf dem Weg zum Schreibtisch, als etwas in meiner

Hose vibrierte. Es war mein Handy, das ich im Café auf lautlos gestellt und dann vergessen hatte, und nun verlangte mein bester Freund ins Bild gesetzt zu werden.

Ich erklärte kurz, wer Lucille war und daß ich glaubte, sie am Bahnhof gesehen zu haben.

»Nie im Leben!« sagte Bruno.

Ich stellte meine Ohren auf Durchzug.

»Das war irgendeine andere blonde Frau«, meinte Bruno unbarmherzig. »Paris ist voller Blondinen. Die meisten davon sind gefärbt. Vergiß das mal mit Lucille. Junge, das ist dreißig Jahre her. *Dreißig* Jahre! Warst du jemals bei einem Klassentreffen? Nein?!« Er schnaufte in den Hörer. »Glaub mir, heute ist diese Lucille rund und dick, hat fünf Kinder und einen Kurzhaarschnitt.«

»Aber es *könnte* sein«, beharrte ich.

Bruno seufzte. »Ja, es *könnte* auch Rapunzel sein, die im Wunschturm auf dich wartet. Bleib realistisch! Sag mir lieber, was mit der anderen Frau war, der dunkelhaarigen.«

»Auf die hab ich nicht so genau geachtet«, entgegnete ich unwillig. Lucilles lichtumstrahlte Gestalt rückte in immer weitere Ferne.

»Und das war ein Fehler«, entgegnete Bruno im Brustton der Überzeugung. »Was ist mit Soleil? War die Dunkelhaarige vielleicht Soleil?«

»Nein! Was hast du nur immer mit Soleil? Die ist größer und hat viel dickere Haare als die Frau im Bahnhof.«

»Wie willst du dir da so sicher sein? Du sagtest doch, die beiden Frauen standen ganz weit weg. Ich möchte wetten, es war doch Soleil.«

Bruno ließ sich nicht von seiner fixen Idee abbringen, und ich stöhnte auf. Worum ging es hier eigentlich?

»Verdammt noch mal, Bruno, willst du mich wahnsinnig machen? Worum geht es hier eigentlich?« schrie ich völlig außer mir. »Geht es um deine Wette, ist es das? Ich schenk dir den Champagner, wieviele Flaschen willst du? Eine? Zwei? Hundert? Es war *nicht* Soleil, kapiert! Die hätte ich auf jeden Fall erkannt. Das ist doch alles völlig lächerlich!« tobte ich und wußte selbst nicht, warum ich mich plötzlich so ereiferte.

»Aha.« Bruno schwieg einen Moment. »Nun, dann träum weiter von deiner blonden Fee. Weißt du was? Mir kann es ja herzlich egal sein, aber ich glaube, du *willst* einfach nicht, daß es Soleil ist. Dabei ist sie die einzige, die wirklich in Frage kommt. Meine Meinung.«

Danach sagte Bruno nichts mehr. Er hatte aufgelegt.

Mit schlechtem Gewissen schlich ich zu meinem Schreibtisch. Nun hatte ich auch noch Krach mit Bruno. Und alles wegen einer Frau! Einer Frau, die ich nicht zu fassen bekam. Einer Hexe mit einer riesigen Nase, vielleicht.

Ich war nervös, angespannt, übermüdet. Ich hatte keine Lust mehr. Ich würde dieser ganzen verrückten Liaison, die nicht einmal eine war, den Todesstoß versetzen und die Principessa in die Wüste schicken. Ob sie nun Soleil oder Lucille oder Mademoiselle Nein-so-heiß-ich-nicht hieß.

Wer immer etwas von mir wollte, sollte sich persönlich bei mir melden. Er sollte klingeln und sagen: »Hallo, hier bin ich«, und sich nicht feige hinter irgendwelchen obskuren Briefen verstecken! Und dann würde man ja sehen.

Wütend klappte ich meinen Laptop auf, um eine letzte Mail entsprechenden Inhalts an die Principessa aufzusetzen.

Betreff: *Letzter Brief!*

»Schluß«, murmelte ich, und es klang fast ein wenig wie »Sitz« oder »Platz«.

Doch mein Herz, ich muß es zu meiner Schande gestehen, gehorchte mir noch weniger als mein Hund. Statt endlich Ruhe zu geben, fing es mit einem Mal an, wie verrückt zu klopfen.

Denn es hatte, wie sein Besitzer, ein ganz zartes Pling vernommen.

Im Posteingang war soeben mit leichtem Flügelschlag eine Mail von der Principessa gelandet, die ich begierig öffnete – ja, ich stürzte mich auf die Worte, als hinge mein Leben davon ab.

Ich sollte noch viele, viele Briefe an die Principessa schreiben.

Und von jenem berühmten »letzten Brief« des Jean-Luc Champollion war nun keine Rede mehr.

Betreff: *Leibhaftig!*

Mein lieber Duc!

Nach einem ebenso angenehmen wie aufregenden Tag bin ich wieder in meine Gemächer zurückgekehrt.

Angenehm, weil ich den Tag in der Gesellschaft meiner Freundin verbrachte, aufregend, weil diese sich, was den Abfahrtstermin ihres Zuges anging, um eine Stunde vertan hatte, wodurch die Fahrt zur Gare de Lyon eine sehr überstürzte wurde und die Zeit nicht mehr gereicht hat, um sich im Train Bleu mit einem kleinen Imbiß zu stärken.

Und damit komme ich auch zu einer Frage, die mich seit heute mittag beschäftigt.

Habe ich es mir nur eingebildet, mon cher ami, oder habe ich Sie tatsächlich leibhaftig in der Gare de Lyon gesehen? Kann es sein, daß Sie niedergeschlagen und schleppenden Schrittes just auf jenem Bahnsteig entlanggingen, von dem aus meine Freundin wenige Minuten zuvor ihren Zug nach Nizza bestiegen hatte?

Mit anderen Worten: Kann es sein, lieber Duc, daß Sie mir heimlich hinterherspionieren?

Offenbar war es ein Fehler, daß ich Ihnen so arglos von meinen Plänen für den Sonntag erzählte. Belohnt man so das Vertrauen einer Dame? Schämen Sie sich!

Ich werde künftig wohl vorsichtiger sein müssen, wie hätte ich aber auch ahnen können, daß Sie, ein Duc, sich nicht entblöden, mir wie ein Paparazzo aufzulauern?

Warum können Sie denn nicht einfach akzeptieren, daß ich den Zeitpunkt bestimme, an dem wir uns leibhaftig gegenüberstehen werden – zu unser beider Wohl. Vertrauen Sie mir doch einfach, ich bitte Sie!

Ich habe mich so lange gedulden müssen, ich sehne mich schon so lange danach, Sie endlich in die Arme schließen zu dürfen, aber Sie waren immer mit anderen Dingen (oder soll ich Damen sagen) beschäftigt – da schulden Sie mir schon noch ein paar schöne Briefe und Erklärungen, bevor ich mich Ihnen mit Haut und Haaren überlasse.

Ihre Einladung, mich in mein Lieblingsrestaurant auszuführen, nehme ich gerne an, bald schon werden wir uns dort gegenübersitzen bei erlesenen, nicht zu schweren Speisen und samtigem rotem Wein, und dann werden wir sehen, wohin und wie weit der Abend und unsere Laune uns führen werden ... Ich kann Ihnen zuverlässig versichern, daß das viel weiter sein wird, als Sie es meiner Phantasie offenbar zutrauen.

Gerne will ich Ihnen auch den Namen meines Lieblingsrestaurants verraten: Es ist das Le Bélier, ein verschwiegenes Restaurant in der Rue des Beaux-Arts. Es befindet sich in einem Hotel, das einst ein Pavillon d'amour gewesen ist (wie passend!), und die komfortablen dunkelroten Samtsesselchen und Sofas sind wie gemacht für ein galantes Abenteuer.

Wenn ich in dieser Sekunde dort neben Ihnen säße, unsere Knie sich heimlich berührten, und unsere Hände unter der weißen Tischdecke ein zärtliches Spiel begönnen, würde ich auf die schlimmsten Gedanken kommen, das versichere ich Ihnen!

Trotzdem möchte ich Ihnen davon abraten, sich nun jeden Abend im Le Bélier herumzutreiben, in der vagen Hoffnung, daß Sie mich dort finden könnten. Ich verspreche Ihnen, daß ich diesen kleinen Liebestempel entweder mit Ihnen zusammen betrete oder gar nicht!

Und nein – ich werde mich nicht wie das Rumpelstilzchen vor Wut mitten entzweireißen, wenn Sie meinen Namen das erste Mal sagen. Sie werden so überrascht sein, mon Duc, wenn Sie Ihre Principessa endlich erkennen. Und wenn ich mir vor-

stelle, Sie dann wirklich zu küssen, mit der zärtlichsten Umarmung, derer ich fähig bin, zerspringt mir das Herz.

Und wenn dann etwas zerreißt, wird es allenfalls ein zarter Stoff sein, welcher der Ungeduld Ihrer Hände nicht widerstehen konnte.

Nun entlasse ich Sie in die Nacht, lieber Duc!

Es ist Vollmond, und ich werde von Ihnen träumen, und ich hoffe, daß Sie das mit dem Umstand versöhnt, mich am Bahnhof nicht »erwischt« zu haben.

Ihre Principessa

Man liest immer wieder, daß Frauen sehr stark auf Worte reagieren, Männer hingegen auf Bilder.

Mag sein, daß das im allgemeinen zutrifft – nach der Lektüre dieses Briefes jedoch war ich das lebende Beispiel dafür, daß auch ein Mann auf Worte äußerst heftig reagieren kann.

Ich saß vor dem Bildschirm, dessen Buchstaben in meinem Kopf ganz eigene Bilder hervorriefen, und starrte ihn an wie eine Frau, die man gerade ausgezogen hat. Ich war erregt, dem Zauber der Worte erlegen, und es hätte wahrlich nicht viel gefehlt, und ich hätte diese wunderbare kleine Sprachmaschine an mich gedrückt und ihr über den Rücken gestrichen.

Mein Unmut war restlos verflogen, meine Finger glitten eilig über die Tastatur, ich mußte diesen Brief sofort beantworten, wollte die Principessa zumindest noch »erwischen«, bevor sie zu Bett ging. Und sah –

Brunos Einwänden zum Trotz – eine Frau mit langem blondem Haar vor mir, in das ich liebend gern mein Gesicht vergraben hätte.

Der Geruch von Mimosen und Heliotrop erfüllte plötzlich das Zimmer, und es war derselbe Vollmond, der durch meine Vorhänge schien und in das Schlafzimmer der Principessa.

Betreff: *Mit Haut und Haaren*

Schönste Principessa!

Ich liebe die Vorstellung schlafloser Frauen, die nachts wachliegen und mit offenen Augen träumen! Nichts ist erregender als der Nachthimmel der Möglichkeiten, der sich über einem auftut.

Und lassen Sie es mich an dieser Stelle sagen: Der schönste Traum ist noch nicht geträumt! Ja, ich gebe zu, ich kann es kaum erwarten, Ihren Namen zu sagen, leise in Ihr Ohr zu flüstern, wieder und wieder, bis Sie endlich kapitulieren und mein sind mit Haut und Haaren.

Es wird mir ein Vergnügen sein, Sie, wann immer es Ihnen beliebt, in Ihren kleinen Liebestempel zum Essen auszuführen. Doch dann werden Sie gnadenlos verführt – auf weinrotem Samt oder auf den weichen Kissen eines grand lit –, das wird das einzige sein, was Sie entscheiden dürfen.

Mit großem Entzücken habe ich vernommen, daß Ihr Lieblingsrestaurant auch das meine ist!

Ich war schon oft im Le Bélier, erst neulich noch mit einem chinesischen Sammler, und schon da habe ich an Sie gedacht, weil es der Tag war, an dem ich Ihren ersten Brief erhielt, den ich wieder und wieder lesen mußte. Ihr Liebesbrief – darf ich ihn so nennen? – ist also schon mit mir im Le Bélier gewesen, und ich nehme das als ein gutes Zeichen – ich, der ich eigentlich nicht an Zeichen glaube –, sehen Sie, wie Sie mich schon verändert haben?

Auch wäre es mir früher niemals eingefallen, einer Frau hinterherzuspionieren wie ein eifersüchtiger Ehemann – ja, ich gestehe, ich bin heute vormittag zur Gare de Lyon gefahren, Schande über mein Haupt!, um Sie dort ausfindig zu machen.

Bitte verzeihen Sie mir! Es war der ungeduldige Wunsch, Sie endlich, endlich zu sehen, und ich habe am Ende ja doch nichts ausrichten können.

Statt dessen bin ich für einige wundersame Augenblicke meiner Vergangenheit begegnet, ich habe Streit mit meinem besten Freund bekommen und darüber nachgedacht, wie unzureichend das menschliche Auge bisweilen ist.

Liebe Principessa, ich bin zur Zeit in einem durchaus merkwürdigen Zustand, und ich weiß nicht, ob ich meiner Wahrnehmung überhaupt noch trauen kann.

Aber zumindest weiß ich nun, daß Sie, meine schöne Unbekannte, zur selben Zeit in der Gare de Lyon waren wie ich. Sie sind ganz in meiner Nähe gewesen, leibhaftig, wie Sie so sagen, und ich bin glücklich, denn manchmal habe ich Angst, daß es Sie gar nicht wirklich gibt.

Ich will Ihnen ja vertrauen, ich will auf Sie warten, und gerne schreibe ich Ihnen noch weitere Briefe, die Ihr Herz und Ihren Geist erfreuen mögen. Ich beantworte alle Ihre Fragen, ja, ich beuge mich widerstrebend sogar Ihrem zeitlichen Diktat, auch wenn ich den Sinn nicht zu erkennen vermag, doch – liebste Principessa – ich bin nur ein Mann.

Und heute stiegen mit einem Mal Zweifel in mir auf, nicht was Ihre schöne Seele angeht, Ihren inspirierten und inspirierenden Geist, aber ... wie soll ich Sie mir nur vorstellen?

Sind Sie groß, klein, zierlich, rundlich, haben Sie dunkle Haare, blonde Haare, rote Haare? Mit welchen Augen werden Sie mich zärtlich ansehen, wenn ich Ihren Namen gesagt habe? Sind sie hell wie der Himmel, grünlich wie das Wasser der venezianischen Lagune oder glänzen sie dunkel wie polierte Kastanien?

Bitte verzeihen Sie meine Zudringlichkeit – wenn Sie mich kennen, und Sie kennen mich offenbar sehr gut, sollten Sie wissen, daß ich die unterschiedlichsten Frauen liebe, aber nach einer ausführlichen Unterhaltung mit einem mir befreundeten Literaturprofessor, den ich nicht ganz freiwillig ins Vertrauen gezogen habe, kam heute die Frage auf, ob Sie sich – einem Cyrano de Bergerac gleich – hinter schönen Worten verstecken, weil Sie aus den gleichen Gründen wie dieser das Licht des Tages scheuen. Sehen Sie denn so schrecklich aus?

Ich kann Sie mir nicht anders als schön vorstellen!

Madame Bergerac, bitte bestätigen Sie mir unverzüglich, daß sich die Größe Ihrer Nase in erträglichen Grenzen bewegt!

Damit unseren leidenschaftlichen Küssen endgültig nichts mehr im Wege steht.

Darauf hofft und darum bangt,
  Ihr unverbesserlicher Duc

Ich schickte den Brief ab, ehe ich es mir noch anders überlegen konnte. Nun würde meine platonische Freundin sich irgendwie äußern müssen. Keine Frau läßt den Verdacht auf sich sitzen, häßlich zu sein.

Trotzdem war ich beunruhigt, als ich mich auf meinem Bett ausstreckte und an die Zimmerdecke starrte, die etwas enger gesteckt war als der nachtblaue Himmel der Möglichkeiten, unter dem sich so vortrefflich träumen ließ.

Was sollte ich machen, wenn die Principessa doch nicht die schöne blonde Prinzessin war, sondern eine häßliche Froschkönigin?

Sie trotzdem küssen?

11

Es war kaum zu glauben, aber in dieser Nacht schlief ich zum ersten Mal seit Tagen. Ich schlief traumlos und tief ohne jedweden störenden Zwischenfall, und auch beängstigende Visionen von irgendwelchen Frauen mit riesigen Nasen blieben aus.

Als ich aufwachte, drangen von draußen leise die Geräusche eines Pariser Morgens zu mir herauf, ein Sonnenstrahl fiel vorwitzig durch die taubenblauen Seidenvorhänge, und ich räkelte mich einen Moment mit der Zufriedenheit der Ausgeschlafenen in meinem Bett.

Ich beschloß, die Croissants bei Odile ausfallen zu lassen und mir mit einer Zeitung ein kleines Frühstück im Wintergarten des Ladurée zu gönnen. So früh am Morgen war es da noch leer und friedlich, man verweilte in einer kleinen Oase unter Palmen vor zartgrün und blaßtürkis getönten Scheinmalereien, und die Heerscharen von Japanermädchen, die geduldig in langen Schlangen anstanden, um sich die süßen bunten *Macarons*, die vorne in der Glasvitrine auslagen, in blaßrosa oder lindgrüne Schachteln verpacken zu lassen, fielen erst später ein.

Ich zog mich an, räumte ein bißchen in der Wohnung herum, machte für Cézanne eine Dose auf und überlegte, daß ich heute dringend ein paar Lebensmittel einkaufen mußte.

Immer wieder sah ich zu meinem Schreibtisch hinüber, auf dem der zugeklappte Laptop lag. Ob die Principessa geantwortet hatte? Ich umkreiste die kleine weiße Maschine wie eine Katze die Maus, ich wollte mir das Beste bis zum Schluß aufsparen.

Dann setzte ich mich vor das kleine weiße Ding und klappte es auf.

Eine Minute später starrte ich enttäuscht auf den Bildschirm.

Die Principessa hatte nicht geantwortet. Es war halb neun, und es gab keine Post für den Duc.

Ich wollte es nicht glauben. Ob die Dame noch schlief? Vielleicht hatte sie meinen Brief von gestern abend noch gar nicht gelesen. Ich konnte schließlich nicht davon ausgehen, daß jemand Tag und Nacht vor seinem Computer wachte, nur weil ich das so machte. Oder war Madame Bergerac etwa beleidigt, weil ich ihre Schönheit in Zweifel gezogen hatte? War meine letzte Frage zu unverschämt gewesen? Hatte ich einen Fehler gemacht?

Meine Unruhe wuchs mit jeder Minute. Was, wenn die Principessa mich jetzt einfach kaltstellte und gar nicht mehr schrieb?

Ich versuchte es mit Fernhypnose. »Komm, mein Prinzeßchen, schreib mir!« flüsterte ich beschwörend, doch ich wartete vergeblich auf dieses süße leise Pling, das eine neue Mail ankündigte.

Statt dessen kam Cézanne ins Wohnzimmer gelaufen und bellte mich auffordernd an. In der Schnauze trug er seine Hundeleine. Ich mußte lachen. Es gab noch ein Leben jenseits der Principessa. Und es sagte mir gerade Guten Tag.

»Schon gut, Cézanne, ich komme!« Langsam und mit einem gewissen Bedauern klappte ich die Zaubermaschine zu.

Als ich mit Cézanne nach einem ausgedehnten Spaziergang und einem anschließenden Frühstück im Café Ladurée entschlossen in die Rue de Seine einbog, um den Tag in Angriff zu nehmen, ahnte ich nicht, daß in der Galerie eine pikante Überraschung auf mich wartete.

Es war Viertel vor zehn, aber das Eisengitter vor dem Fenster der Galerie du Sud war schon hochgezogen. Es kam selten vor, daß Marion morgens vor mir da war.

Ich betrat die Galerie, legte den Schlüsselbund auf das halbhohe Regal neben dem Eingang und hängte meine Jacke auf.

»Marion? Bist du schon da?« rief ich erstaunt.

Marions blonder Haarschopf tauchte hinter der kleinen Espresso-Bar auf. Heute war meine Assistentin offenbar das *sophisticated girl* in engen Jeans und schwarzem T-Shirt. Eine feingliedrige, lange Silberkette baumelte über ihrem Ausschnitt, und sie hatte die blonden Haare mit einer riesigen Perlmuttspange malerisch auf ihrem Hinterkopf zusammengerafft.

»Der frühe Vogel fängt den Wurm«, sagte sie und grinste. Dann gähnte sie ausgiebig. »Entschuldige. Um ehrlich zu sein, ich habe furchtbar schlecht geschlafen – der Vollmond! Und da dachte ich, jetzt kann ich auch gleich aufstehen.« Sie nahm etwas von der weißen Theke, was ich zunächst für eine Werbeschrift hielt, und kam auf mich zu.

»Da! Das lag heute morgen hinter der Tür.« Sie hielt mir mit fragender Miene einen zartblauen Umschlag entgegen, und mein Herz machte einen Satz.

Briefe, die der Postbote für die Galerie einwirft, landen durch einen Briefschlitz direkt im Eingang. Doch dieser Brief war nicht mit der Post gekommen. Er war nicht frankiert und trug keine Adresse.

Auf dem Kuvert standen in einer mir wohlbekannten Handschrift nur drei Worte:

An den Duc.

»An den Duc«, sagte Marion laut. »Was ist das?«

Ich riß ihr den Umschlag aus der Hand. »Nichts für kleine neugierige Mädchen«, sagte ich und drehte mich weg.

»Oh, hast du eine heimliche Verehrerin? Zeig mal her!« Marion verfolgte mich lachend und griff ausgelassen nach dem Brief. »Ich will auch den Brief an den Duc sehen«, rief sie.

»He, Marion, laß das!« Ich packte ihre Handgelenke und steckte den Bricf in die Innentasche meines Jacketts. »So«, sagte ich und klopfte mir auf die Brust. »Mein Brief!«

»*Oh là là*, Monsieur Champollion ist doch nicht etwa verliebt?« Marion kicherte.

Es war mir egal.

Ich ging ins Bad und riegelte mich ein. Warum schickte die Principessa mir plötzlich einen echten Brief? Ich befingerte das Kuvert und meinte etwas Stabileres zu fühlen als Papier. War es ein Photo? Ja, ich war mir sicher, daß es ein Photo war! In wenigen Sekunden würde ich das Konterfei jener Frau erblicken, die die Räder meiner Phantasiemaschine in Gang gesetzt hatte und welche nun auf Hochtouren lief.

Aufgeregt riß ich das Kuvert auf und starrte ungläubig auf das, was ich nun in den Händen hielt.

»Verdammt!« sagte ich. Und dann mußte ich lachen.

Die Principessa hatte mir eine Karte geschickt. Und auf dieser Karte war eine junge Frau zu sehen, fast ein Mädchen noch, das in zwanglos-aufreizender Pose bäuchlings auf einer Art Chaiselongue lag, sich auf die Arme aufstützte und den Betrachter ihren schönen nackten Rücken sehen ließ, von dem wahrhaft anbetungswürdigen kleinen Hintern ganz zu schweigen. Sie schien aufs angenehmste erschöpft von einem Liebespiel, das gerade erst zu Ende gegangen sein konnte, und räkelte sich auf ihren weichen Kissen.

Die kleine Nackte schaute geradeaus, ihr feines Gesichtchen mit den aufgesteckten blonden Haaren war von der Seite zu sehen. Und sie hatte die entzückendste Nase, die man sich nur vorstellen konnte.

Ich blickte auf ein berühmtes Gemälde aus dem achtzehnten Jahrhundert, es war François Bouchers »Louise O'Murphy«, und es zeigte die junge Geliebte von Louis XV. Ich hatte selbst schon vor diesem Bild gestanden, das im Wallraff-Richartz-Museum in Köln hängt. Ein weiblicher Akt, wie er bezaubernder und unverschämter in des Wortes tiefster Bedeutung nicht sein kann.

Auf die Rückseite der Postkarte hatte die Principessa nur zwei Sätze geschrieben:

Würde diese Nase Sie beim Küssen stören?
　Wenn nicht, erwarte ich Sie ... bald!

»Du kleine Hexe«, murmelte ich entzückt. »Das wirst du mir büßen!«

»Jean-Luc, Jean-Luc, mach auf!« Marion klopfte energisch gegen die Badezimmertür. »Telefon für dich!«

Ich ließ die Karte in meiner Tasche verschwinden und öffnete. Marion zwinkerte mir zu und hielt mir den Hörer entgegen.

»*Pour vous, mon Duc*«, sagte sie lächelnd. »Dein Typ ist heute offenbar sehr gefragt.«

Ich grinste und nahm ihr das Telefon aus der Hand.

Am anderen Ende der Leitung war eine äußerst muntere Soleil Chabon, die aus einem Schuhgeschäft in Saint-Germain anrief und sich mittags mit mir in der Maison de Chine verabreden wollte, um einen »Happs zu essen« und über die Ausstellung zu reden. Natürlich sagte ich zu.

Abends stand ich mit knurrendem Magen und einem vollgefüllten Einkaufswagen in einer langen Schlange an der Lebensmittelkasse im Monoprix.

Die Maison de Chine, ein minimalistisch-elegantes Restaurant an der Place Saint-Sulpice, ist ein kleiner fernöstlicher Tempel der Ruhe, in dem man grünen Tee aus Zwergenbechern trinkt und sich mit Holzstäbchen Petit-four-haft kleine handverlesene Häppchen von weißen Porzellanschalen angelt. Es ist kein Restaurant, wo man als europäischer Mann wirklich satt wird.

Mit einer gewissen ungläubigen Faszination hatte ich Soleil Chabon dabei zugesehen, wie sie ein paar winzige Frühlingsrollen und eingefärbten Kohlsalat anmutig auf ihren Stäbchen balancierte und kurze Zeit später sagte: »Uff, bin ich satt!«

Das konnte ich von mir nicht behaupten. Doch wie so oft im Leben war Essen nicht alles.

Soleil erklärte mir, daß sie statt der geplanten zehn nun sogar fünfzehn Bilder ausstellen wollte. Sie war nicht zu bremsen in ihrem Tatendrang, sie hatte noch ein weiteres Bild gemalt, sie war bestens gelaunt, und wenn Soleil gute Laune hatte, konnte sie äußerst amüsant sein.

So besprachen wir sehr viel, wir lachten sehr viel, und als ich am Ende unseres vergnüglichen Treffens, das mich für einen Moment sogar die Postkarte der Principessa vergessen ließ, fragte, ob es Neues vom Brotmännchen-Mann gab, erlebte ich eine Überraschung.

»Ach ... der!« sagte Soleil und machte eine wegwerfende Handbewegung. »Ein weißer Schlappschwanz! Der hat seine Chance nicht genutzt.« Sie sah mich an, schüttelte unwillig ihre schwarzen Locken, und ich rutschte ein wenig unbehaglich auf meinem Stuhl herum und war mir plötzlich nicht sicher, ob an Brunos Theorie nicht doch etwas dran war.

»Er war am Samstagabend bei mir ...« Soleil lächelte vielsagend. »Aber dann ... als wir ... wie soll ich sagen ... zusammenkamen ... war plötzlich der ganze Zauber weg.« Sie grinste. »Die reine Katastrophe!«

»Und das Brotmännchen?« Ich grinste erleichtert zurück. Bruno hatte seine Wette verloren, das war klar.

»Das schwimmt schon in den Abwässerkanälen von Paris.«

Als Soleil sich mit einer Umarmung von mir verabschiedete, sah ich ihr noch eine Weile lächelnd nach, bis ihre große schlanke Gestalt in einer kleinen Straße hinter der Kirche von St Sulpice verschwunden war.

Es war wie in dem alten Kinderlied von den zehn kleinen Negerlein. Irgendwann würde nur noch eines übrigbleiben.

Ich hatte die Tüten mit den Einkäufen in meine Wohnung geschleppt. Ich hatte mir ein großes Stück Bœuf in der Pfanne gebraten und es brüderlich mit Cézanne geteilt. Ich hatte Aristide angerufen und ihm erzählt, in welcher Form die Principessa auf die »Nasenfrage« reagiert hatte.

»Köstlich!« rief Aristide aus. »*Cette dame est trop intelligente pour toi!* Die ist zu schlau für dich.«

Ich hatte Bruno angerufen und ihm erklärt, warum Soleil *nicht* die Frau war, nach der wir suchten.

»Schade«, hatte Bruno gesagt, »aber wer ist es dann?« Ich hatte ihm aufgeregt von der Boucher-Postkarte erzählt, von Cyrano de Bergerac und der Sache mit der Nase.

»Ja, und?« hatte Bruno begriffsstutzig gesagt. »Was soll daran so toll sein? Jetzt weißt du doch immer noch nicht, wer es ist. Oder sieht diese Nackte jemandem ähnlich, den du kennst?«

Zum hundertsten Mal sah ich auf die Karte, die neben dem geöffneten Laptop vor mir auf dem Schreibtisch lag. Ich nahm mein Glas und trank einen Schluck Rotwein. Kannte ich eine Frau, die so aussah wie das Modell von François Boucher? War das Bild willkürlich ausgewählt worden? Das Motiv war frech und sollte mich zweifellos provozieren, aber gab es darüber hinaus irgendeinen versteckten Hinweis? Irgendein Detail, das mich auf die richtige Spur hätte bringen können?

Wieder und wieder glitten meine Augen über das mutwillige nackte Mädchen auf dem Gemälde, hinter dem sich die Principessa versteckte, und ich muß zugeben, daß es nicht ihre wohlgeformte Nase war, die meine Phantasie anheizte.

Ich goß mir ein weiteres Glas Rotwein ein, und dann bekam die Principessa den Brief, den sie verdiente.

Betreff: *Die nackte Wahrheit!*

Meine Schönste!

Ich muß schon sagen, das war eine Überraschung!
 Welch kühner Streich! Wie können Sie mir ein solches Bild schicken? Was erlauben Sie sich?!
 Als ich heute früh in fiebriger Ungeduld den Brief aufriß, den Sie mir so rasch zukommen ließen, fielen mir fast die Augen aus dem Kopf. Das ist ja ungeheuerlich, was Sie da tun! Ich merke wohl, daß Sie sich über mich lustig machen. Sie halten einem Ausgehungerten den Wurstzipfel vor die Nase.
 Und apropos! Meinen Sie denn, ich würde auch nur eine Sekunde noch an Ihre Nase denken können, wenn Sie mir den verführerischsten Leib, den die Welt je gesehen hat, auf derart schamlose Weise darbieten, wenngleich nicht ohne Charme!
 Aber um Ihre Frage zu beantworten, die in Wirklichkeit natürlich gar keine Frage ist, sondern der Gipfel der Provokation, weil Sie mich dabei ganz schön an der Nase herumführen – nein, eine solche Nase stört beim Küssen freilich nicht!

Und egal ob Sie der Dame auf dem Bild nun ähnlich sehen oder nicht, ich weiß schon jetzt, daß Sie mir gefallen werden. Wer solche Bilder aussucht und verschickt, verspricht alles andere als eine häßliche Kröte zu sein. Ich nehme Sie also beim Wort!

Und da die Nasenfrage nun zur allgemeinen Zufriedenheit geklärt ist, darf ich wohl annehmen, daß Sie mich bald, und zwar sehr bald, in Ihren Gemächern empfangen, um mir die nackte Wahrheit zu zeigen.

Oder haben Sie etwa Angst?

Ich jedenfalls kann es kaum erwarten, mich zu Ihnen zu legen und Ihnen schlimme Dinge in Ihr süßes Ohr zu flüstern, während meine Hände langsam über Ihren Rücken wandern bis zu jenem unaussprechlichen Körperteil, den Sie mir da so frech entgegenstrecken.

Und dann, schönste Principessa, werden Sie mir dafür büßen, daß ich an nichts anderes mehr denken kann als an Sie!

Aber das haben Sie ja gewollt, nicht wahr? Daß ich nur noch an Sie denke!

Principessa! Vor mir liegt eine lange Nacht, die ich allein in meinem Bett verbringen werde, und weil ich Sie nicht berühren kann, greife ich mit Worten nach Ihnen. Kommen Sie in meine Arme und antworten Sie mir!

Ihr in großer Sehnsucht vor dem Bildschirm sitzender
Duc

Ich schickte meinen Brief in die Nacht und ließ mich in meinen Schreibtischsessel zurückfallen. Ich muß sagen, es erstaunte mich selbst, in welch wortgewaltige Rage ich mich hineingeschrieben hatte. Beschwingt vom Wein, wähnte ich mich schon selbst als der berühmte Cyrano, der seiner liebeswortsüchtigen Roxanne einen Brief nach dem anderen schickt. Zwar mochten meine schriftlichen Ergüsse nicht von dessen literarischer Qualität sein, doch was die Leidenschaftlichkeit anging, standen sie dem großen Meister in nichts nach.

Hätte mir noch jemand vor ein paar Tagen gesagt, daß ich bald einen intensiven Briefwechsel mit einer Unbekannten führen würde, hätte ich ihm an die Stirn getippt.

Am Anfang war es das Spiel gewesen, was mich reizte. Doch mehr und mehr – und so unglaublich es klingen mag – hatten sich meine zielgerichteten Sätze verselbständigt, sich losgerissen von meinem Verstand, sie führten ein eigenes, ungezähmtes Leben, sie hatten sich mit Empfindungen gefüllt, und mit einem Mal fühlte ich die Worte, die ich schrieb.

Unruhig stand ich auf und ging zu dem verglasten Bücherschrank. Ganz unten standen meine alten Photoalben. Ich holte sie hervor, setzte mich in den Sessel und blätterte in den vergilbten, kartonierten Seiten. Ich war mir selbst nicht sicher, aber vielleicht hoffte ich, ein altes Klassenphoto zu finden, auf dem Lucille zu sehen war. Zwei Jahre nach jenem unglücklichen Sommer war Lucille, von der ich nicht einmal mehr den Nachnamen wußte, mit ihrer Familie in eine andere Stadt gezogen. Nachdenklich klappte ich das Photoalbum zu. Hatte mich meine Vergangenheit eingeholt? Und wenn ich es mir hätte aussuchen können, wäre Lucille dann wirklich meine erste Wahl? Und welche Lucille wäre es dann – die von damals oder die von heute? Bruno hatte schon recht, die Menschen verändern sich, und die Erinnerung ist nicht immer der beste Ratgeber.

Der Rotwein machte mich philosophisch.

Ich glaube, es war an jenem Abend, als ich beschloß, die Sache auf mich zukommen zu lassen. Natürlich war ich neugierig auf die Frau, die mir diese Briefe schrieb, natürlich brannte ich darauf, herauszufinden, wer sie war, wie sie aussah, wie sie sich anfühlte. Aber als ich da so unruhig und seltsam aufgewühlt zwischen den Zeiten und den bespannten Wänden meines Wohnzimmers auf- und abging, kam mir zum ersten Mal in den Sinn, daß es nun wirklich die Verfasserin der Briefe war, für die ich mich interessierte, ja, nach der ich verlangte – egal, welchen Namen sie trug!

Eine Stunde war vergangen, seit ich meinen letzten Brief abgeschickt hatte, und ich hatte – ungelogen – fünfunddreißigmal in meine Mailbox geschaut.

Als ich zum sechsunddreißigstenmal vor meinem Computer stehenblieb, hatte die Principessa geantwortet.

Betreff: *Ich komme ...*

Mein lieber Duc!

Wenn Sie da so sehnsüchtig vor Ihrem Bildschirm sitzen und auf eine Antwort von mir hoffen, kann ich ja gar nicht anders, als Ihnen sofort zurückzuschreiben.

Auch ich bin sehr froh, daß die Nasenfrage nun geklärt ist, und möchte, falls da bei Ihnen ein letzter Rest des Zweifels bestehen geblieben ist, auch diesen zerstreuen: Ich bin nun wirklich alles andere als eine häßliche Kröte! Wenn Ihr Blick nicht so verstellt gewesen wäre, hätten Sie das schon längst bemerkt. Manche Dinge erschließen sich eben erst auf den zweiten Blick, der bisweilen etwas tiefer geht als der erste.

Ich bin entzückt, daß mein »kühner Streich« gelungen ist. Und wie Sie schon so richtig vermuten, ist es kein Zufall, daß ich gerade Miss O'Murphy als Platzhalterin gewählt habe. Ich weiß schon, daß ich nicht nur Ihren Ohren, sondern auch Ihren Augen ein bißchen Nahrung geben muß, mon Duc, und da müssen Sie es mir schon nachsehen, daß ich ein Motiv gewählt habe, das Ihre erotische Phantasie beflügelt, auch wenn Sie jetzt über den »Wurstzipfel« schimpfen.

Und nein – ich habe keine Angst! Nicht vor der lustvollen Rache, die Sie mir in Ihrem letzten Brief in Aussicht stellen, noch davor, das süße Versprechen, das ich Ihnen mit dem Boucher-Bild schickte, einzulösen.

Beides kann ich kaum erwarten.

Nun komme ich zu Ihnen, mein süßer Duc, Ihr Wunsch ist mir Befehl! Diese Nacht gehört nur uns!

Lassen Sie Ihre Hand doch einfach weiterwandern, über alle erlaubten und unerlaubten Stellen, und dann irgendwann, zu einem Zeitpunkt, der mir genehm ist, werde ich diese Ihre Hand ergreifen und sie zwischen meine Schenkel legen ...

Schlafen Sie wohl!
Die Principessa

Ich weiß nicht, wohin mir das Blut zuerst schoß, als ich zum Ende des Briefes kam. Ich stieß mich von der Kante des Schreibtischs ab, fiel erregt in den Sessel zurück und atmete laut aus. Es war unglaublich! Dieser Brief war schlimmer als jedes noch so kühne Bild eines Malers, hieß er nun Boucher oder anders. Ich griff zu meinem Glas und schüttete den restlichen Rotwein in einem Zug hinunter. An Schlaf war nun nicht mehr zu denken. Aber auch die Principessa, das schwor ich, sollte kein Auge zutun in dieser Nacht, »die nur uns gehörte«.

Ich würde ihr eine Antwort schreiben, die die ihre noch übertraf. Ich würde bei ihr sein wie ein brennender Schatten und dafür sorgen, daß sie sich in lustvoller Unruhe auf ihrem Laken wälzte, bis der Morgen kam.

Meine Finger flogen über die Tastatur, ich schrieb in einem durch bis zum Schluß. Dann hielt ich einen Moment inne, drückte langsam auf die Taste, die meinen Brief freigab, und ein wahrhaft dionysisches Lächeln legte sich über mein Gesicht.

Betreff: *Die Hand, die Hand ...*

Carissima!

Ich weiß nicht, womit ich Sie züchtigen soll für diese unglaubliche Bemerkung, mit der Sie Ihren letzten Brief zum Abschluß brachten. Ich bin wirklich außer mir!
»... und dann irgendwann werde ich diese Ihre Hand ergreifen und sie zwischen meine Schenkel legen ...«, so etwas

darf einfach nicht ungestraft gesagt werden, ohne Ihrem amourösen Kombattanten die Möglichkeit zu geben, diesen Angriff zu parieren.

Darum hier meine Strafe: Diese Hand, die Sie so kundig gelenkt haben, wird Sie erst lehren, was Sehnsucht ist, das verspreche ich Ihnen.

Sie haben bis heute nicht einmal die geringste Ahnung, kaum den blassesten Schimmer, daß sie imstande ist, Ihnen dort das tiefste Seufzen zu entlocken, wo Sie noch niemals so geseufzt haben ... ein Lippenbekenntnis ganz besonderer Art. Sie werden nach Erlösung schreien ... und ich werde Sie Ihnen nicht gewähren.

Ich werde Ihre Hitze nicht löschen, Ihr Flehen nicht erhören, ich werde Ihnen die süßesten Qualen bereiten. Und erst nach langer, langer Zeit, deren Dauer allein ich bestimme, nach Ihrer völligen Kapitulation wird die Hand, die Sie zu sich gerufen haben, das Werk vollbringen, welches Ihr Glück vollkommen macht.

Und nun schlafen auch Sie wohl, schönste Principessa!
Ihr Duc

12

Im nachhinein weiß ich gar nicht, wie ich die folgenden beiden Wochen überstand. Sie waren geprägt von den Vorbereitungen für die Ausstellung, die Anfang Juni stattfinden sollte, und von sage und schreibe zweihundertdreiundzwanzig Mails, die ich mit der Principessa wechselte.

Zumindest von mir kann ich behaupten, daß ich in jenen Nächten, die von unseren aufregenden, aufreizenden, zärtlichen Worten und den schönsten Träumen durchzogen waren, gut *nicht* schlief.

Die kleine Mailbox meines Computers war zu einem Gefängnis geworden, das ich nur ungern verließ, weil ich Angst hatte, einen Brief der Principessa zu verpassen. So eilte ich hin und her wie Merkur, der geflügelte Bote. Ich ging in die Galerie, um zu arbeiten, und wenn Marion nicht gewesen wäre, hätte ich in meiner glücklichen Zerstreutheit so manchen Termin vergessen. Die Einladungskarten kamen aus der Druckerei und waren sehr gelungen. Wir hatten das Bild mit der Frau, die etwas will, aber noch nicht weiß, wie sie es bekommt, als Motiv auf die Karten gedruckt, und Soleils Begeisterung kannte keine Grenzen. Ich war sehr oft bei

Soleil, um neue Bilder zu bewundern, die sie meistens nachts malte, und half ihr so gut ich konnte, wenn sie einen Rat brauchte. Ich begleitete Jane Hirstman und ihre enthusiastische Nichte, die es sich nicht nehmen ließ, mich Jean-Luc zu nennen, in eine Ausstellung moderner Kunst im Grand Palais. Ich ging ein paarmal ins Duc de Saint-Simon, um die Details für die Ausstellung mit Mademoiselle Conti durchzusprechen, die mir weniger formell und etwas aufgeschlossener erschien als sonst. Ihre Begrüßung fiel von Mal zu Mal freundlicher aus, sie kraulte Cézanne den Nacken und stellte ihm einen Napf mit Wasser hin, wenn wir überlegten, wie etwas zu stellen oder zu hängen sein würde. Und als sie erfuhr, daß »Monsieur Charles« auch zu der Ausstellung kam und »sein« Zimmer benötigte, schenkte sie mir ein wahrhaft strahlendes Lächeln.

»*Smile and the world smiles at you*«, summte ich, und obwohl ich inzwischen sicherlich weniger schlief als General Bonaparte in seinen besten Zeiten, lief ich animiert und gutgelaunt durch die Straßen von Paris.

Einmal traf ich mich mit Bruno im La Palette. Er hatte mir mein Geschrei am Telefon verziehen und bestand nun darauf, seine Wette einzulösen, obwohl er es (natürlich) immer noch bedauerte, daß nicht die schöne Soleil diejenige welche war. Seiner Meinung nach hätten wir ein wunderbares Paar abgegeben.

Bei einer Flasche Veuve Cliquot rätselten wir ein wenig weiter herum, und dann wurde ich auch schon wieder unruhig, weil ich an meine Wundermaschine wollte, um

Briefe zu lesen oder zu schreiben. An manchen Tagen lief ich sogar zwischendurch von der Galerie wieder in die Rue des Canettes, um nachzuschauen, ob eine Post für mich gekommen war, und Marion stemmte die Hände in ihre schlanke Taille und sah mir kopfschüttelnd nach.

»Du hast abgenommen, Jean-Luc, du mußt essen«, sagte Aristide augenzwinkernd, als er mir an seinem *Jeudi fixe* das dritte Stück Tarte tatin auf den Teller legte. »Du wirst deine Kräfte noch brauchen.«

Die anderen Gäste lachten, ohne genau zu wissen, warum. Wie immer herrschte eine inspirierte, ausgelassene Stimmung bei Tisch, aber ich muß zugeben, daß es mich doch ein wenig überraschte, als ich mitbekam, daß Soleil Chabon und Julien d'Ovideo noch vor dem Dessert ihre Handynummern austauschten und sich ein wenig zu tief in die Augen schauten.

Ich gebe zu, daß ich einen klitzekleinen Stich verspürte, aber wirklich nur einen kleinen, als ich den beiden jungen Menschen nachsah, die als letzte lachend und schwatzend nebeneinander die Treppe im Hausflur hinuntergingen, und mir dabei überlegte, ob Soleil nun wieder in die Produktion von Brotmännchen einstieg.

Doch dann half ich Aristide beim Abwasch und kehrte zu meinem Lieblingsthema zurück. Mit einer gewissen Scheu überreichte ich meinem literarisch gebildeten Freund die Briefe der Principessa, wobei ich zugebe, daß ich einige besonders pikante Schriftstücke unterschlug. Der Briefwechsel mit der Principessa hatte schon lange den Weg des Schicklichen verlassen, wenngleich wir uns auch über andere Dinge austauschten, die bisweilen sehr kurzweilig und amüsant und manchmal auch sehr persönlich waren, aber von seiten der Principessa leider niemals so eindeutig, daß ich, ein gewöhnlicher Sterblicher, daraus hätte irgendwelche Schlüsse ziehen können.

In einer jener schlaflosen Nächte hatten wir auch über »erste Lieben« gesprochen, und ich hatte meinem Herzen einen Ruck gegeben und der Principessa in allen Einzelheiten jene unglückselige Geschichte geschildert, die nicht einmal meine besten Freunde kannten. Wenn Lucille doch die Principessa war – eine Option, die immer noch im hintersten Winkel meines überspannten Hirns schlummerte, auch wenn ich dies Bruno gegenüber nicht mehr erwähnt hatte, weil ich nicht wieder mit ihm streiten wollte –, würde sie, so dachte ich, nun endlich wissen, was damals wirklich passiert war. Aber wer immer auch die Frau war, der ich mein Geständnis machte, sie reagierte äußerst mitfühlend.

Kein Liebesbrief wurde je umsonst geschrieben, lieber Duc, auch der Ihre nicht, schrieb die Principessa. *Ich bin mir sicher, daß Ihre kleine herzlose Freundin von damals die Sache heute mit ganz anderen Augen sieht. Bestimmt war dieser Brief der erste Liebesbrief, den sie je erhalten hat, und Sie können sicher sein, daß sie ihn heute noch hat – egal, ob sie inzwischen selbst verheiratet ist oder nicht – und ihn manchmal mit einem leisen Lächeln aus einer kleinen Schachtel hervorzieht wie einen Schatz und dann an den Jungen denkt, mit dem sie das beste Eis ihres Lebens gegessen hat.*

Auch diesen Brief hatte ich Aristide vorenthalten, wenngleich er keine erotischen Bekenntnisse enthielt. Die Worte meiner unbekannten Brieffreundin, die ich mittlerweile so gut kannte wie die Bilder in meiner Galerie, hatten mich zutiefst berührt und mich merkwürdigerweise mit dem Verrat, der sich vor vielen Jahren an einem nach Mimosen duftenden, staubigen Feldweg zugetragen hatte, ausgesöhnt.

Aristide versprach, sich die Briefe anzusehen und mir Bescheid zu geben, sobald er etwas Auffälliges entdeckte. Er versprach, auch zur Ausstellungseröffnung zu kommen, und so verabschiedete ich mich zu vorgerückter Stunde und eilte mit Cézanne nach Hause, einem weiteren postalischen Rendezvous entgegen.

Madame Vernier war für vierzehn Tage auf ihren Sommersitz in die Provence gereist, und so war der treue Cézanne bei allem, was ich tat, stets an meiner Seite. Er war auch derjenige, mit dem ich am meisten über die Principessa sprach, wenn ich Abend für Abend, Nacht für Nacht meine Briefe schrieb, Sätze vor mich hinmurmelte, zwischen Euphorie und nervöser Unruhe schwankend, und die ausgedruckten Mails der Principessa mit in mein Bett nahm, um sie wieder und wieder zu lesen und mich an einzelnen Formulierungen zu berauschen.

So verging die Zeit, und ich kann nicht einmal sagen, ob sie rasend schnell verging oder gar nicht. Es war eine Zeit außerhalb jeder Zeit, und ich fieberte jenem Tag entgegen, an dem mir die Principessa diesen einen, letzten Brief schreiben würde, auf den ich so sehr hoffte.

Dann kam der achte Juni, ein strahlend schöner Tag.

Es war der Tag, an dem ich die Principessa beinahe für immer verloren hätte.

Als ich früh am Morgen mit einem freudig-aufgeregten Gefühl die Vorhänge meines Schlafzimmers zurückzog und in einen wolkenlos blauen Himmel schaute, gab es nichts, was mich auf die Katastrophe vorbereitet hätte, die sich abends auf der Ausstellungseröffnung ereignete.

Und selbst als mich auf dem Höhepunkt dieser gelungen Vernissage, deren unbestrittener Mittelpunkt Soleil Chabon in einem bodenlangen klatschmohnroten Kleid war, eine junge Frau auf den Mund küßte, ahnte ich noch nicht, daß das Duc de Saint-Simon zum wiederholten Mal der Schauplatz für ein Drama werden sollte, an dem ich nicht ganz unschuldig war.

Zunächst jedoch war alles wie immer. Natürlich nicht ganz wie immer, denn egal wieviele Ausstellungen man schon auf die Beine gestellt hat, da ist immer diese kleine nervöse Anspannung, die sich erst dann legt, wenn jeder Gast ein Glas in der Hand hält, wenn man seine launige Ansprache gehalten hat und die Kulturredakteure mit wichtiger Miene um die Exponate kreisen. Wenn man es bis hierher geschafft hat, kann es auch nicht mehr passieren, daß der Künstler in letzter Minute durchdreht und – von hysterischen Selbstzweifeln oder exorbitanter Erregung erfaßt – plötzlich nicht mehr kommen will.

Und dann fällt – ähnlich wie bei einem Chirurgen, der nach einer schwierigen Operation anschließend auf dem Stationszimmer den kleinen Tod in den Armen der

OP-Schwester sucht – alle Anspannung mit einer solchen Wucht von einem ab, daß man manchmal über die Stränge schlägt und unüberlegte Dinge tut.

Ich war bereits am Nachmittag ins Hotel gefahren, um die letzten Vorbereitungen zu treffen. Dort hatte ich eine völlig überdrehte Soleil davon abgehalten, einige ihrer Bilder in letzter Minute noch abzuhängen.

»*C'est de la merde!*« hatte sie düster vor sich hingemurmelt und auf eines ihrer Werke gestarrt, das ihr nicht mehr gefiel. »Das ist doch Scheiße!«

Mademoiselle Conti war mir in der Eingangshalle aufgeregt entgegengelaufen. In ihrem duftigen Empirekleid aus nachtblauem Chiffon, das ihre nackten Beine umspielte (an denen Cézanne sicherlich sofort begeistert geschnüffelt hätte, hätte ich ihn nicht bei Madame Vernier gelassen, die wieder zu Hause war), erkannte ich sie erst auf den zweiten Blick. An ihren Ohrläppchen zitterten tropfenförmige Saphire, ihre Füße steckten in silbergrauen Ballerinas, und sie schwebte mir entgegen wie eine kleine Gewitterwolke. »Monsieur Champollion, kommen Sie schnell, Mademoiselle Chabon ist verrückt geworden«, rief sie.

Ich trat rasch in den Salon, wo die meisten Exponate hingen.

»Soleil, jetzt reiß dich zusammen«, sagte ich bestimmt und zog die Artista mit sanfter Gewalt von dem Objekt ihres Unmutes weg. »Was soll das sein, was du hier treibst – neurotischer Realismus?« Soleil ließ die Arme hängen und sah mich an wie Camille Claudel kurz vor ihrem Abtransport in die Nervenheilanstalt. »Die Bilder sind grandios, du hast niemals bessere gemalt.«

Soleil lächelte mißtrauisch, aber immerhin, sie lächelte.

In einer Viertelstunde hatte ich sie so weit beruhigt, daß sie sich zu einem der Sofas führen ließ, wo ich ihr ein Glas Rotwein aufdrängte.

Doch erst als Julien d'Ovideo auftauchte, besserte sich ihre Stimmung wirklich. Man konnte direkt dabei zusehen, wie sie vom verzagten Mädchen zur stolzen Königin wurde, die ihre Bewunderer mit einem strahlenden Lächeln beschenkte. Abgesehen von diesem kleinen Zwischenfall hätte der Abend nicht besser laufen können. Alle waren gekommen, wichtige Leute, nette Leute und die unvermeidlichen *rats d'exposition*, jene Besessenen, die man auf jeder Vernissage sieht, egal, ob sie eingeladen sind oder nicht.

Die kleinen Empfangsräume schienen überzuquellen von lachenden, schönen, schwatzenden Menschen, und in dem Hof vor dem Eingang des Hotels, der mit großen Windlichtern beleuchtet war und den Marion mit weißgedeckten Stehtischen hatte bestücken lassen, schnippten die Raucher ihre Asche von den Zigaretten und diskutierten.

Lächelnd schritt ich durch die Menge.

Monsieur Tang, mein passionierter Sammler aus dem Land des Lächelns, umschwärmte Soleil, die dastand wie eine große rote Blume und ihn persönlich von Bild zu Bild führte, bevor eine Journalistin sie in ein Gespräch verwickelte. Aristide klopfte mir auf die Schulter und raunte mir ins Ohr, wie superb alles sei. Bruno stand sinnend mit einem Cocktail in der Hand vor einem Gemälde, das »L'Atlantique du Nord« hieß, und hatte seine Abneigung moderner Kunst gegenüber offenbar kurzfristig überwunden.

Jane Hirstman übertönte mit ihren begeisterten Ausrufen *(Gorgeous! Terrific! Amazing!)* das Stimmengewirr, und ihre Nichte Janet hatte mich bei der Begrüßung überschwenglich umarmt. Sie sah – ich kann es nicht anders sagen – an diesem Abend atemberaubend aus in ihrem enganliegenden flaschengrünen Seidenkleid, dessen dünne Träger sich im Rücken kreuzten und den Blick auf ihre sonnengebräunte Haut freigaben. Mit den aufgesteckten Haaren wirkte sie plötzlich viel älter als bei unserem ersten zufälligen Treffen im Train Bleu, und sie nahm mit funkelnden Augen das Glas Champagner entgegen, das ich ihr reichte.

Selbst Bittner, mein stets zur Kritik aufgelegter Freund aus Deutschland, hatte nichts zu bemängeln – er ging mit einem breiten Lächeln an den Bildern vorbei, um dann bei Luisa Conti an der Rezeption stehenzubleiben und ihr Komplimente zu machen. »Mademoiselle Conti, wissen Sie eigentlich, daß Ihre Augen genau dieselbe Farbe haben wie ihre Ohrringe?« hörte ich ihn sagen. »Wie zwei Saphire! Nicht wahr, Jean-Luc?«

Ich blieb stehen, und als Luisa Conti auf das charmante Drängen von »Monsieur Charles« einging und für einen Moment widerstrebend ihre dunkle Brille absetzte, mußte ich zugeben, daß er recht hatte. Für einen Augenblick ruhten zwei nachtblaue Augen auf mir. Dann setzte Mademoiselle Conti ihre Brille wieder auf und lächelte Karl Bittner an, der ihr ein Glas Weißwein entgegenhielt. »Charles, Sie übertreiben – *merci*, sehr aufmerksam.« Sie nahm das Glas aus Bittners Hand.

Ich wollte auch etwas Nettes sagen.

»Auf die Dame mit den Saphiraugen, die heute schon das Schlimmste verhindert hat!« meinte ich und prostete Mademoiselle Conti mit einem Augenzwinkern zu. »Und vielen Dank noch mal für Ihre tolle Unterstützung bei dieser ganzen Sache hier. Es ist wunderbar.«

»Ja«, sagte Bittner, als hätten meine Worte ihm gegolten. Er ließ sich nonchalant auf dem antiken Schreibtisch nieder und lehnte sich so weit zurück, daß seine Hand beinahe den Stoff von Mademoiselle Contis Kleid streifte. »Dieser Ort hat wirklich eine ganz besondere Atmosphäre. Ein großartiger Rahmen für die Bilder von Soleil Chabon, die in der Tat«, er nickte mir anerkennend zu, »bemerkenswert sind. Alle Achtung!« Dann galt Karl Bittners Aufmerksamkeit nicht mehr länger mir, sondern der Dame, die mit geröteten Wangen hinter dem Schreibtisch stand. »Was für ein wunderbares Parfum ist das? Heliotrop?«

Ich ließ die beiden Turteltauben zurück, wanderte noch eine Weile herum, trank hier einen Wein und dort und trat dann für einen Moment in den Hof hinaus, der sich mittlerweile geleert hatte.

Ich stellte mich an einen der runden Stehtische am Rand des Innenhofs und blickte zum Himmel. In tiefstem Blau wölbte er sich über der Stadt, und es waren sogar einige Sterne zu sehen, und das ist selten in Paris.

Zufrieden zündete ich mir eine Zigarette an und stieß den Rauch in die Abendluft. Ich fühlte mich getragen von einer Welle der Sympathie und Anerkennung. Das Leben in Paris war eins der schönsten, der Wein war mir etwas zu Kopf gestiegen, und der Brief, den die Principessa mir an diesem Tag geschrieben hatte und in dem von »völliger Hingabe« und »nicht mehr zu stillender Sehnsucht« und noch ganz anderen, unaussprechlichen Dingen die Rede war, die sich bald (wann endlich?) ereignen sollten, versetzte mich in eine glückstrunkene, herrliche Unruhe, derer ich nicht mehr Herr wurde.

»Bekomme ich auch eine Zigarette?«

Eine schlanke Frau in einem flaschengrünen Kleid tauchte neben mir auf. Es war Janet. Eine Strähne ihres Haars, das im Schein der Windlichter wie Bronze schimmerte, hatte sich gelöst und fiel auf ihre nackte Schulter.

»Natürlich ... klar.« Ich hielt Janet die Schachtel entgegen und zündete ein Streichholz an. Einen Moment züngelte die Flamme in der Dunkelheit, und ich sah Janets Gesicht ganz nah vor meinem. Sie umfaßte meine Hand, die das Streichholz hielt, beugte sich vor, um das Feuer aufzunehmen, machte einen tiefen Zug, und dann passierte es.

Statt meine Hand loszulassen, die immer noch das brennende Hölzchen hielt, blies Janet die Flamme aus und zog mich ohne ein Wort zu sich heran.

Ich war zu überrascht, um zu reagieren. Wie ein Trunkener taumelte ich in den Kuß der schönen Amerikanerin, und als ich Janets Zunge in meinem Mund spürte, war es zu spät.

Alles, was sich in mir aufgestaut hatte, entlud sich in diesem kurzen wortlosen Moment einer Leidenschaft, die endlich zum Zuge kommen wollte und doch eine ganz andere Person meinte.

Benommen trat ich zurück. Man hörte die Tür klappen, Schritte traten in den Hof, und wir lösten uns aus dem Schatten des Mauerwerks.

»Verzeihung«, murmelte ich.

Einige Gäste waren in den Hof getreten und lachten.

»Sie müssen mich nicht um Verzeihung bitten. Das war meine Schuld.« Janet lächelte. Sie sah sehr verführerisch aus. Ich dachte an die Principessa. Aber Janet war nicht die Principessa. Sie konnte es nicht sein.

Denn als Jane Hirstmans forsche Nichte mir das erste Mal im Train Bleu begegnete, hatte ich schon mehrere Briefe mit meiner mysteriösen Unbekannten ausgetauscht, die ich »kannte, ohne sie zu kennen«.

Irgendwo in meinem Hinterkopf erklang eine leise warnende Stimme. Ich schüttelte den Kopf.

»Darf ich Ihnen noch etwas zu trinken holen?« fragte ich.

Der Abend neigte sich seinem Ende zu.

Aristide Mercier stand als einer der letzten an der Rezeption und zog sich seinen Mantel über. »Das war wundervoll, *mon Duc! Quelle gloire énorme!* Was für ein Abend!«

Das fand ich allerdings auch. Als ich zur Garderobe ging, um meinen Mantel zu holen, sah ich aus den Augenwinkeln, wie Aristide sich mit einer kleinen Verbeugung von Luisa Conti verabschiedete und nach einem Büchlein griff, das neben dem Rezeptionsbuch lag.

»Oh, Sie lesen Barbey-d'Aurevilly?« fragte er erstaunt. »Was für eine ausgefallene Lektüre. – ›Der rote Vorhang‹, darüber habe ich mal ein Seminar gemacht ...«

Ich hörte nur noch mit halbem Ohr hin, als sich an der Rezeption ein kleines Gespräch entspann. Ich zog meinen Regenmantel an und steckte die Zigarettenschachtel in die Tasche.

Einen Moment dachte ich an Soleil, die vor einer Viertelstunde Arm in Arm mit Julien d'Ovideo glücklich flüsternd und leise lachend in der Dunkelheit der Rue de Saint-Simon verschwunden war. Ich dachte an Janet, ihre heißen Lippen auf meinem Mund und daran, daß sie mir meinen überstürzten Rückzug mit der ihr eigenen amerikanischen Sportlichkeit nicht übelgenommen hatte. Ich überlegte, ob die Principessa auf meine Antwort, die ich noch in rasender Eile verfaßt hatte, bevor ich das Haus verließ, um ins Duc de Saint-Simon zu fahren, bereits reagiert hatte.

Und dann bemerkte ich ein Stück Papier in meiner Manteltasche.

Ich hielt es für eine alte Restaurantquittung und zog es zerstreut hervor, um es in den Papierkorb zu werfen.

Wie hätte ich auch ahnen können, daß ich mein Todesurteil in den Händen hielt.

Ungläubig starrte ich auf den kleinen Zettel. Jemand hatte mir eine wütende Nachricht darauf hinterlassen.

Und dieser jemand war kein anderer als die Principessa.

Mein lieber Duc, ich warne Sie, wenn Sie diese wunderschöne Amerikanerin noch einmal küssen, werden wir zukünftig auf unsere kleine Korrespondenz verzichten müssen ... Ich habe genug gesehen und entferne mich auf der Stelle.
Ihre ungehaltene Principessa

Ich brauchte ein paar Sekunden, bis ich begriff.

Die Principessa hatte gesehen, wie ich Janet küßte. Die Principessa hatte mich auf frischer Tat ertappt, und daß Janet mich mit ihrem Kuß quasi überrumpelt hatte, war ihr herzlich egal.

Mit anderen Worten: Die Principessa war hier gewesen, hier, auf dieser Ausstellung, in diesen Räumen.

Ich stieß einen Fluch aus und ließ den Zettel sinken. Verdammt, verdammt! Eine Sekunde später stürzte ich an die Rezeption, wo Aristide der ergeben in ihrem Sessel sitzenden Mademoiselle Conti inzwischen eine kleine Privatvorlesung hielt.

»Mademoiselle Conti!« Ich merkte selbst, daß meine Stimme sich überschlug. »Haben Sie jemanden gesehen, der sich an meinem Mantel zu schaffen gemacht hat?«

Zwei Augenpaare hefteten sich erstaunt auf mich.

Aristide verstummte in seinem Vortrag, und Mademoiselle Conti sah mich überrascht an. »Wie meinen Sie das – an Ihrem Mantel zu schaffen gemacht?« fragte sie langsam, als spräche sie mit einem Kranken. »Ist etwas nicht in Ordnung?«

»Hat jemand etwas in meinen Mantel gesteckt, in meinen Mantel, ja oder nein!« herrschte ich sie an. Ich baute mich vor ihr auf und schlug erregt gegen meine Seitentasche.

Sie zuckte mit den Schultern. »Wie soll ich das wissen? Ich bin schließlich nicht die Garderobiere«, gab sie zurück.

Aristide hob beschwichtigend die Hand. »Jean-Luc, beruhige dich! Was ist denn das für ein Benehmen?«

»Mademoiselle, bitte erinnern Sie sich!« rief ich, ohne ihn eines Blickes zu würdigen. Ich schwankte ein wenig, mir war etwas merkwürdig, sei es vom Alkohol, sei es von der plötzlichen Aufregung, und ich klammerte mich an diesem Schreibtisch fest, der vor wenigen Stunden noch stummer Zeuge eines frühlingshaften Flirts zwischen Monsieur Bittner und Mademoiselle Conti gewesen war. Nun war das Wetter umgeschlagen, und ein eisiger Wind schien durch den Rezeptionsraum zu fegen.

»Sie waren die ganze Zeit hier. Sie hätten doch sehen müssen, ob jemand etwas in meinen Mantel gesteckt hat?« wiederholte ich eigensinnig und wurde schon wieder laut.

Mademoiselle Contis Augen funkelten hinter der Brille wie zwei schwarze Diamanten. »Monsieur, ich bitte Sie ... Sie sind ja betrunken«, sagte sie kühl. »Ich habe niemanden gesehen.« Sie schüttelte mißbilligend den Kopf, und ihre blauen Ohrringe wippten angriffslustig. »Wer sollte etwas in Ihren Mantel hineintun? ... Oder meinen Sie vielleicht, ob jemand etwas aus Ihrem Mantel *herausgenommen* hat? Fehlt Ihnen etwas?«

Ich starrte sie wütend an.

Die Principessa war mir entwischt. Und sie war stinksauer auf den Duc, soviel hatte ich begriffen. Was würde nun passieren?

Ich war verunsichert und aufgebracht zugleich, ich ärgerte mich über mich selbst, und mein ohnmächtiger Zorn entlud sich über Luisa Conti, die das alles nicht zu interessieren schien und die sich in spitzfindigen Wortgefechten erging.

»Nein, mir fehlt nichts. Und ich kenne noch den Unterschied zwischen reintun und rausnehmen, selbst wenn ich ein Glas Wein zuviel getrunken habe«, knurrte ich. »Ich suche keinen Dieb, wissen Sie?«

Aristide verfolgte atemlos unseren kleinen Wortwechsel.

»Nein?« Mademoiselle Conti zog die Augenbrauen hoch. »Was suchen Sie denn?«

»Eine Frau! Eine wunderbare Frau!« rief ich verzweifelt.

»Na, das ist doch kein Problem für Sie, Monsieur Champollion.« Luisa Conti lächelte, und ich schwöre, daß es ein provozierendes Lächeln war, obwohl Aristide später sagte, das hätte ich mir in meiner Erregung nur eingebildet. »Die Welt ist voller wunderbarer Frauen«, fuhr sie fort und drehte das Messer in meinem Magen um. »Greifen Sie zu!«

Ich stieß einen gurgelnden Laut aus. Es hätte nicht viel gefehlt, und ich hätte mich auf diese kleine Hexe gestürzt, die mir mit ihrer fröhlichen Bemerkung den Finger in die Wunde legte.

Da fühlte ich Aristides Hand auf meiner Schulter.

»Komm, mein Freund«, sagte er bestimmt und nickte Mademoiselle Conti entschuldigend zu. »Es ist besser, ich bringe dich jetzt nach Hause.«

13

Drei Tage später war meine Stimmung auf dem Tiefpunkt.

Das, was ich befürchtet hatte, war eingetreten.

Die hämmernden Kopfschmerzen, mit denen ich am Morgen nach der Vernissage aufwachte, waren nicht das Schlimmste. Auch daß ich – nach einer regelrechten Standpauke von Aristide – dessen Rat befolgt und am selben Tag noch ziemlich kleinlaut im Duc de Saint-Simon angerufen hatte, um mich bei Mademoiselle Conti für mein unmögliches Verhalten zu entschuldigen, ließ sich verschmerzen (wenngleich die Dame von der Rezeption recht zurückhaltend auf meine Beteuerungen reagiert hatte).

Was ich jedoch wirklich unerträglich fand, was mich Tag und Nacht beschäftigte und mich mit zunehmender Panik erfüllte, war die Tatsache, daß die Principessa mir nicht mehr antwortete.

Ich weiß nicht, wie oft ich tagsüber nach Hause stürzte, in der Hoffnung, daß ich eine Principessa-Mail in meiner Mailbox vorfinden würde. Nachts wachte ich auf und lief ins Wohnzimmer hinüber, in der plötzlichen Gewißheit, daß die Principessa mir in diesem Moment geschrieben hätte. Fünf Minuten später schlich ich enttäuscht zurück und fand keinen Schlaf. Es war schrecklich. Die Principessa schwieg sich aus, und erst jetzt wurde mir klar, wie sehr ich mich an diese Briefe gewöhnt hatte, an diesen täglichen, ja bisweilen stündlichen Austausch von Gedanken und Gefühlen, die meinem Leben Licht und Farbe gaben und meine Träume beflügelten.

Ich vermißte die kleinen Neckereien und Geständnisse, die großen Ankündigungen und die erotischen Wortgefechte, bei denen mal der eine, mal der andere unterlag, mir fehlten die tausendundeins Küsse, die durch die Nacht zu mir flogen, die Geschichten, die meine Scheherazade zu erzählen wußte, die Bilder, die sie mir ausmalte, ihr scherzhaft tadelndes »Seien-Sie-nicht-so-ungeduldig-lieber-Duc!«

Zunächst hatte ich die Sache unterschätzt, das gebe ich zu. Mir war schon klar, daß die Principessa verstimmt war, aber ich hielt mich für durchaus in der Lage, sie mit schönen Worten zu besänftigen.

Natürlich hatte ich auf ihre kleine zornige Notiz geantwortet – gleich am nächsten Morgen hatte ich mich an den Computer gesetzt und der ungehaltenen Dame eine scherzhafte Mail geschrieben, in der ich erklärte, daß nun wirklich kein Grund zur Eifersucht bestehe, die schöne Amerikanerin würde mich nicht im geringsten interessieren, es sei doch nichts passiert und dieser kleine Vorfall eine *quantité négligeable*, »das müssen Sie mir einfach glauben«! Ich lächelte noch, als ich die Mail abschickte. Am Abend lächelte ich nicht mehr.

Als ich begriff, daß keine Reaktion erfolgen würde, ließ ich den Scherz beiseite, schob alles auf meine Anspannung und den übermäßigen Genuß von Alkohol und gab zu, daß etwas passiert war, wie solche Sachen eben manchmal passieren, aber das hätte nun nichts mit ihr, der Principessa, zu tun, und sie möge doch nicht so halsstarrig sein und sich als die großherzige Person erweisen, als die ich sie schätzen gelernt hätte, und mir wieder gut sein.

Auch auf diese Mail erhielt ich keine Antwort. Die Principessa zeigte sich überaus starrsinnig, und ich hatte einen kleinen Einbruch und wurde nun auch ärgerlich.

Meine dritte Mail handelte davon, daß ich fand, man könne aus einer Mücke auch einen Elefanten machen, solche Empfindlichkeiten seien überaus kindisch. Lächerlich, ein solches Drama zu inszenieren! Wenn die Principessa also weiterhin in ihrem Schmollwinkel bleiben wolle, solle sie doch bleiben, wo der Pfeffer wachse, ich für meinen Teil hätte auch noch anderes zu tun, als ihr hinterherzulaufen und um schönes Wetter zu betteln.

Nach dieser Mail ging es mir für eine Stunde sehr gut. Getragen von selbstgerechten und stolzen Gefühlen ging ich mit Cézanne spazieren und schritt entschlossen durch die Tuilerien, die von Liebespaaren bevölkert waren. Doch als ich in der irrigen Annahme, der Principessa nun den Kopf zurechtgerückt zu haben, in froher Erwartung die Wohnung aufschloß, war die Mailbox immer noch leer, und eine Welle der Wehmut überschwemmte meinen Stolz.

In einer vierten Mail schrieb ich (nicht gerade gerne), daß die Principessa der falschen Person die Schuld gebe – nicht ich hätte die schöne Amerikanerin geküßt, sondern diese hätte mir ihren Kuß aufgezwungen (adieu Casanova!), das sei die Wahrheit, auch wenn der Schein gegen mich spräche. Trotzdem würde ich Ihren Unmut natürlich verstehen und wolle mich in aller Form entschuldigen.

In der fünften Mail sagte ich, daß ich nun begriffen hätte, daß mit der Principessa nicht zu spaßen sei, was das Küssen anderer Damen anginge, aber nun hätte sie mich wirklich lange genug schmoren lassen, ich wäre ein reuiger Sünder, so etwas würde nicht mehr vorkommen, ich hätte meine Lektion gelernt, »aber bitte schreiben Sie mir doch wieder oder sagen Sie mir, was ich tun kann, damit Sie mir verzeihen, Ihr unglücklicher Duc«.

Die Principessa hüllte sich in Schweigen, und ich gestehe, ich war verzweifelt.

Ich rief Bruno an. »Tja, alter Freund«, sagte er nachdenklich, »ich fürchte, du hast es vermasselt. Die Dame bist du los. Andererseits ...«, er schwieg einen Moment.

»Andererseits?« fragte ich begierig.

»Na ja ... im Grunde kennst du sie doch gar nicht wirklich, vielleicht ist es besser so ...«

Ich stöhnte auf. »Nein, Bruno, es ist Scheiße so! Ruf mich an, wenn du eine Idee hast, ja?«

Bruno versprach, sich etwas zu überlegen.

Marion fand, daß ich sehr schlecht aussähe (Du wirst doch nicht krank, Jean-Luc?). Soleil sah mich mitleidig an und fragte, ob sie ein Brotmännchen für mich machen solle. Madame Vernier meinte, ich sei ja völlig überarbeitet, als ich eines Morgens immer wieder versuchte mit meinem Briefkastenschlüssel ihren Briefkasten aufzuschließen. Sie bot mir an, Cézanne auszuführen, wenn ich etwas Zeit für mich bräuchte.

Und selbst Mademoiselle Conti, die ich verlegen begrüßte, als ich in jener Woche noch einmal mit Monsieur Tang ins Hotel kam, weil dieser sich ein Bild ausgesucht hatte, fragte mich besorgt, ob alles in Ordnung sei.

»Nein«, sagte ich. »Ganz und gar nicht.« Ich zuckte die Achseln und grinste ein schiefes Lächeln. »Entschuldigung.«

Mein Unglück machte vor niemandem halt.

An diesem Nachmittag, es war am fünften Tag meiner neuen Zeitrechnung, traf ich mich mit Aristide im Vieux Colombier und jammerte ihm die Ohren voll. »Was soll ich nur machen, was soll ich nur machen?« Ich klang wie die berühmte Platte mit dem Sprung.

»Armer Jean-Luc, du bist wirklich verliebt in diese Frau«, stellte Aristide fest, und diesmal widersprach ich ihm nicht. »Bleib dran!« meinte er. »Bitte sie tausendmal um Verzeihung, wenn hundertmal nicht reichen. Sag ihr, wie wichtig sie dir ist. Eine Frau, die dir solche Briefe geschrieben hat, hat kein Herz aus Stein.«

Also setzte ich mich am Abend wieder vor diese kleine weiße Maschine, die ich inzwischen haßte, und überlegte, was ich noch schreiben konnte, um die Principessa zu einer Antwort zu bewegen. Cézanne kam zu mir und legte seinen Kopf auf meine Knie. Er spürte wohl meine Traurigkeit und sah mich mit seinen treuen Hundeaugen an.

»Ach, Cézanne«, seufzte ich. »Kannst du diesen Brief nicht für mich schreiben?« Cézanne winselte mitfühlend. Ich wette, er hätte mir den Brief geschrieben, wenn ich ihn Bergerac getauft hätte. So aber mußte ich mir selbst etwas einfallen lassen.

Ich starrte auf den leeren Bildschirm und starrte auf den leeren Birldschirm. Und dann gab ich noch einmal alles.

Betreff: *Kapitulation!*

Liebe Principessa,

noch immer haben Sie mir nicht verziehen, und ich weiß bald nicht mehr ein noch aus. Mit Ihrem Schweigen haben Sie mein Herz zur Wunde gemacht, mein seelisches Immunsystem ist zusammengebrochen, und wenn ICH Sie je durch meine Gedankenlosigkeit verletzte, können SIE sicher sein, daß Sie mich hundert-, nein, tausendmal mehr verletzen, indem Sie so stumm und unnahbar bleiben.

Ich entschuldige mich, ich bitte Sie um Verzeihung, ich bereue wirklich, daß ich mir einen Moment der Schwäche erlaubt habe, und auch wenn es wie eine dumme Ausrede erscheint, ich meinte mit meinem Kuß doch keine andere als Sie!

Ich werde nicht nachlassen, Sie mit Bitten zu überschütten, denn ich kann einfach nicht glauben, daß dieses Wunderbare zwischen uns so einfach aufhören soll. Das kann nicht sein, das darf nicht sein.

Ich will doch nur SIE!

Noch vor wenigen Wochen war ich ein halbwegs respektabler Galerist, heute bin ich ein von Ihren Worten und Briefen völlig Veränderter, dessen Gefühle alle nur eine Richtung zu nehmen scheinen ... zu Ihnen.

Wer hätte das für möglich gehalten?

Unser Briefwechsel fehlt mir mehr, als ich es in Worte zu fassen vermag, das muß ich schon sagen. Und ich? Fehle ich Ihnen denn gar nicht? Haben Sie denn alles vergessen, was wir uns ausgemalt haben, all unsere schönen Hoffnungen und Träume? Bedeutet das nun nichts mehr?

Principessa, ich vermisse Sie! Ich möchte endlich bei Ihnen sein!

Ja, ich bin neugierig auf Sie, ich gebe es zu. Aber es ist keine voyeuristische Neugierde, keine Neugierde, die nur meiner eigenen Befriedigung dient. Keine Neugierde, die nur ein Rätsel lösen will, und das wäre dann auch schon das Ende.

Ich sehne mich geradezu verzweifelt danach, Sie zu lieben und zu erkennen, wie Sie noch keiner geliebt und erkannt hat.

Warum sollte ich mich auch mit weniger zufriedengeben, wo Sie doch so unendlich reich sind, so unergründlich und unerschöpflich?

Und weil ich Sie nie ausschöpfen kann, sollen Sie ganz ohne Sorge sein. Sie werden immer das Geheimnis bleiben, so sicher, wie Sie über das Geheimnis Ihrer Macht über mich verfügen, mit der Sie mir alles geben und alles nehmen können.

Noch nie ist mir ein Mensch so nahe gekommen wie Sie!

Und wie Cyrano de Bergerac, dem ich mich in diesen Tagen so besonders verbunden fühle, wenngleich meine Nase nicht so groß ist wie die seine, beteuere ich feierlich:

Wenn ich Sie nicht bald sehe, werden mich Verdruß und Liebe in einer Weise aufzehren, daß den Würmern im Grab nur Hoffnung auf ein karges Mahl bleibt.

Hier ist sie also, meine bedingungslose Kapitulation, unterzeichnet am Freitag, den dreizehnten Juni, kurz vor der Stunde der Dämmerung:

Ich liebe Sie!
Ich liebe dich, wer immer du bist.

Jean-Luc

Der Morgen graute, als ich meinen Brief mit bangem Herzen abschickte. Ich gebe zu, ich hatte einen Augenblick gezögert, als ich diesen letzten Satz schrieb. Nicht weil ich das Gefühl der Liebe nicht wirklich empfand, sondern weil es mir mit Erstaunen auffiel, daß ich in diesem Brief zum ersten Mal und zum einzigen Mal seit vielen Jahren das Wort »Liebe« benutzte. Ja, Aristide hatte es gleich gewußt, alle hatten es gewußt, die mich in diesen Tagen sahen, und nun – endlich! – wußte ich es auch.

Ich ahnte, wenn auch dieser Brief unbeantwortet bliebe, wäre die schönste Geschichte der Welt unwiderruflich zu Ende. Dann konnte ich die kleine weiße Maschine auch gleich in die Seine werfen und in ein tibetanisches Kloster eintreten.

Doch bevor ich allem entsagte, brauchte ich einen starken Kaffee.

Es tat gut zu spüren, wie das dunkle, süße Gebräu, das ich in mehreren großen Schlucken hinunterkippte, durch meinen Körper rann, doch richtig wach wurde ich davon nicht. Ich fühlte mich so ausgewrungen wie der Aufnehmer von Marie-Thérèse, wenn sie nach dem finalen Wischen den nassen grauen Lappen aufnahm und energisch die Enden gegeneinander verdrehte, um noch den letzten Tropfen Wasser herauszupressen.

Ich war unendlich müde, als ich wieder zurück an den Computer schlurfte und mich in meinen Sessel fallen ließ.

Und dann war ich mit einem Mal hellwach, glücklich und hätte spielend alle Bäume im Jardin du Luxembourg ausgerissen!

Die Principessa hatte geantwortet.

Noch niemals habe ich eine Mail mit solch fiebriger Hast aufgemacht, noch nie die Worte so verschlungen. Bei dem Betreff blieb mir erst das Herz stehen, dann lachte ich erleichtert und wurde zu einem einzigen großen Sehnen.

Ich las die Mail der Principessa zehn-, fünfzehnmal, ich konnte nicht aufhören. Es war, als hätte mich jemand mitten in der Nacht mit Sonne überschüttet, und in der Tat flutete die Sonne durch das Fenster auf meinen Schreibtisch, als ich den Brief ein letztes Mal las.

Betreff: *Mein letzter Brief an den Duc!*

Mein lieber Duc!

Nein, das geht nun wirklich nicht, daß die Würmer auf den Friedhöfen von Paris nichts mehr zu knabbern haben an Ihnen und am Ende noch verhungern, das sehe ich ein! Die kleinen Erdtierchen sollen ein Festmahl vorfinden, wenn Sie, mein lieber Duc, glücklich und wohlgenährt in Ihr Grab steigen. Aber das soll erst in vielen, vielen Jahren sein, denn ich bin überhaupt und noch lange nicht dazu bereit, auf Ihre Anwesenheit zu verzichten!

Ach, mein Duc! Ich scherze, und in Wirklichkeit läuft mir das Herz über!

Ich muß gestehen, daß mich Ihr letzter Brief sprachlos gemacht hat. In meinem Leben habe ich einen solchen Brief noch nicht bekommen. Ihre Worte flossen durch mich hindurch wie ein Wärmestrom und brachten noch die feinsten Kapillaren zum Summen.

Das ist das schönste Geschenk, das Sie mir machen konnten, und damit meine ich nicht die bedingungslose Kapitulation eines Ducs, der doch so vortrefflich mit seinem Florett umzugehen verstand – sondern Ihr Herz.

Ihr wunderbar durch die Liebe verwundetes Herz.

Ich nehme es gerne an.

Und nun, da ich endlich jene Worte hörte, die auch noch die letzte Kammer meines ängstlichen und stolzen Herzens aufgeschlossen haben, muß ich Ihnen leider sagen, daß dies der letzte Brief sein wird, den die Principessa an den Duc schreibt.

Unser Spiel ist vorbei, und Duc und Principessa werden nun Ihre Kostüme abstreifen müssen, sich wirklich bei den Händen fassen, sich wirklich küssen und zu einem gemeinsamen Spaziergang durch das wirkliche Leben, was immer das sein mag, aufbrechen.

Ich sage Ihnen also Adieu, mon Duc, und flüstere zärtlich deinen Namen: Jean-Luc, Liebster!

Und nun hör gut zu! Ein letztes kleines Rätsel gebe ich dir noch mit auf den Weg zu deiner Principessa, die dieses Postfach löschen wird, sobald sie diese Mail abgeschickt hat. Wir werden es nicht mehr brauchen.

Du findest mich am Ende der Welt ... wobei das Ende der Welt nicht immer am Ende der Welt ist. Komm dorthin in drei Tagen, am sechzehnten Juni, komm zur blauen Stunde.

Ich werde da sein.

Bis dahin verabschiede ich mich mit dem zärtlichsten aller Küsse ein letztes Mal als

Ihre Principessa

14

Es ist eine seltsame Sache mit der Zeit.

Sie beherrscht unser Leben wie keine andere Größe. Im Endeffekt dreht sich alles um die Zeit, die wir haben, die Zeit, die wir nicht haben, und die Zeit, die uns noch bleibt. Das ist die Echtzeit. Ein Tag, zehn Monate, fünf Jahre. Dann gibt es aber auch noch die gefühlte Zeit, und das ist die launische Schwester der Echtzeit. Die, die aus einer Stunde, die wir warten müssen, etwa fünfunddreißig Stunden macht, und aus einer Stunde, die wir noch haben, um Wichtiges zu erledigen, plötzlich nur noch acht Minuten.

Sie läuft uns davon, sie kriecht hinter uns her, und es gibt nur einen Punkt, an dem wir die Zeit beherrschen. Es sind dies jene seltenen Momente, da wir ganz in der Zeit sind und sie gerade deswegen nicht mehr spüren. Dann setzen wir sie außer Kraft, diese kleinen Zahnrädchen, die sonst ineinandergreifen, und wir segeln völlig unangestrengt im Leerlauf des Lebens.

Es sind die Momente der Liebe.

Ich weiß nicht, wie lange ich reglos vor Glück vor dem Brief der Principessa gesessen habe. Irgendwann sprang ich auf, tanzte durch die Wohnung wie Alexis

Sorbas und stieß zwischendurch immer wieder ein kurzes triumphierendes »Ja!« aus.

Cézanne umkreiste mich bellend und aufgeregt, er teilte meine Euphorie, wenngleich vermutlich aus anderen Gründen.

Und so polterten wir fröhlich das Treppenhaus hinunter, überrannten im Hausflur beinahe Madame Vernier, die mir und meiner exorbitant guten Laune ein überraschtes »Bonjour!« hinterherrief, wir tollten durch den Park, und Marion, die bereits in der Galerie wartete, brachte es auf den Punkt.

»Meine Güte, Jean-Luc, du bist ja wie ausgewechselt«, sagte sie. »Ein völlig neuer Mann!«

Ja, ich fühlte es selbst, ich war der Liebling der Götter geworden, und alles, alles würde mir gelingen. Das kleine Rätsel der Principessa war schnell gelöst, und ich hatte noch das ganze Wochenende Zeit für meine Recherchen.

Wenn das »Ende der Welt«, das »Au bout du monde« nicht am Ende der Welt war, wie die Principessa sagte, war es sicherlich in Paris. Und dann konnte es ja nur ein Café oder ein Restaurant sein, was ich finden mußte. Die leichteste Übung für einen Nachkommen des berühmten Jean-François Champollion, dachte ich vergnügt.

Doch noch einmal, ein letztes Mal, sollte ich mich irren.

Hatten sich die vergangenen fünf principessalosen Tage dahingeschleppt wie die letzten fünf Jahre eines einsamen alten Mannes, dem die Zeit nicht vergeht, so mußte ich nun zu meinem Entsetzen feststellen, daß die drei Tage bis zu dem vereinbarten Rendezvous mit meiner schönen Unbekannten mir zwischen den Fingern zerrannen wie Wüstensand.

Und als ich am Montagmittag immer noch nicht wußte, wo sich das Ende der Welt befand, an dem ich mich am frühen Abend, »zur blauen Stunde« einzustellen hatte, wie die Principessa schrieb, erfaßte mich eine solche Panik, daß ich mich mühsam beherrschen mußte, nicht die Passanten auf der Straße anzusprechen und alle nach dem »Au bout du monde« zu fragen.

Ich hatte nichts unversucht gelassen. Zunächst hatte ich siegesgewiß das Telefonbuch aus meinem kleinen Schränkchen im Flur herausgezogen, doch ein »Au bout du monde« war darin nicht verzeichnet. Ich hatte die Auskunft angerufen und mich mit einer schnippischen Dame am anderen Ende der Leitung angelegt, weil ich den Eindruck hatte, daß sie nicht engagiert genug suchte. Ich hatte die kleine weiße Maschine angeworfen und die Suchmaschine mit dem Zauberwort gefüttert. Ich erhielt dreihundertzweiundsechzigtausend Einträge, vom Reiseveranstalter bis zum Swinger-Club war alles dabei, nur das, was ich suchte, gab es nicht, und schon wieder waren vier Stunden vergangen.

Ich hatte Bruno angerufen, der sich zwar für mich freute, daß die Principessa es sich doch noch mal überlegt hatte mit mir, aber auch er kannte kein »Au bout du monde« und hatte die großartige Idee, daß es sich vielleicht um eine Bar handeln könnte, »wegen der blauen Stunde, das ist doch die Cocktailzeit, oder?« Das brachte mich auch nicht wirklich weiter.

Marion meinte sich zu erinnern, daß das »Au bout du monde« ein Tanzschuppen im Marais sei. Julien d'Ovideo hielt es für den Namen eines Graffiti-Jams in der Banlieue, und Soleil fragte, ob ich die Sache nicht falsch verstanden hätte und nicht doch eher ein Ort wie Sansibar gemeint sei. Dann bot sie mir zum wiederholten Mal an, ein Brotmännchen für mich zu machen.

Aristide, auf den ich meine letzten Hoffnungen gesetzt hatte, war völlig abgetaucht. Ich erreichte ihn weder zu Hause noch auf seinem Handy.

Die Lösung des Rätsels kam von völlig überraschender Seite.

Am Mittag dieses schicksalhaften Montags traf ich mich mit Julien und Soleil im Duc de Saint-Simon, um die Bilder der Ausstellung abzuhängen. Mir blieben noch sechs Stunden, um das Ende der Welt zu finden. Und meine Nervosität wuchs mit jeder Minute. Mademoiselle Conti saß wie immer an der Rezeption des Hotels, und in meiner Not fragte ich auch sie.

»Das ›Au bout du monde‹?« wiederholte sie langsam, und ich kannte schon die Antwort.

»Das kenne ich gut. Es ist eine kleine Reise-Buchhandlung ganz in der Nähe.«

Ich sah sie an wie die Glücksfee bei der Lottoziehung und lachte ungläubig. »Sind Sie sicher?« fragte ich.

Sie lächelte über meine aufgeregte Frage. »Aber natürlich bin ich mir sicher, Monsieur Champollion. Ich habe dort noch vor ein paar Tagen ein Buch bestellt. Wenn Sie möchten, können wir zusammen dorthin gehen, wenn Sie hier fertig sind.«

»Danke!« rief ich überschwenglich, und in diesem Augenblick hätte ich die kleine Luisa Conti in ihrem dunkelblauen Kostüm am liebsten umarmt. Wer hätte gedacht, daß das Ende der Welt in solch greifbarer Nähe lag. Das Glück war nur noch einen Steinwurf entfernt.

»Ich höre übrigens bald im Duc de Saint-Simon auf«, sagte Mademoiselle Conti, als wir nebeneinander die schmale Rue de Saint-Simon entlanggingen.

»Oh!« sagte ich und sah sie überrascht an. »Ich meine – wieso?«

Sie lächelte. »Die Arbeit im Hotel war nur zur Überbrückung. Ich habe nach den Sommerferien endlich meine Lehrstelle an der Sorbonne bekommen. Französische Literatur.«

»Oh!« sagte ich noch einmal. Nicht gerade geistreich, aber ich hatte mir nie darüber Gedanken gemacht, daß Mademoiselle Contis Anwesenheit an der Rezeption des Duc de Saint-Simon nur von begrenzter Dauer sein könnte. Nun ja, eigentlich hatte sich mir nie besonders viele Gedanken um Mademoiselle Conti gemacht, warum auch, aber eine Lehrstelle an der Sorbonne fand ich jetzt doch irgendwie beeindruckend. Ich dachte an das angeregte Gespräch, das Aristide und Mademoiselle

Conti am Abend der Ausstellung miteinander geführt hatten – nein, ich dachte lieber nicht daran!

»Hat es Ihnen die Sprache verschlagen?« Mademoiselle Conti schaute mich vergnügt von der Seite an. Die Augen hinter der dunklen Brille funkelten. Sie kam mir ausgelassener vor als sonst, vielleicht versetzte die Aussicht auf ihre neue Stelle sie in Hochstimmung. Allmählich hatten offenbar alle einen Grund, sich auf irgend etwas zu freuen.

»Nein, nein«, sagte ich und lächelte auch. »Das ist doch wunderbar. Ich bin nur etwas überrascht ... Sie werden mir fehlen.«

Ich sah sie an und merkte, daß es stimmte. Es würde irgendwie seltsam sein, wenn ich ins Saint-Simon kam und dort künftig eine andere Dame an der Rezeption sitzen würde. Eine, die nicht immer die Namen verdrehte und alles besser wußte. Eine, die Jane von June unterscheiden konnte. Eine, die einen Kugelschreiber benutzte und nicht so einen klecksenden Waterman-Füllhalter. Immerhin hatten wir einiges zusammen erlebt in diesem Jahr. Ich grinste. Bevor ich mich noch in Sentimentalitäten erging, die ich meiner heftigen emotionalen Gesamtlage zuschrieb, fügte ich hinzu:

»Und Monsieur Bittner erst – der wird vielleicht traurig sein!«

Ein paar Schritte weiter sah ich unruhig auf die Uhr.

Es war halb sechs, ich hatte noch Zeit.

Den ganzen Nachmittag hatten wir die Bilder verpackt und verstaut, der freundliche Tamile, der normalerweise den Nachtdienst machte und an diesem Tag schon früher gekommen war, hatte uns noch geholfen, und vor einer Viertelstunde war Julien mit seinem kleinen Transporter losgefahren, eine glückliche Soleil auf dem Beifahrersitz.

»*Bonne chance!*« hatte sie mir bei der Verabschiedung verstohlen ins Ohr geflüstert. Dann winkte sie uns so lange aus dem Seitenfenster zu, bis Julien den Wagen auf den Boulevard Saint-Germain lenkte. Gerührt hatte ich den beiden nachgesehen. Ich hatte ja selbst Schmetterlinge im Bauch.

Nun war ich unterwegs zum Ende der Welt, zu meiner schönen Unbekannten, und mit jedem Schritt, den ich machte, schlug mein Herz schneller.

Irgendwie war ich fast froh darüber, daß Mademoiselle Conti mit mir ging. Das leise Klack-Klack ihrer Absätze hatte etwas Beruhigendes, ja Zuversichtliches und ließ mich den Weg, der kein langer war, überstehen.

Luisa Conti erzählte inzwischen von irgendeinem Buch über berühmte Züge und Zugreisen, das sie im »Au bout du monde« bestellt hatte, und von einer Reise im Orient-Express, die man auch heute noch machen könne, und ich nickte höflich, doch meine Gedanken kreisten um ganz andere Dinge.

Ich sah plötzlich wieder die blonde Frau auf dem Bahnsteig der Gare de Lyon stehen, die Sätze des letzten Principessa-Briefes flackerten vor mir auf – Sätze, zu denen mir eine weibliche Stimme fehlte, und in all dies mischten sich Luisa Contis begeisterte Reden über eine Reise von Paris nach Istanbul.

Ich blickte verstohlen auf die Uhr. Wieder waren drei Minuten um.

»Ist es noch weit?« fragte ich.

Mademoiselle Conti schüttelte den Kopf. »Nein, wir sind gleich da.«

Unwillkürlich seufzte ich, und meine Wegbegleiterin schüttelte wieder den Kopf – diesmal mit einem belustigten Lächeln.

»Was ist nur heute los mit Ihnen, Monsieur Champollion? So nervös kenne ich Sie ja gar nicht. Die Buchhandlung hat doch noch bis sieben Uhr auf.«

Wie war das noch mal mit dem übervollen Herzen, das die Zunge überfließen läßt?

»Ach, Mademoiselle Conti, wenn Sie wüßten ... Ich will doch kein Buch kaufen«, hörte ich mich zu meinem Entsetzen sagen. Und unter den anteilnehmenden Blikken der jungen Frau im blauen Kostüm erklärte ich, was ich wirklich im »Au bout du monde« wollte. Die Worte schossen nur so aus mir heraus, meine angespannten Nerven machten mich zum Schnellsprecher, und als wir fünf Minuten später vor dem Ende der Welt standen, war Luisa Conti meine beste Freundin geworden.

»Meine Güte, wie aufregend!« flüsterte sie, als ich die Tür zu der kleinen Buchhandlung aufstieß. »Ich hoffe, Sie finden, was Sie suchen.«

Sie lächelte mir komplizenhaft zu, dann verschwand sie im hinteren Teil des Ladens, um sich das Buch, das sie bestellt hatte, abzuholen.

Ich holte tief Luft und sah mich um.

Das »Au bout du monde« war alles andere als eine gewöhnliche Buchhandlung. Es war ein verwunschener Ort.

Als erstes fiel mein Blick auf eine Statue – eine mannshohe Nachbildung des Davids, der auf der Piazza de Signoria in Florenz steht. Es gab kleine Sofas und Tischchen, an denen man Kaffee oder Tee trinken konnte, natürlich alles Produkte aus dem *fair trade*. Die Wände waren voller dunkler Holzregale, besonders kostbare Bücher wurden in altmodischen verglasten Bücherschränken aufbewahrt, und an den wenigen freien Flächen, die es noch gab, hingen Gemälde von fernen Ländern, die die Sehnsucht weckten. Die wunderbaren Bildbände, die auf den Tischen auslagen, suchte man in den großen Buchhandelsketten vergeblich.

Das Merkwürdigste aber war der Geruch, der in der Buchhandlung herrschte: Es roch nach Süden.

Ich strich an den Bücherregalen entlang, zog ein kleines Buch heraus – der Reisebericht irgendeines Engländers aus dem neunzehnten Jahrhundert, der seine Nilfahrt beschrieb –, ich blätterte angelegentlich darin herum und hielt verstohlen Ausschau.

Es waren nicht sehr viele Menschen hier, und eine Principessa hatte ich noch nicht entdeckt. Ich wartete und blickte immer wieder auf die Uhr. Doch trotz meiner Unruhe konnte ich mich dem friedlichen Zauber, der hier herrschte, nicht ganz entziehen. Die Buchhändlerin, eine ältere Frau mit hochgestecktem grauem Haar, die hinter dem alten Kassentisch stand und einen Studenten in Jeans und Pulli bediente, lächelte mir freundlich zu. Lassen Sie sich ruhig Zeit, schien ihr Blick zu sagen.

Ich schlenderte weiter in den hinteren Teil der Buchhandlung.

Ein Wintergarten öffnete sich meinen erstaunten Blicken. In der einen Ecke stand ein alter Waggon mit dunkelroten Samtbänken, auf denen eine junge Frau mit rötlichem Haar saß und las. Neben ihr lehnte ein kleines Mädchen mit einer riesigen weißen Schleife im lose fallenden Haar, und die beiden, die wohl Mutter und Tochter waren, hätten ein hübsches Motiv für einen Renoir abgegeben. Aber kennen tat ich sie beide nicht.

In der anderen Ecke des Wintergartens stand ein großes weißes Sofa mit vielen Kissen, über dem sich ein Moskitonetz aus hellem Leinenstoff ausbreitete, daneben ragte eine schlanke Palme auf – man hatte fast den Eindruck, das Sofa stünde in einer Art Wüstenzelt. Doch es war nicht Lawrence of Arabia, der dort in einem Buch blätterte, sondern Luisa Conti.

Sie blickte mich fragend an, und ich zuckte unmerklich mit den Achseln. Dann machte ich meine nächste Runde durch das »Au bout du monde«. Als die kleine Türglocke klingelte, sah ich aufgeregt zu Tür. Doch es war nur der Student, der mit einem Stapel Bücher unter dem Arm auf die Straße trat.

»Wenn ich Ihnen helfen kann, sagen Sie mir bitte Bescheid«, sagte die freundliche Buchhändlerin um Viertel vor sieben zu mir. Sicherlich war es etwas seltsam, wie ich mit hilfloser Miene immer wieder an den Regalen vorbeistrich. Ab und zu ging ich zu dem weißen Sofa und wechselte ein paar Worte mit Luisa Conti, die auf meine nervöse Bitte hin noch geblieben war.

Als schließlich die rothaarige Mutter mit ihrem Renoir-Kind an die Kasse trat und zahlte und nur noch ein älterer Herr mit Spazierstock vor einem der Regale stand, setzte ich mich zu Luisa Conti auf das weiße Sofa und heuchelte Interesse an ihrem Buch über legendäre Eisenbahnreisen, geschrieben von dem sympathischen Patrick Poivre d'Arvor, den ich aus dem Fernsehen kannte.

Es war ein Buch, das mich in jedem anderen Moment meines Lebens sicherlich in grenzenloses Entzükken gestürzt hätte mit seinen schönen Bildern und alten Zeichnungen.

So aber saß ich neben Luisa Conti, die mich ab und zu mit großen Augen ansah, wippte nervös mit meinem Fuß und spürte beinahe körperlich, wie Minute um Minute verstrich.

Mein Herz wurde schwer.

Dann rief auch noch der alte Herr sein fröhliches »*Au revoir*«, die Türglocke läutete ein letztes Mal, es war sieben Uhr, und die Principessa war nicht gekommen.

Ich schluckte. »Tja«, sagte ich und sah Luisa Conti mit waidwundem Blick an. »Das war's dann wohl.« Ich versuchte zu lächeln, aber es mißlang so grandios, daß Mademoiselle Conti meine Hand ergriff.

»Ach, Jean-Luc!« sagte sie nur, und ihre Finger strichen über meinen Handrücken.

Ich blickte nach unten und betrachtete diese kleine weiße Hand, die mich trösten wollte. Eine zarte Tintenspur lief über den rechten Mittelfinger und rührte mich fast zu Tränen.

»Vielleicht kommt sie ja doch noch«, sagte Luisa Conti leise.

Ich preßte die Lippen zusammen und schüttelte den Kopf. Dann setzte ich mich auf und versuchte meinen Schmerz abzuschütteln.

»Tja«, sagte ich noch einmal und warf Mademoiselle Conti einen unglücklichen Blick zu. »Haben Sie schon etwas vor, heute abend?«

Ein Abend mit Mademoiselle Conti war immerhin das zweitbeste, was mir passieren konnte.

Luisa Conti schien zu zögern.

»Eigentlich bin ich verabredet«, sagte sie dann, und ihr Gesicht nahm eine verträumte Miene an.

Klar, schoß es mir durch den Kopf. Jeder bekommt hier sein Happy-End, nur ich nicht. Vor meinen Augen materialisierte sich die pantherhafte Gestalt von Karl Bittner. Ich lachte. Es klang bitter.

»Na, dann hoffe ich mal, daß wenigstens Ihre Verabredung pünktlich kommt«, versuchte ich zu scherzen.

Luisa Conti lächelte.

Ich blickte zu Boden und sah dann wieder auf.

Luisa Conti lächelte immer noch, sie lächelte mich an, nahm langsam die Brille ab, und ich sah ihre saphirblauen Augen, die mir entgegenschimmerten wie ein stiller dunkler See. Ich sah ihre kleine gerade Nase, ihre helle durchscheinende Haut, auf der sich vereinzelt die winzigsten Sommersprossen zeigten, ich sah ihren feingeschwungenen, kirschroten Mund, und da wußte ich es.

Die Welt drehte sich, durch mein Herz raste ein Wirbelsturm, in meinem Kopf überschlugen sich die Bilder.

Die Tinte am Finger, der unglückliche Zusammenstoß, zerbrochenes Porzellan, »Das-Glück-war-einen-Wimpernschlag-entfernt«, »Sie-kennen-mich-und-kennen-mich-nicht«, »Würde-diese-Nase-Sie-beim-Küssen-stören«.

Louise O'Murphy, Louise, Luisa.

Luisa, die in einem sich bauschenden roten Sommerkleid auf dem Bahnsteig an der Gare de Lyon gestanden hatte, Luisa, die hinter ihrem Schreibtisch saß und alles sah, Luisa, die mir den kleinen zornigen Zettel in die Manteltasche gesteckt hatte und mich mit ihren Bemerkungen so wütend machte, daß ich sie am liebsten geschüttelt hätte.

Luisa, die mir all diese wunderbaren Briefe geschrieben hatte und die wußte, wo das Ende der Welt war.

»Mein Gott ... Luisa!« flüsterte ich, und meine Stimme zitterte.

Ich nahm ihr Gesicht zwischen meine Hände.

»Bist du es, auf die ich warte?«

Ich verlor mich in diesen Augen, die so unergründlich waren, ich begehrte diesen weichen zärtlichen Mund,

und da – man möge es mir nachsehen – wartete ich das unmerkliche Nicken, das von Mademoiselle Luisa Conti kam, nicht mehr ab.

Mit einer einzigen heftigen Bewegung zog ich sie zu mir heran, und als sich unsere Lippen trafen und ich ihre kleine spitze Zunge fand, dachte ich noch so einen Unsinn wie »Komisch, ich wollte immer ein Blonde, und jetzt habe ich eine Brünette bekommen«.

Und dann hörte das Denken auf.

Dieser Kuß, auf den ich so sehnsüchtig gewartet hatte wie auf keinen anderen, dieser Kuß, der von zarter Hand so lange vorbereitet war, dieser Kuß, der das Schönste war, was ich jemals erlebt hatte, wollte nicht enden. Er war vollkommen. Der Duc hatte seine Principessa endlich gefunden. Unter einem Moskitonetz, irgendwo am Ende der Rue du Bac, nahmen sich zwei Liebende eine Auszeit von der Welt.

Und wenn Aristide nicht plötzlich angerufen hätte, wären wir vielleicht im »Au bout du monde« einfach vergessen worden. Die Buchhändlerin hätte das Licht gelöscht, die kleine Buchhandlung abgeschlossen, und wir hätten es nicht einmal bemerkt.

So aber lösten wir uns widerstrebend voneinander, und ich zog mein Handy hervor.

»Ja, was ist denn?« fragte ich atemlos.

»Jean-Luc, ich hab's! *Je tiens l'affaire!*« rief mein Freund in höchster Erregung, und es fiel mir nicht einmal auf, daß er dieselben Worte benutzte wie mein berühmter

Vorfahre, als er im heißen Ägypten endlich die Inschriften auf dem Stein von Rosette entschlüsselte.

»Ich bin auf einen Satz im ersten Brief der Principessa gestoßen, und dieser Satz, jetzt halte dich fest, stammt wörtlich aus einer Novelle von Barbey-d'Aurevilly. Sie heißt ›Der rote Vorhang‹, und weißt du, wer dieses Buch auf seinem Schreibtisch liegen hatte und darin las? Du wirst es nie erraten!«

Aristide machte eine dramatische Pause, und ich strich Luisa eine Strähne ihrer Haare zurück, die in die schönste Unordnung geraten waren, und der winzige Laut, den sie von sich gab, als ich nicht länger widerstehen konnte und mein Mund in zärtlicher Ungeduld ihre Lippen streifte, gehörte nur mir.

»Es ist Luisa Conti! Luisa Conti ist die Principessa!« Aristide schrie die Neuigkeit so laut in den Hörer, daß auch Luisa es verstand.

Ich ließ einen Augenblick von ihr ab, und wir lächelten uns zu wie zwei Verschwörer.

»Ich weiß, Aristide, ich weiß«, sagte ich.

Nachwort

Die Personen und die Handlung dieses Romans sind frei erfunden.

Sollte sich jedoch der ein oder andere Leser an etwas erinnert fühlen, so mag das daran liegen, daß die eigentliche Geschichte, die hier erzählt wird, wahr ist. Sie ist so oder ähnlich wirklich passiert. Nicht immer muß man bis ans Ende der Welt fahren, um sein Glück zu finden.

Auch die Schauplätze dieses Romans, die Cafés, die Restaurants, die Bars und Hotels gibt es wirklich.

Das Duc de Saint-Simon hat den Besitzer gewechselt. Es war meines Wissens niemals Schauplatz einer Ausstellung, und leider ist es auch nicht mehr möglich, dort das schöne Geschirr zu kaufen, das den altmodischen Namen »Eugénie« trägt. Aber dann und wann findet man noch vereinzelt ein Milchkännchen oder eine große Café-Crème-Tasse auf dem Silbertablett, wenn man sein Petit déjeuner im Zimmer einnimmt.

Das »Au bout du monde« heißt in Wirklichkeit »Du bout du monde«, und Bücher findet man dort nicht. Wohl aber Schätze, die aus aller Welt zusammengetragen wurden. In diesem zauberhaften Geschäft in der Rue du Bac stehen in schönstem Durcheinander Möbel, Statuen, weißes Porzellan mit Engelsköpfen und alte Vogelvolieren.

Und ganz hinten, wenn man in den kleinen Wintergarten kommt, steht neben einer Palme, die fast bis unter das Glasdach reicht, durch das man den Himmel sehen kann, ein großes, weißes, weiches Sofa, über das wie ein kleines verwunschenes Zelt ein Moskitonetz aus dichtem Leinen fällt.

Woher ich das so genau weiß?

Nun – ich habe selbst auf diesem Sofa gesessen.

Mit der Principessa meines Herzens.

Und ich war sehr glücklich.

Merci

Nicht nur Künstler sind sehr besondere Wesen. Auch Menschen, die schreiben, können die Nerven ihrer Mitmenschen bisweilen gehörig strapazieren mit ihrer ständigen Gratwanderung zwischen totaler Euphorie *(Der Roman wird toll!)* und völligem Selbstzweifel *(C'est de la merde!)*.

Ich möchte meiner Familie und meinen Freunden danken, daß sie mich in dieser Zeit, die fürwahr eine Zeit außerhalb der Zeit war, ertragen haben. Ihr wart großartig!

Was hätte ich ohne eure Rücksichtnahme, eure Geduld und euren Zuspruch gemacht?

Ein besonderer Dank gilt auch meinem deutschen Verleger, der mich eines Morgens bei einer inspirierten Unterhaltung in meinem Lieblingscafé auf die Idee brachte, dieses Buch zu schreiben. Ohne ihn wären die Principessa und der Duc in den tiefsten Tiefen meines Sekretärs geblieben – und das wäre mehr als schade!

Leseprobe

Aus dem Roman von

Nicolas Barreau: »Das Lächeln der Frauen«

Erschienen im Piper Verlag

Die tiefblaue Farbe des Himmels legte sich über Paris wie ein Stück Samt. Es war kurz vor sechs, der Regen hörte allmählich auf, und ich lehnte mich ein wenig erschöpft über die Steinbrüstung der alten Brücke und starrte nachdenklich in die Seine. Die Laternen spiegelten sich zitternd und glitzernd auf dem dunklen Wasser – zauberhaft und zerbrechlich wie alles Schöne.

Nach acht Stunden, Tausenden von Schritten und noch mal tausend Gedanken war ich an diesem stillen Ort angekommen. So viel Zeit hatte es gebraucht, um zu begreifen, daß die abgrundtiefe Traurigkeit, die sich wie Blei auf mein Herz gelegt hatte, nicht allein dem Umstand geschuldet war, daß Claude mich verlassen hatte. Ich war zweiunddreißig Jahre alt, und es war nicht das erste Mal, daß eine Liebe zerbrach. Ich war gegangen, ich war verlassen worden, ich hatte weitaus nettere Männer gekannt als Claude, den Freak.

Ich glaube, es war dieses Gefühl, daß sich alles auflöste, veränderte, daß Menschen, die meine Hand gehalten hatten, plötzlich für immer verschwanden, daß mir die Bodenhaftung verlorenging und zwischen diesem riesigen Universum und mir nichts mehr war als ein himmelblauer Regenschirm mit kleinen weißen Punkten.

Das machte es nicht gerade besser. Ich stand allein auf einer Brücke, ein paar Autos fuhren an mir vorbei, die Haare wehten mir ins Gesicht, und ich umklammerte den Schirm mit dem Entenknauf, als könnte dieser auch noch davonfliegen.

»Hilfe!« flüsterte ich leise und taumelte ein wenig gegen die Steinmauer.

»Mademoiselle? Oh, *mon Dieu*, Mademoiselle, nicht! Warten Sie, *arrêtez*!« Ich hörte eilige Schritte hinter mir und erschrak.

Der Schirm glitt mir aus der Hand, machte eine halbe Umdrehung, prallte von der Brüstung ab und fiel dann in einem kleinen wirbelnden Tanz nach unten, bevor er mit einem kaum hörbaren Platschen bäuchlings auf dem Wasser landete.

Ich drehte mich verwirrt um und sah in die dunklen Augen eines jungen Polizisten, der mich mit besorgtem Blick musterte. »Alles in Ordnung?« fragte er aufgeregt. Offenbar hielt er mich für eine Selbstmörderin.

Ich nickte. »Ja, natürlich. Alles bestens.« Ich rang mir ein kleines Lächeln ab. Er zog die Augenbrauen hoch, als glaube er mir kein Wort.

»Ich glaube Ihnen kein Wort, Mademoiselle«, sagte er. »Ich habe Sie schon eine ganze Weile beobachtet, und so, wie Sie da standen, sieht keine Frau aus, bei der alles bestens ist.«

Ich schwieg betroffen und sah für einen Moment dem weißgetupften Regenschirm hinterher, der gemächlich auf der Seine davonschaukelte. Der Polizist folgte meinem Blick.

»Es ist immer dasselbe«, meinte er dann. »Ich kenne das schon mit diesen Brücken. Erst neulich haben wir noch weiter unten ein Mädchen rausgefischt aus dem eiskalten Wasser. Gerade noch rechtzeitig. Wenn jemand sich lange auf einer Brücke rumtreibt, kann man sicher sein, daß er entweder heftig verliebt ist oder kurz davor, ins Wasser zu springen.«

Er schüttelte den Kopf. »Ich hab nie kapiert, warum Verliebte und Selbstmörder immer diese Affinität zu den Brücken haben.«

Er beendete seinen Exkurs und schaute mich mißtrauisch an.

»Sie sehen ziemlich durcheinander aus, Mademoiselle. Sie wollten doch wohl keine Dummheiten machen, was? So eine schöne Frau wie Sie. Auf der Brücke.«

»Aber nein!« versicherte ich. » Außerdem stehen auch ganz normale Menschen manchmal länger auf Brücken, einfach weil es schön ist, über den Fluß zu schauen.«

»Sie haben aber ganz traurige Augen.« Er ließ nicht locker. »Und es sah eben ganz so aus, als wollten Sie sich fallen lassen.«

»So ein Unsinn!« entgegnete ich. »Mir war nur ein bißchen schwindlig«, beeilte ich mich hinzuzufügen und legte unwillkürlich die Hand auf meinen Bauch.

»*Oh, pardon! Excusez-moi, Mademoiselle ... Madame*!« In einer verlegenen Geste breitete er seine Hände aus. »Ich konnte ja nicht ahnen ... *vous êtes ... enceinte*? Da sollten Sie aber etwas besser auf sich achtgeben, wenn ich das mal so sagen darf. Darf ich Sie nach Hause begleiten?«

Ich schüttelte den Kopf und hätte fast gelacht. Nein, schwanger war ich nun wirklich nicht.

Er legte den Kopf schief und lächelte galant. »Sind Sie sicher, Madame? Der Schutz der französischen Polizei steht Ihnen zu. Nicht, daß Sie mir noch umkippen.« Er blickte fürsorglich auf meinen flachen Bauch. »Wann ist es denn soweit?«

»Hören Sie, Monsieur«, entgegnete ich mit fester Stimme. »Ich bin nicht schwanger und werde es mit ziemlicher Sicherheit in näherer Zukunft auch nicht sein. Mir war einfach ein wenig schwindlig, das ist alles.«

Und das war auch kein Wunder, fand ich, immerhin hatte ich außer einem Kaffee den ganzen Tag nichts zu mir genommen.

»Oh! Madame ... ich meine *Mademoiselle*!« Sichtlich verlegen trat er einen Schritt zurück. »Entschuldigen Sie vielmals, ich wollte nicht indiskret sein.«

»Ist schon gut«, seufzte ich und wartete darauf, daß er ging.

Doch der Mann in der dunkelblauen Uniform blieb stehen. Er war der Prototyp eines Pariser Polizisten, wie ich sie auf der Île de la Cité, wo der Sitz der Polizeipräfektur ist, oft schon gesehen hatte: groß, schlank, gutaussehend, immer zu einem kleinen Flirt bereit. Dieser hier hatte es sich offenbar zur Aufgabe gemacht, mein persönlicher Schutzengel zu sein.

»Also dann ...« Ich lehnte mich mit dem Rücken gegen die Brüstung und versuchte ihn mit einem Lächeln zu verabschieden. Ein älterer Mann im Regenmantel ging vorbei und warf uns einen interessierten Blick zu.

Der Polizist legte zwei Finger an seine Kappe. »Tja, wenn ich nichts mehr für Sie tun kann ...«

»Nein, wirklich nicht.«

»Dann passen Sie gut auf sich auf.«

»Mach ich.« Ich preßte die Lippen aufeinander und nickte ein paarmal mit dem Kopf. Das war der zweite Mann in vierundzwanzig Stunden, der mir sagte, ich solle gut auf mich aufpassen. Ich hob kurz die Hand, drehte mich dann wieder um und stützte mich mit den Ellbogen auf die Brüstung. Aufmerksam studierte ich die Kathedrale von Notre-Dame, die sich wie ein mittelalterliches Raumschiff aus der Dunkelheit am Ende der Île de la Cité erhob.

Hinter mir ertönte ein Räuspern, und ich spannte den Rücken an, bevor ich mich langsam wieder zur Straße drehte.

»Ja?« sagte ich.

»Was ist es denn nun?« fragte er und grinste wie George Clooney in der Nespresso-Werbung. »Mademoiselle oder Madame?«

Oh. Mein. Gott. Ich wollte in Ruhe unglücklich sein, und ein Polizist flirtete mit mir.

»Mademoiselle, was sonst«, gab ich zurück und beschloß, die Flucht zu ergreifen. Die Glocken von Notre-Dame tönten zu mir herüber, und ich ging schnellen Schrittes die Brücke entlang und betrat die Île Saint-Louis.

Manche sagen, dieses kleine Inselchen in der Seine, das direkt hinter der viel größeren Île de la Cité liegt und das man nur über Brücken erreichen kann, sei das Herz von Paris. Aber dieses alte Herz schlägt sehr, sehr langsam. Ich kam selten hierher und war jedesmal aufs neue verwundert über die Ruhe, die in diesem Viertel herrschte.

Als ich in die Rue Saint-Louis einbog, die Hauptstraße, an der sich kleine Geschäfte und Restaurants friedlich aneinanderreihen, sah ich aus den Augenwinkeln, daß eine große schlanke Gestalt in Uniform mir in gebührendem Abstand folgte. Der Schutzengel ließ nicht locker. Was dachte sich dieser Mann eigentlich? Daß ich es an der nächsten Brücke versuchen würde?

Ich beschleunigte meine Schritte und rannte schon fast, und dann riß ich die Tür zu dem nächsten Geschäft auf, in dem noch Licht brannte. Es war eine kleine Buchhandlung, und als ich sie stolpernd betrat, wäre mir nie in den Sinn gekommen, daß dieser Schritt mein Leben für immer verändern würde.

Im ersten Moment dachte ich, die Buchhandlung wäre menschenleer. In Wirklichkeit war sie nur so vollgestopft mit Büchern, Regalen und Tischchen, daß ich den Patron, der am Ende des Raumes mit gebeugtem Kopf hinter einem altmodischen Kassentisch stand, auf dem sich wiederum Bücher in waghalsigen Formationen stapelten, nicht sah. Er war in einen Bildband vertieft und blätterte mit großer Vorsicht die Seiten um. Es sah so friedlich aus, wie er da stand, mit seinem gewellten silbergrauen Haar und der halbmondförmigen Lesebrille, daß ich es nicht wagte, ihn zu stören. Ich blieb stehen in diesem Kokon aus Wärme und gelblichem Licht, und mein Herz begann ruhiger zu schlagen. Vorsichtig riskierte ich einen Blick nach draußen. Vor dem Schaufenster, auf dem in verblaßten Goldbuchstaben der Schriftzug *Librairie Capricorne Pascal Fermier* geschrieben war, sah ich meinen Schutzengel stehen und angelegentlich die Auslagen betrachten.

Unwillkürlich seufzte ich, und der alte Buchhändler blickte von seinem Buch auf und sah mich überrascht an, bevor er seine Lesebrille nach oben schob.

»Ah ... *bonsoir, Mademoiselle* – ich habe Sie gar nicht kommen hören«, sagte er freundlich, und sein gütiges Gesicht mit den klugen Augen und dem feinen Lächeln erinnerte mich an ein Photo von Marc Chagall in seinem Atelier. Nur daß dieser Mann hier keinen Pinsel in seiner Hand hielt.

»*Bonsoir, Monsieur*«, antwortete ich einigermaßen verlegen. »Verzeihen Sie, ich wollte Sie nicht erschrecken.«

»Aber nein«, erwiderte er und hob die Hände. »Ich hatte nur gedacht, ich hätte eben abgeschlossen.« Er sah zur Tür, in dessen Schloß ein Bund mit mehreren Schlüsseln steckte, und schüttelte den Kopf. »Ich werde allmählich vergeßlich.«

»Dann haben Sie eigentlich schon geschlossen?« fragte ich, trat einen Schritt vor und hoffte, daß der lästige Schutzengel vor dem Schaufenster endlich weiterflog.

»Schauen Sie sich in Ruhe um, Mademoiselle. Soviel Zeit muß sein.« Er lächelte. »Suchen Sie etwas Bestimmtes?«

Ich suche einen Menschen, der mich wirklich liebt, antwortete ich stumm. Ich bin auf der Flucht vor einem Polizisten, der denkt, daß ich von einer Brücke springen will, und tue so, als wollte ich ein Buch kaufen. Ich bin zweiunddreißig Jahre alt und habe meinen Regenschirm verloren. Ich wünsche mir, daß endlich mal was Schönes passiert.

Mein Magen knurrte vernehmlich. »Nein ... nein, nichts Bestimmtes«, sagte ich rasch. »Irgend etwas ... Nettes.« Ich wurde rot. Nun hielt er mich wahrscheinlich für eine Ignorantin, deren Ausdrucksfähigkeit sich in dem nichtssagenden Wort »nett« erschöpfte. Ich hoffte, daß meine Worte wenigstens meinen knurrenden Magen übertönt hatten.

»Möchten Sie einen Keks?« fragte Monsieur Chagall.

Er hielt mir eine Silberschale mit Buttergebäck unter die Nase, und nach einem kurzen Moment des Zögerns griff ich dankbar zu. Das süße Gebäck hatte etwas Tröstliches und beruhigte meinen Magen sofort.

»Wissen Sie, ich bin heute noch gar nicht richtig zum Essen gekommen«, erklärte ich kauend. Dummerweise gehöre ich zu den uncoolen Leuten, die sich verpflichtet fühlen, immer alles erklären zu müssen.

»Das passiert«, sagte Monsieur Chagall, ohne meine Verlegenheit weiter zu kommentieren. »Da drüben«, er zeigte auf einen Tisch mit Romanen, »finden Sie vielleicht, was Sie suchen.«

Und das tat ich dann wirklich. Eine Viertelstunde später verließ ich die *Librairie Capricorne* mit einer orangefarbenen Papiertüte, auf der ein kleines weißes Einhorn gedruckt war.

»Eine gute Wahl«, hatte Monsieur Chagall gesagt, als er das Buch verpackte, das von einem jungen Engländer geschrieben worden war und den schönen Titel *Das Lächeln der Frauen* trug.

»Das wird Ihnen gefallen.«

Ich hatte genickt und mit hochrotem Kopf nach dem Geld gekramt, und es war mir kaum gelungen, meine Überraschung zu verbergen, die Monsieur Chagall vielleicht für einen Anfall übersteigerter Lesevorfreude hielt, als er hinter mir die Ladentür abschloß.

Ich atmete tief durch und blickte die leere Straße hinunter. Mein neuer Polizistenfreund hatte die Beschattung aufgegeben. Offenbar war die Wahrscheinlichkeit, daß jemand, der ein Buch kaufte, sich anschließend von einer Seine-Brücke stürzte, statistisch gesehen sehr gering.

Doch das war nicht der Grund meiner Überraschung, aus der bald eine Aufgeregtheit wurde, die meine Schritte beschleunigte und mich klopfenden Herzens in ein Taxi einsteigen ließ.

In dem Buch, das ich in seiner hübschen orangefarbenen Ummantelung an meine Brust drückte wie einen kostbaren Schatz, stand gleich auf der ersten Seite ein Satz, der mich verwirrte, neugierig machte, ja elektrisierte:

Die Geschichte, die ich erzählen möchte, beginnt mit einem Lächeln. Sie endet in einem kleinen Restaurant mit dem verheißungsvollen Namen »Le Temps des Cerises«, das sich in Saint-Germain-des-Prés befindet, dort, wo das Herz von Paris schlägt.

Es sollte die zweite Nacht werden, in der ich kaum schlief. Doch diesmal war es kein treuloser Geliebter, der mir die Ruhe raubte, sondern – wer hätte das gedacht von einer Frau, die alles andere war als eine passionierte Leserin – ein Buch! Ein Buch, das mich von den ersten Sätzen an in seinen Bann zog. Ein Buch, das manchmal traurig war, und dann wieder so komisch, daß ich laut lachen mußte. Ein Buch, das wunderschön und rätselhaft zugleich war, denn selbst, wenn man viele Romane liest, wird man doch selten auf eine Liebesgeschichte stoßen, in der das eigene kleine Restaurant eine zentrale Rolle spielt und in der die Heldin in einer Art und Weise beschrieben wird, daß man meint, sich selbst im Spiegel zu sehen – an einem Tag, wenn man sehr, sehr glücklich ist und alles gelingt!

Als ich nach Hause gekommen war, hatte ich meine feuchten Sachen über die Heizung gehängt und war in einen frischen weichen Schlafanzug geschlüpft. Ich hatte mir eine große Kanne Tee gekocht, mir ein paar Sandwiches gemacht und meinen Anrufbeantworter abgehört. Bernadette hatte dreimal versucht, mich zu erreichen, und sich dafür entschuldigt, daß sie mit dem »Einfühlungsvermögen eines Elefanten« auf meinen Gefühlen herumgetrampelt war.

Ich mußte lächeln, als ich ihre Ansagen hörte. »Hör mal, Aurélie, wenn du wegen dieses Idioten traurig sein willst, dann sei traurig, aber bitte sei mir nicht mehr böse und melde dich, ja? Ich denke so sehr an dich!«

Mein Groll war doch schon lange verflogen. Ich stellte das Tablett mit Tee, Sandwiches und meiner Lieblingstasse auf das Rattan-Tischchen neben das safrangelbe Sofa, überlegte einen Moment und schickte meiner Freundin dann eine SMS mit den Worten:

»Liebe Bernadette, es ist so schlimm, wenn du recht hast. Willst du am Mittwochmorgen vorbeikommen? Ich freue mich auf dich und schlafe jetzt. *Bises*, Aurélie!«

Das mit dem Schlafen war natürlich gelogen, sonst aber stimmte alles. Ich holte die Papiertüte aus der *Librairie Capricorne* von der Kommode im Flur und stellte sie vorsichtig neben das Tablett. Ich hatte ein eigenartiges Gefühl, so als ob ich schon damals gespürt hätte, daß dies meine ganz persönliche Wundertüte werden sollte.

Ich bezähmte meine Neugier noch ein wenig. Erst trank ich den Tee in kleinen Schlucken, dann aß ich die

Sandwiches, schließlich stand ich noch einmal auf und holte mir meine Wolldecke aus dem Schlafzimmer.

Es war so, als wollte ich den Moment, bevor das Eigentliche begann, noch etwas hinauszögern.

Und dann, endlich, wickelte ich das Buch aus dem Papier und schlug es auf.

Würde ich jetzt behaupten, daß die nächsten Stunden wie im Flug vorübergingen, wäre das nur die halbe Wahrheit. In Wirklichkeit war ich so in die Geschichte vertieft, daß ich nicht einmal hätte sagen können, ob eine oder drei oder sechs Stunden vergangen waren. In dieser Nacht hatte ich jegliches Zeitgefühl verloren – ich trat in den Roman wie die Helden aus *Orphée*, diesem alten Schwarzweiß-Film von Jean Cocteau, den ich als Kind einmal mit meinem Vater gesehen hatte. Nur daß ich nicht durch einen Spiegel ging, den ich kurz zuvor mit der Handfläche berührt hatte, sondern durch einen Buchdeckel.

Die Zeit dehnte sich aus, zog sich zusammen, und dann war sie völlig verschwunden.

Ich war an der Seite dieses jungen Engländers, den die Skileidenschaft seines frankophilen Kollegen (komplizierter Beinbruch in Verbier) nach Paris verschlägt. Er arbeitet für den Autohersteller Austin und soll nun anstelle des auf Monate arbeitsunfähigen Marketingleiters den Mini-Cooper in Frankreich etablieren. Das Problem: Seine Französischkenntnisse sind so rudimentär wie seine Erfahrungen mit Franzosen, und er hofft in völliger

Verkennung der französisch-nationalen Seele darauf, daß jeder in Paris (zumindest die Leute in der Pariser Niederlassung) die Sprache des Empires beherrscht und mit ihm kooperiert.

Er ist nicht nur entsetzt über den abenteuerlichen Fahrstil der Pariser Autofahrer, die sich in Sechserreihen auf zweispurigen Straßen drängeln, sich nicht im geringsten dafür interessieren, was hinter ihnen passiert, und die goldene Fahrschulregel »Innenspiegel, Außenspiegel, Losfahren« gleich auf das »Losfahren« verkürzen, sondern auch darüber, daß der Franzose an sich seine Beulen und Kratzer grundsätzlich nicht reparieren läßt und von Werbesprüchen wie *Mini – it's like falling in love* unbeeindruckt bleibt, weil er lieber mit Frauen Liebe macht als mit Autos.

Er lädt hübsche Französinnen zum Essen ein und bekommt eine mittlere Krise, weil diese sich zwar mit dem Ausruf »*Ah, comme j'ai faim!*« das komplette (und teure) Menu bestellen, dann aber etwa dreimal in ihren *Salade au chèvre* picken, vier Gabeln vom *Bœuf Bourguignon* zu nehmen und zwei Löffelchen von der *Crème Brûlée*, bevor sie das Besteck anmutig in den ganzen kulinarischen Rest fallen lassen.

Von Schlangestehen hat noch kein Franzose je etwas gehört, und über das Wetter redet hier auch niemand. Warum auch? Es gibt interessantere Themen. Und kaum Tabus. Man will wissen, warum er mit Mitte Dreißig noch keine Kinder hat (»Wirklich *gar* keine? Nicht mal eins? *Zéro?*«), was er von der Politik der Amerikaner in Afghanistan hält, von Kinderarbeit in Indien, ob die Kunstobjekte aus Hanf und Styropor von Vladimir Wroscht in der Galerie *La Borg* nicht *très hexagonale* sind (er kennt weder den Künstler noch die Galerie, noch die Bedeutung des Wortes »hexagonal«), ob er mit seinem Sexleben zufrieden ist und wie er dazu steht, wenn Frauen sich ihre Schamhaare färben.

Mit anderen Worten: Unser Held fällt von einer Ohnmacht in die nächste.

Er ist der englische Gentleman, der eigentlich nicht gern redet. Und mit einemmal muß er alles diskutieren. Und an allen möglichen und unmöglichen Orten. In der Firma, im Café, im Fahrstuhl (vier Stockwerke reichen für eine lebhafte Grundsatzdiskussion über Autobrände in der Banlieue, den Vororten von Paris), auf der Herrentoilette (ist die Globalisierung eine gute oder schlechte Sache?) und natürlich im Taxi, denn französische Taxifahrer haben im Unterschied zu den Kollegen in London zu jedem Thema eine Meinung (die sie auch kundtun), und dem Fahrgast ist es nicht gestattet, hinter einer Trennscheibe schweigend seinen Gedanken nachzuhängen.

Er soll etwas *sagen*!

Am Ende trägt der Engländer es mit britischem Humor. Und als er sich nach einigen Irrungen und Wirrungen Hals über Kopf in Sophie, ein reizendes und etwas kapriziöses Mädchen verliebt, trifft britisches Understatement auf französische Kompliziertheit und sorgt zunächst für viele Mißverständnisse und Verwicklungen.

Bis am Ende alles in einer wunderbaren *Entente cordiale* endet. Wenn auch nicht in einem Mini, sondern in einem kleinen französischen Restaurant mit dem Namen *Le Temps des Cerises*. Mit rot-weiß karierten Tischdecken. In der Rue Princesse.

Meinem Restaurant! Daran gab es keinen Zweifel.

Ich klappte das Buch zu. Es war sechs Uhr morgens, und ich glaubte wieder daran, daß Liebe möglich war. Ich hatte 320 Seiten gelesen und war kein bißchen müde. Dieser Roman war wie ein äußerst belebender Ausflug in eine andere Welt — und doch kam mir diese Welt seltsam vertraut vor.

Wenn ein Engländer ein Restaurant, das anders als zum Beispiel *La Coupole* oder die *Brasserie Lipp*, nicht in jedem Reiseführer zu finden ist, so genau beschreiben konnte, mußte er schon einmal da gewesen sein.

Und wenn die Heldin seines Romans so aussah wie man selbst — bis hin zu jenem zarten dunkelgrünen Seidenkleid, das man in seinem Kleiderschrank hängen hatte, und dieser Perlenkette mit der großen ovalen Gemme, die man zum achtzehnten Geburtstag bekommen hatte, so war das entweder ein riesengroßer Zufall — oder dieser Mann mußte diese Frau schon einmal gesehen haben.

Doch wenn *diese Frau* sich an einem der unglücklichsten Tage in ihrem Leben in einer Buchhandlung genau *dieses Buch* aus Hunderten von anderen Büchern heraussuchte, war das kein Zufall mehr. Es war das Schicksal selbst, das zu mir sprach. Doch was wollte es mir sagen?

Nachdenklich drehte ich das Buch um und starrte auf das Photo eines sympathisch wirkenden Mannes mit kurzen blonden Haaren und blauen Augen, der auf einer Bank in irgendeinem englischen Park saß, die Arme lässig über der Rückenlehne ausgebreitet, und mich anlächelte.

Ich schloß einen Moment die Augen und überlegte, ob ich dieses Gesicht schon einmal gesehen hatte, dieses jungenhafte, entwaffnende Lächeln. Aber solange ich auch in den Schubladen meines Gehirns suchte – dieses Gesicht fand ich nicht.

Auch der Name des Autors sagte mir nichts: Robert Miller.

Ich kannte keinen Robert Miller, ich kannte eigentlich überhaupt keinen Engländer – mal abgesehen von den englischen Touristen, die sich ab und zu in mein Restaurant verirrten, und diesem englischen Austauschschüler aus meiner Schulzeit, der aus Wales kam und mit seinen roten Haaren und den vielen Sommersprossen aussah wie der Freund von Flipper, dem Delphin.

Aufmerksam studierte ich die kurze Biographie des Autors.

Robert Miller arbeitete als Ingenieur für eine große englische Autofirma, bevor er mit »Das Lächeln der Frauen« seinen ersten Roman schrieb. Er liebt alte Autos, Paris und französisches Essen und lebt mit seinem Yorkshire-Terrier Rocky in einem Cottage in der Nähe von London.

»Wer bist du, Robert Miller?« sagte ich halblaut, und meine Blicke kehrten wieder zu dem Mann auf der

Parkbank zurück. »Wer bist du? Und wieso kennst du mich?«

Und plötzlich begann eine Idee in meinem Kopf herumzugeistern, die mir immer besser gefiel.

Ich wollte diesen Autor, der mir nicht nur in meinen dunkelsten Stunden den Lebensmut zurückgegeben hatte, sondern auch auf irgendeine rätselhafte Weise mit mir verbunden zu sein schien, kennenlernen. Ich würde ihm schreiben. Ich würde mich bei ihm bedanken. Und dann würde ich ihn zu einem ganz zauberhaften Abend in mein Restaurant einladen und herausfinden, was es mit diesem Roman auf sich hatte.

Ich setzte mich auf und zielte mit dem Zeigefinger auf die Brust von Robert Miller, der vielleicht gerade in diesem Moment irgendwo in den Cotswolds seinen kleinen Hund ausführte.

»Mr. Miller – wir sehen uns!«

Mr. Miller lächelte mir zu, und ich zweifelte merkwürdigerweise nicht einen Augenblick daran, daß es mir gelingen würde, meinen neuen (und einzigen!) Lieblingsschriftsteller ausfindig zu machen.

Wie hätte ich auch ahnen können, daß gerade dieser Autor das Licht der Öffentlichkeit scheute wie die Pest.

Freuen Sie sich auf den neuen Roman von Nr. 1-Bestsellerautor Nicolas Barreau

Nicolas Barreau
Ein Abend in Paris
Roman

368 Seiten
Gebunden mit Schutzumschlag
Thiele Verlag
ISBN 978-3-85179-177-8

In einem kleinen Kino in Paris werden plötzlich Träume wahr.

Nicolas Barreau zeigt uns, dass jede Liebe ein ganz besonderes Geheimnis hat.

Schauen Sie sich den Buchtrailer an:
www.thiele-verlag.com

Nicolas Barreau
Die Frau meines Lebens
Roman. Aus dem Französischen von Sophie Scherrer. 144 Seiten. Piper Taschenbuch

Eines Mittags sitzt im Pariser Lieblingscafé des passionierten Buchhändlers Antoine wie vom Himmel gefallen die Frau seines Lebens. Beim Hinausgehen wirft die schöne Unbekannte ihm ein Kärtchen mit einer Telefonnummer zu, die aber nicht mehr vollständig ist. Antoine hat nun zehn verschiedene Möglichkeiten und nur vierundzwanzig Stunden Zeit, um die Frau seines Lebens wiederzufinden ... Ein federleichter und lebenskluger Roman über den wunderbaren Wahn der Liebe.

»Atemlos folgt man Antoine auf seinen Wegen und bangt mit ihm um den Erfolg der Unternehmung. Und man hofft mit ihm auf ein Happy End und wünscht, das Buch möge niemals enden.«
literature.de

Karin B. Holmqvist
Villa mit Herz
Roman. Aus dem Schwedischen von Holger Wolandt und Lotta Rüegger. 224 Seiten. Piper Taschenbuch

Soll das schon alles gewesen sein?, fragt sich Bonita. Ihr Alltag mit der alten Mutter in der Villa am Stadtrand ist nicht gerade abwechslungsreich. Doch dann wird alles anders: Doris zieht wieder ins Nachbarhaus – Doris, mit der Bonita früher eng befreundet war und die dann der Kleinstadt für Mann und Karriere den Rücken kehrte. Seitdem haben sich die beiden aus den Augen verloren. Um so erstaunter ist Bonita, als sie ihre alte Freundin Doris wiedertrifft: Deren Ehe ist längst in die Brüche gegangen, und auch ihren Arbeitsplatz hat sie verloren.
Liebevoll, warmherzig und mit viel Humor erzählt Karin B. Holmqvist, wie es Doris und Bonita gelingt, ihre alte Freundschaft wieder aufzufrischen und ganz neue Zukunftspläne für die alte Villa zu entwickeln.

Jodi Picoult
Beim Leben meiner Schwester

Roman. Aus dem Amerikanischen von Ulrike Wasel und Klaus Timmermann. 480 Seiten. Piper Taschenbuch

Ohne ihre Schwester Anna kann Kate Fitzgerald nicht leben: Sie hat Leukämie. Doch eines Tages weigert sich die dreizehnjährige Anna, weiterhin Knochenmark für ihre todkranke Schwester zu spenden ...
Jodi Picoults so brisanter wie aufrüttelnder Roman über den Wert des Menschen wird niemanden kaltlassen.

»Das bewegende Porträt einer zerrissenen Familie. Jede Figur ist lebendig, jede Situation wahr. Jodi Picoult gelingt es, ihre Leser bis zur letzten Seite zu fesseln – mich inbegriffen.«
Elizabeth George

Jodi Picoult
Bis ans Ende aller Tage

Roman. Aus dem Englischen von Cécile G. Lecaux. 640 Seiten. Piper Taschenbuch

Die Golds und die Hartes sind Nachbarn in einer wohlhabenden Stadt in New Hampshire und seit vielen Jahren eng befreundet. Ihre Kinder, Chris und Emily, wachsen miteinander auf. Von Kindesbeinen an sind sie unzertrennlich – bis sich diese innige Freundschaft in der High School in eine romantische Liebe verwandelt. Die Eltern sind zufrieden, da sie mit dieser Verbindung gerechnet haben. Doch dann bricht eine völlig unerwartete Tragödie über sie herein, die das Glück von Chris und Emily zerstört ...

»Jodie Picoult beweist einmal mehr, daß sie eine Meisterin der subtilen Spannung ist. Atemberaubend!«
Madame

Stefan Merrill Block
Wie ich mich einmal in alles verliebte

Roman. Aus dem Englischen von Marcus Ingendaay. 352 Seiten. Piper Taschenbuch

Abel ist verliebt – in Mae, die Frau seines Bruders. Als Mae eines Tages spurlos verschwindet, zerbricht Abels Welt. Die Jahre vergehen. Sein Bruder stirbt. Die Farm verfällt. Aber Abel gibt nicht auf. Er wird warten, bis Mae zurückkommt. Doch als es eines Tages endlich an seiner Tür klopft, steht dort nicht Mae, sondern ein Fremder ...

»Stefan Merrill Block dürfte ein Name sein, den man sich für die Zukunft unbedingt merken sollte.«
Frankfurter Allgemeine Zeitung

»Bunt, fantastisch und mit großer Souveränität geschrieben.«
Die Zeit

Jodi Picoult
Neunzehn Minuten

Roman. Aus dem Amerikanischen von Ulrike Wasel und Klaus Timmermann. 480 Seiten. Piper Taschenbuch

»Es ist vorbei, sagte er. Doch das war es nicht, es fing gerade erst an.« – Nach seiner unaussprechlichen Bluttat in der Sterling Highschool zweifelt niemand an der Schuld des siebzehnjährigen Peter Houghton. Doch während der kleine Ort mit den Folgen dieser neunzehn Minuten zu ringen hat, wird das Rätsel um den Ablauf der Tragödie immer größer ...
Die Bestsellerautorin Jodi Picoult lotet die Hintergründe von großer Schuld und der verzweifelten Suche nach Gerechtigkeit aus.

»Jodi Picoult hat ein sagenhaftes Gespür für Themen, sie zeigt immer genau dahin, wo das offene Feuer durch die Ritzen der Gesellschaft bricht.«
Süddeutsche Zeitung